KB273897

고독과 존재의 언어

권혁재 작품론

마인드북스

작가의 말

 2004년에 등단하고 나서 시집 열 권을 출간했다. 시를 쓰면서 자주 접해온 사실은 고독에 대한 어떤 존재감이나 적요 속에서 천천히 엄습해오는 외로움의 요인들이었다. 그 요인들이 만든 환경은 시를 쓸 수밖에 없는 분위기로 또는 정서를 추동하는 시말이 되기도 하였다.

 시를 쓴다는 것은 고독한 사람의 말이거나 노래, 혹은 언어로 나타내는 통점의 좌표라고 여겨진다. 최소한의 예의로 나는 그렇게 믿고 싶다. 그래서 실비 제르맹이 말한 것처럼 시는 쓰는 것이 아니라 쓰이는 것인지도 모른다. 쓰이는 시를 대하며 여타의 시인을 만나고 각양각색의 다른 시들도 많이 읽어 왔다.

 제1부와 제2부는 잡지사의 청탁이나 또는 개인적으로 알고 있는 시인들이 부탁해서 쓴 해설문들이다. 시인들이 보내준 시집을 읽고 작품과 해설문의 방향이 전혀 맞지 않아 내가 새롭게 쓴 경우의 해설문도 더러 있다. 제3부는 주로 잡지사의 청탁을 받아 쓴 시인들의 작품론이다. 내가 오독을 하고 작품론을 잘못 짚어 기술을 한 것이 있다면 이 자리를 빌려 혜량해주길 바란다. 제4부는 잡지사의 청탁으로 계간지나 월간지를 읽고 한 편의 시를 선정하여 쓴 서

평들이다.

　어쩌다 쓰다 보니 책 한 권 분량의 원고가 되었다. 이제 와 새삼 되돌아보니 놓친 부분이 많고 정곡을 찌르는 한 줄의 글도 빠진 것 같아 아쉽게 느껴진다. 시인이 시를 쓰지 않고 분수에 맞지 않게 해설문을 써서, 비평을 하는 선생님들에게 누를 범하지 않을까 하는 송구한 마음 가득하다.

　분명 시는 이타의 언어로 타자나 화자에 대한 고독과 존재를 사유로 들춰내는 일이다. 이 거룩한 일에 동행을 함께 해준 여러 시인들에게, 감히 '시인스럽다'고 말씀을 올린다.

2026년 봄의 먼 길에서

저자 권혁재

차례

꼰

제3부 │ 음영의 존재를 끌어안는 / 259

제4부 │ 시집 속의 시 / 343

제1부

사소한 질문으로 나아가는

사소한 질문으로 나아가는 권리에 대한 알레고리
– 조재형의 시집 『누군가 나를 두리번거린다』를 읽고

1. 시를 위한 권리에 대한 두 가지 해석

　인간이 생물학적이나 정신학적으로 활동하기 위해서는 두 가지 권리를 항상 맞닥뜨려야 하는데 하나는 자연권이고 다른 하나는 사회권이다. 이 자연권과 사회권은 인간의 삶에 대한 유형을 결정하는 절대적인 권리이다. 그러면서도 시작詩作에 있어서 기본적인 정서나 시말을 이루는 실재태로 나타나기도 한다. 자연권은 주지하듯이 실질적인 법률보다 앞서는 선험적인 것으로 자연법상의 권리를 말한다. 다시 말해서 자연권은 기본적이며 본질적인 권리로 개인 및 자유를 중시하고 있다. 여기서 말하는 본질이란 사물의 존재를 규정하는 원인이다. 그래서 사물을 그 자체이도록 하는 고유한 성질을 가지고 있다. 다른 한편으로는 사물을 그 자체로 보기 때문에 자연권은 지극히 조화를 이루는 것 같지만 현대시에서는 과거의 시가 조화로 나아갔던 것을 철저히 거부하고 부조화로 나아가려는 경향이 강하게 나타나고 있다. 단편적인 예이지만 금번 상재한 조재형의 두 번째 시집 『누군가 나를 두리번거린다』에서 "멸종 위기에 처한 인정"이나 "미풍양속을 수거"(「아파트」)하는 방식으로 허물어진 자연권을 극명하게 잘 지적해내고 있다.

　사회권은 사회권적인 기본권으로 공동체나 정의를 중시한다. 그래서 실질적인 실정법상의 권리로 매우 넓은 입법의 재량권을 가지고 있기도 하다. 조재형의 시집 전반에 나타나는 사회권은 자연권과는 다르게 조화가 아닌 부조화에서 부조화를 시말로 이접시키는 경우로 나타내고 있다. 대개 이런 경우는 전도된 세태를 바로 잡거나 방어기제에 대한 반응으로 표출되고 있는데, 조재형의 시에서 보여주는 사회권은 궁극적으로 약화되거나 축소된 사회권에 대한 새로운 메시지를 환기시켜 주는 양식으로 나타나고 있다. 조재형에게 사회권은 "금기어"이고 다른 각도에서 보면 "혁명의 원조"(「자화상」)이지만 자의가 아닌 타의에 의해 "신제품으로 출고"(「즐거운 세일」)되는 세일을 당하기도 한다. 그러나 제목처럼 즐거운 세일이 아니라 슬픈 세일을 반어적으로 표현한 셈이다. 이러한 예는"검정 구둣발을 낙관처럼"(「횡단보도」) 찍고는 결국에 "번번이 반려"(「자화상」)되는 군상으로 드러나기도 한다. 조재형에게 사회권은 "혁명"과 "금기어" 사이에서 갈등하면서도 "그 자체로 실패한 것"(「자본주의」)으로 파악하여 자본주의에 대한 모순과 병폐를 적나라하게 지적해내는 것에 다름이 아닌지도 모른다.

2. 반려와 거부되는 사회권

한때 일간지로 발행되기를 열망했다

반전이 되고 오늘의 운세가 되고

당대에 회자되는 특종을 그리곤 했다

하지만 누구도 나를 구독하지 않는다

타인에게 나는 지나간 서정이고

금기어이고

케케묵은 혁명의 원조다

어느 때인가는 칼이라고 호언했다

닥치는 대로 휘둘렀으나

나는 곧 알게 되었다

두려운 것은 벼릴 수 없는 활자라는 걸

어떤 날은 우거진 수식으로

타인에게 인용되길 바랐다

넘치는 나의 비유를 더 이상 교정하기 꺼리는데

오답을 탐색하는 돋보기였으면 했다

절반의 슬픔이 노출된 나는

타인들의 파격에 분석되어버렸으니

상투적인 시작은 번번이 반려되었다

나도 진부한 대로 대체되기를 거부했다

평생 나인 줄 알고 말 속에 담아온 나는

사실은 어느 전생의 후기였을 뿐

나는 나의 부록에 머물고 있다

때로 생시 같은 꿈을 꿀 때면

나는 더 이상 표절될 수 없다

-「자화상」 전문

　시집 서두를 장식한 「자화상」은 조재형의 시세계이자 시집에서 나타내고자 하는 시말을 위한 프롤로그라고 할 수 있다. 즉 조재형이 지향하고자 하는 시의 정점에 포커스를 맞춰놓고 그 자신이 추구하고자 하는 시작품을 「자화상」이라는 작품을 통해 실질적인 그의 "자화상"으로 드러내고 있다는 것이다. 조재형이 바라보는 사회권에서 부침하는 자화상은 "지나간 서정"에서부터 "칼", 또는 "활자" 심지어는 "혁명의 원조"라고 서슴지 않게 말하고 있지만 기본적인 권리는 "번번이 반려"되고, 거부당하고 "더 이상 표절될 수 없"는 "상투적인" 것일 뿐이다.

　조재형에게 사회권은 일상의 생활에서 언제나 부딪히는 단순한 윤리적이고 도덕적인 대상이 아니라 정의와 부조화에 대한 아우성을 치게 만드는 사유의 세계들이다. 그렇다고 사회권을 향한 조재형의 목소리가 거칠거나 결코 나약하지도 않다. 조재형이 닥치는 대로 휘두르고 싶은 "칼"은 "벼릴 수 없는 활자"로 치환되면서 칼이 지니고 있는 두려움을 곧 인지하게 된다. 이러한 사실은 작품 「인사」에서도 "국민이 회수하는 칼"로 전이되기도 한다. 칼은 그릇된 사회권으로부터 억눌린 방어기제로 대체된 일종의 전유물로 조재형이 추구하는 질서정연한 현실세계에 대한 바람을 세밀하게 나타내고 있다. 이러한 양상은 다음의 시들에서도 드러나고 있다.

오늘 나는 임의로 제출되었다

누구도 나를 펼쳐보지 않아

집으로 반품되는 중이다

-「즐거운 세일」부분

나는 고장 난 신호등

당신의 예절을 지켜줄 수 없다

더 이상 나를 준수하지 말기를

상투적인 당신에게 필요한

일탈이라는 이탈

눈감아주는 지금이야말로

계급으로 쌓아 올린 관습을 허물 기회

-「침묵을 엿듣다」부분

언제부터

도시 한복판으로 압송되었는지

바닥에 누워 있는 어떤 복선이

날뛰는 속도를 제압하는지

아무도 흑백 도형을 발설하지 않는다

(중략)

세로로 한 시대를 풍미하였다

공구로 부려먹던 시간이 부러지며

가로로 정착한 것이다

(중략)

이슥한 밤

나는 소리를 죽이며

텅 빈 방명록에

검정 구둣발을 낙관처럼 찍는다

(이하 생략)
-「횡단보도」부분

슬픔은 수령하되 눈물은 남용 말 것

주머니가 가벼우면 미소를 얹어줄 것

지갑과 안전거리를 유지할 것

침묵의 틈에 매운 대화를 첨가할 것
-「하루 사용법」부분

도끼가 나무를 내리찍는다

도낏자루도 본래 나무였는데

누구의 포섭으로 나무꾼에게 전향했을까

누군가 나를 두리번거린다

내 안에 가둔 당신을 들켰나

-「사소한 질문」 부분

　　기계문명이나 물질문명의 발달로 새로운 자본과 강자의 등장으로 약화된 사회권은 비정규직을 대량으로 양산하는 문제를 초래하였다. 권력화가 된 자본과 돈으로 무장한 강자는 스스럼없이 사회권이라는 질서를 무너뜨리며 그들만의 존립수단을 견고하게 해왔다. 약자는 더 가난해지고 강자는 더 부유해지는 양극의 현실 속에서 사회권은 비정규직이나 다름없다. 자본과 강자에 의해 자행된 비정규직 같은 세일은 "누구도 펼쳐 보지"않은 무관심으로 대량 방출되어 왔다. 어디에도 소속감이 없고 미래가 불확실한 비정규직처럼 대치되어 나타나는 사회권은"임의로 제출"되거나 "집으로 반품"되는 것으로 희화적으로 나타내고 있다. 더 나아가서는 "일탈"과 "이탈"의 모호한 의미의 경계에서 "계급으로 쌓아 올린 관습을 허물 기회"라고 엿보고 있다.

　　조재형이 엿보고 있는 기회는 "횡단보도"에서 불법과 대치되는 장면으로 나타나는데, "도시 한복판으로 압송"되는 표현이나 "바닥에 누워 있는 어떤 복선"은 "한 시대를 풍미"했던 부정의와 부조화가 범람한 사회를 "방명록"에 적듯 사실적으로 잘 드러내고 있다. 그러나 이러한 배경이나 테두리는 조재형이 자신에게 "침묵의 틈에 매운 대화를 첨가"하면서 가능하지 않았나 싶다. 그래서 사회권을 대하는 조재형의 태도는 남을 탓하거나 자신을 탓하지 않는다. 오로지

남용하지 않은 눈물이나 수령하지 않은 슬픔의 범주에서 "누구의 포섭"도 받지 않고 "누군가 두리번"거리듯이 사회권을 올바르게 들여다보고 있다. 어쩌면 이러한 반복되는 행위를 함으로써 조재형은 답답한 시대와 사회를 향해 수많은 자문자답을 했을지도 모른다.

이와 같이 조재형이 지적해내는 사회권은 지극히 개인적이지만 현실세계가 내포하고 있는 여러 가지 병리현상을 잘 포착해냄으로써 사회권에 대한 본질적인 것을 획득하고 있다. 여기에는 "고장 난 신호등", "공구로 부려먹던 시간"이라는 사회권에 대한 불안한 이미지를 사용해 더욱 극대화하고 있다. 그러면서 "검정 구둣발을 낙관"으로 찍으며 건너가는 "횡단보도"에서 포착한 사회권을 비정상적인 것으로 나타내기도 했다. 조재형은 사회권의 범위를 개인이나 약자에 국한하지 않고 좀 더 나아가 공동체나 국가에게로도 향하고 있다. 이러한 예는 다음의 시들에서 사실적으로 잘 나타나기도 한다.

시집 한 권 구입하면
단독정부를
낱돈으로 이양받는 거사이다
-「광고」 부분

나를 호송하는 시간들은
너를 세우려고 파산 중이니
-「너는 치외법권이다」 부분

나는 오래된 길을 기억하는 바퀴

어디라도 굴러 찾아간다

전투적인 비포장을 선호한다

호의호식하는 측근으로 정체되느니

-「침묵을 엿듣다」 부분

일삼았던 속임수

나는 나에게 속았다

나는 내가 아니었으므로

관객의 과반을 잃었다

-「판토마임」 부분

굽은 사람을 쓰고 곧은 사람을 잘라서

국민이 칼을 회수했다

-「인사」 부분

　조재형이 사회권에 대한 시각을 넓혀가는 상상의 층위는 다양하면서도 과감하다. "시집 한 권 구입하면/ 단독정부를/ 날돈으로 이양받는 거사"라고 보는 상상은 도발적이며 기상천외하다. 실현이 불가능한 사회권의 시말은 "호송하는 시간", "구인영장"등과 같이 현실세계를 바라보게 된다. 그러나 도저한 조재형의 시는"전투적인 비포장을 선호"하는 다짐에서 출발하여 "호의호식하는 측근으로 정체"되어, 전도된 세태를 "오래 된 길" 위에서 추락한 사회권과 맞닥뜨리게 된다. 국민이 마땅히 누려야 할 사회권은 통치자의 측근에 의해 정체되었고, 그것마저도 속임수를 일삼았던 "판토마임"에 불과한 것으로 포착해내어 파국에는 "관객의 과반"을 잃고 "실패한 것"으로 담대하게 귀결시키고 있다. 물론 "국민이 칼을 회수"하여 "천기누설을 주름잡는 통치자"를 권력에서 끌어내리는 것 또한 상처 난 기억에 대한 정직한 고백을 하듯 침착하게 뒷정리를 잘해내고 있다. 굳이 촛불혁명을 언급하지 않아도 조재형의 시에서 드러나는 일련의 이러한 정의와 공동체적인 발상은 그의 내면에 깔려있는 사회권에 대한 불편한 심층을 밖으로 밀어 올린 것으로 보인다. 그래서 "나도 속고 국민도 속았다"는 포커페이스가 능수능란한 "통치자"의 말에 "나는 나에게 속았다/ 나는 내가 아니었으므로"라고 반어적으로 되받아 치고 있다.

조재형의 시에 나타나는 사회권은 개인적인 것에서부터 공동체적인 것까지 모두 아우르고 있다. 그러나 조재형이 바라보는 현실에서의 사회권은 자본과 권력, 그리고 강자에게 외면당하는 대상들을 "반려"와 "거부"의 작용요소로 파악하여 사회권에 대한 다양한 시각과 본질적인 접근을 시도했다는 점에서 시사성이 크다 하겠다.

3. 완보와 무단 사이의 자연권

자연권은 자연으로부터 주어진 권리를 말한다. 그래서 기본적이며 본질적인 권리로 개인 및 자유를 중시한다. 그러나 인간들은 자

연권을 빙자하여 자연과 관계를 맺어 온 것이 아니라 통제를 해옴
으로써 수많은 병폐를 야기시켰다. 자연권에서 보이는 조재형의
시들은 "당신, 주변인, 아내, 무릎이 최종 학력인 노파, 고라실 할
머니, 아버지" 등 극히 평범한 사람들을 대상으로 하여 자연과 인
간과의 본질적인 면을 짚어내어 존재를 규명하고 있다.

가도 가도 첫걸음에
갈 수 없는 나무

제 몸을 깎아
책이 되어도
자신을 열람할 수 없는 나무

오늘 걸어낸 길로 문장을 완성하고
바람에 읽히고 있다

나무의 바람 소리는 모두 다르다
나무의 바람 소리는 매일 다르다
-「완보」 전문

　　자연권에 자세한 해답을 얻기 위해서는 완보를 해야 한다. "첫
걸음에/ 갈 수 없는" 완보로 천천히 걸어야 주위의 모든 사물을 자
세히 볼 수 있다. 그러다보면 "오늘 걸어낸 길로 문장을 완성"하기

도 하고 "나무의 바람 소리는 모두 다르다/ 나무의 바람 소리는 매일 다르다"는 자연의 경이로운 이치를 깨달을 수 있다. 여기서 조재형이 주는 메시지는 빠르게만 돌아가는 스마트한 시대와는 다른 아날로그 같은 정서를 환기하여 "문장을 완성"하려는 나무의 걸음을 완보라는 알레고리를 통해 반추한다는 사실이다.

당신 말고는 어느 것도 파종할 수 없는

나대지가 되었으므로

-「부자론」 부분

　조재형에게 자연권의 단초는 "당신"이라는 완보에서부터이다. "당신"이라는 말은 부부간이나 상대방을 높여서 부르는 호칭이지만 감정의 상태에 따라서 남을 비하하는 말이 되기도 한다. 조재형이 호칭하는 당신이라는 상대방은 당신인 것과 당신이 아닌 것 두 가지 의미로 나타난다는 것이다. 즉 하나의 당신은 필연성을 지니고 있고, 다른 하나의 당신은 우연성을 가지고 있다. 그래서 자연권에서 드러나는 "당신"은 여러 갈래의 알레고리를 내포한 의미로 산재되어 있다.

　"당신 말고는 어느 것도 파종할 수 없는/ 나대지"에서 들여다보는 "당신"은 자연권이 본질적으로 갖고 있는 존재의 음영에 대한 대상자이며, 질문을 하게끔 만드는 대상물이기도 하다. 자연권은 본질적인 권리로 사물의 존재를 규정하는 원인을 내포하고 있기 때문이다. 「길의 사회학」이 이러한 사실을 뒷받침해주는 좋은 작

 제1부 사소한 질문으로 나아가는

품이라 할 수 있다.

옛날
길을 내다
나무가 계시면
길이 비켜갔다

지금
나무가 있으면
둥치를 잘라버린다

뿌리째 뽑힌 하체 한 분
관공서 로비에서 돌아가지 못하고 있다

사람들이 돌아서 간다
-「길의 사회학」 전문

　이 시는 나무의 존재를 들춰냄과 동시에 나무의 권리를 지적해 내고 있다. 앞에서도 언급하였지만 인간은 자연과 관계를 맺어 온 것이 아니라 자연을 통제하여 왔다. 마치 자연권을 남용하듯이 자연이 가지고 있는 자연권을 침해하거나 훼손시켜 왔다. 자크 라캉의 거울이론에 의하면 거울에 비추는 본질적인 것의 너머에는 보이지 않는 추잡하고 일그러진 본질적인 것들이 항상 존재한다고

하였다. 인간의 자연권과 나무의 자연권이 상충하는 존재의 길에
는 "사람들이 돌아서" 비켜갔지만 그 기저에는 "뿌리째 뽑힌 하
체 한 분"이 자연권을 상실한 채 "돌아가지 못하고 있다". "나무"
와 "길"이 대척점이라면 자연과 인간 역시 대척점에서 만나고 있
다. 어떻게 보면 피해자이면서 동시에 가해자가 되는 셈이다. 인간
의 자연권이 아닌 존재가치를 빼앗긴 나무의 자연권을 지적하는
것에서 조재형의 따뜻한 심성과 면모를 엿볼 수 있다. 이러한 면은
「무단횡단」에서도 나타나고 있다.

이 땅은
본래 그들의 광장
표지판이 위반하고 있다
-「무단횡단」 부분

　"땅"은 본래 나비와 새, 노루와 고양이, 고라니와 꿀벌들이 노니는
"그들의 광장"이면서 한적한 삶의 터전이었다. 그러나 "무단횡단"을
금지하는 표지판이 그들의 왕래를 방해하면서 자연권에 대한 위반
행세를 하고 있음을 역설적으로 규명하고 있다. "무단"은 사전에 아
무런 통보나 허락 없이 권력 따위에 의해 강제로 행해지는 물리력을
뜻한다. 문명의 발전을 위해 인간들이 얼마나 많은 "무단"이라는 행
위를 감행해가며 자연이나 환경을 파괴시켜 왔는지 형언하지 않아
도 쉽게 가늠할 수 있다. 그러나 이러한 무단에 의한 자연권의 침해
는 생물들만 받은 게 아니라 그 혹독한 대가는 고스란히 인간에게로

향하고 있다는 사실이다. 무단의 행위로 철저히 대가를 치르고 있는
「아파트」에서 그 위기감이 여실히 드러나고 있다.

·············

도심 한복판에 분포했으나
변두리를 무너뜨리고 들판까지 번식 중이다

새들의 보금자리를 허물고
나무들의 발등을 찍어내는 포악함으로
멸종 위기에 처한 인정

·············

주식인 융자를 과식한다
연체에 몰린 일가를 잡아먹는 포식자들
은행에 덜미를 잡혀
금리를 갈아치우는 식탐으로
집단 서식하는 결속의 고체들
여러 세대를 거느리는 습성으로
미풍양속을 수거하고 있다
남은 숲을 거덜내며
–「아파트」 부분

　자연권에 대한 침해의 병폐는 결국 자연뿐만 아니라 인간도 자

유롭지 못하고 그 범주에 속한다는 것이다. 조재형은 "아파트"를 통해 물질과 정신문명에 고착화된 자연권을 사실적으로 대면시키고 있다. 아파트는 부와 권력의 상징으로 천민자본주위가 낳은 가장 천박한 건축물이나, 현대인들에게는 어쩔 수 없는 집이자 잠자리이기도 하다. 다만 아파트를 소유하려는 인간의 자연권과 "변두리를 무너뜨리고 들판까지 번식" 당하며 침해받는 자연의 자연권과 상충하여 자연권의 본질적인 면, 즉 존재의 의미를 희석시켜내고 있다는 점에서 문명의 폐해를 다시금 상기하게 해준다. 그것은 "멸종 위기에 처한 인정"을 양산하는 아파트가 지닌 근본적인 속성을 직접적으로 간파해내는 것에서도 나타난다. 뿐만 아니라 "미풍양속을 수거"하는 상대적인 존재자라고 여기기도 한다. "주식인 융자를 과식"하고 "집단 서식하는 결속의 고체들"이라고 표현하는 부분에서는 자연권에 힘없이 무너진 인간의 정신영역을 황폐하고 또 비참하게 잘 지적해내고 있다.

조재형에게 자연권은 동전의 양면성 같이 피해자와 가해자가 동시에 존재하는 "무단"의 '길'과 "완보"의 '나무' 사이에서 권리에 대한 "문장을 완성"하려는 알레고리의 저변에 잇닿아 있다 하겠다.

4. 상생과 공존을 위한 권리들

조재형의 시집에서 나타나는 권리는 자연권과 사회권으로 대별되나, 가만히 속을 들여다보면 상생과 공존을 희망하는 시가 엿보이기도 한다. "타인의 가계에 들어가/ 인습을 뱉어냈다"는 자의적인 사회권에서 "도착하지 못한 것은 대대로 떨떠름한 맛"(「사과의 추억」)이라고 여기는 타의에 의한 자연권과 같이 섞여 자연권과 사회권이 동시에 나타난다는 것이다. 이러한 사실은 "주름진 문장, 복원할 수 없는 경전"(「때늦은 서평」)으로 이끌어내는 아버지에 대한 편린을 "행간의 속내, 두터운 그늘" 같은 사회권에 가려져 있어 "끝내 완독하지 못하고/ 하늘에 미소 한 권을 반납"하는 것으로 화해나 상생의 제스처로 표현하기도 한다.

나도 한때 사랑했는데

나도 한때 미워했는데

나도 한 시절 귀로워했는데

나도 한철 뜨거웠는데

나도 한밤중 뒤척였는데

나도 어느 해 굶주렸는데

나도 한동안 속았는데

나도 한바탕 웃던 날 있는데

나도 한차례 울던 날 있는데

나도 한 계절 땀 흘렸는데

나도 한 나라를 섬겼는데

내 심장도 한평생 뛰었는데

나도 비밀 하나 간직하고 있는데

-「공동묘지」 전문

조재형이 상생과 공존을 위한 공간으로 구체적으로 제시하는 것이 "공동묘지"이다. 「자화상」이 조재형의 시집을 여는 프롤로그였다면 「공동묘지」는 그의 시집을 닫는 에필로그이다. "막후에서 필사적"(「꽃에게」)으로 생존을 위해 몸부림쳐도 종내는 "구겨진 나를 꺼내"(「엽서」)는 것으로, 조재형 자신을 되돌아보는 기회를 갖지만 상세하게 드러나는 것은 "연체처럼 늘어난 주름살"(「365코너」)과 "가슴에 박힌 못을 근거로" "굳게 닫힌 골목"에서 서성이는 자신을 발견하게 된다. "닫힌 골목" 사이로 두 사람이 언뜻 보이는데, 한 사람은 그 자신이 "사랑했던 사람"(「판토마임」)이고 다른 한 사람은 "미워했던 사람"이다. 그러나 그 두 사람은 결국 같은 사람이다. 왜냐하면 두 사람은 부조화의 경지에서 조화의 경지로 이미 넘어와 상생하고 있기 때문이다.

묘지는 "불신"과 "속임수"를 초월한 순수한 본질의 것으로 돌아가, "반려"와 "거부"된 것을 수용하고 더 이상 "무단"을 허용치 않는 자연 그 자체의 존재 공간이다. 묘지는 누구나 평등하게 갈 수 있는 곳으로 공동의 공간이자 공존의 공간이기도 하다. 그래서 조재형이 「공동묘지」에서 궁극적으로 지향하고자 하는 것은 '사랑, 미움, 괴로움, 뜨거움, 굶주림, 심장, 비밀, 심지어는 나라'까지 한때의 권리들이 모여 이룩한 상생의 자리가 아닌가 싶다.

금번 상재한 조재형의 시집 『누군가 나를 두리번거린다』에서 나타나는 전체적인 시세계는 조화와 부조화의 대립관계를 차치하더라도 상생을 향해 나아가려는 데는, 근본적으로 조화라는 권리가 내재하고 있음을 시말로 탐색해내고 있다. 조화로 귀결되는 끝은

해피엔딩이 아닌 악어의 눈물 같은 불편하고 낯선 조화이다. 이런 차원에서 조재형의 시세계에 드러나는 권리에 대한 전반적인 의미는 일상적인 생활에서 만나는 익숙한 것과, 또 그것들로부터 자유와 정의가 박탈당한 생경한 것이라 할 수 있다. 그래서 조재형의 시는 따뜻하면서도 담대한 데가 있다. 그리고 오래도록 그릇되게 향유해온 관습과 폐습에 대해 자연권과 사회권을 결부시켜 새롭게 접근을 시도했다는 점에서도 이번 조재형의 시집이 남다르다고 볼 수 있다.

비타자에서 타자, 혹은 타자에서 비타자로의
분리와 결합
– 이희은의 『밤의 수족관』과 최혜옥의 『왼손의 애가』를 읽고

시는 하나의 세계에서 다른 또 하나의 세계를 만들어내는 창작의 소산물이다. 세계는 보이는 대상의 모든 것들이고, 그 대상을 매개로 하여 하나의 창작물인 세계를 재창조해내는 것이다. 이 때 세계를 만들거나 변주해낼 때 시인들은 그 세계로부터 다른 세계를 분리하거나 결합시키는 방식에서 완전한 다른 세계를 창작하여 재정립해내는 것이다. 창작의 과정은 항상 기존의 대상물에서 전혀 새로운 방향으로 분리와 결합이라는 부단한 노력을 통해 얻어지고 있다. 그러나 분리와 결합이 지니는 양자의 방식을 두고 어느 것이 옳고, 어느 것이 그르다는 명확한 해답은 없다. 분명한 것은 대상의 접근에서 직관으로 떠올린 것을 두고 많은 시인들이 분리에서 결합하거나, 결합에서 분리하는 양자의 방식을 모두 혼용하여 써 왔다는 것이다. 이희은이 비타자에서 타자로의 분리를, 최혜옥이 타자에서 비타자로의 결합방식을 취하고 있으나 사실 두 시인은 분리와 결합을 혼재하여 쓰기도 하였기 때문에 창작의 의도에는 별 차이가 없어 보인다. 그러나 이희은이 비타자에서 타자로의 분리방식이 밖으로 밀어내는 원심력의 자세를 취하고 있다

면, 최혜옥은 타자에서 비타자로의 결합방식을 안으로 끌어들이는 구심력의 자세를 취하고 있다는 점에서 차이가 난다.

비타자에서 타자로의 분리
- 그물을 벗어나려는 물고기의 문장

이희은의 첫 시집 『밤의 수족관』에는 "사막, 월식, 저녁, 손바닥, 등고선, 사람, 방, 그늘, 고양이, 빨래, 바다, 소녀, 여자, 목구멍, 서랍, 그림자, 오카리나"등과 같은 물고기들이 가득 차 있다. 그러나 이러한 물고기들은 "꼬리지느러미가 잘"렸거나 "토르소를 닮"아 있거나 "아가미엔 늘 모래가 서걱"거리고 있는 "퇴화"한 듯한 비타자의 모습을 본질적으로 지적해, 시적 성찰을 고취시키고 있다는 점에서 이희은의 시의 가치를 새삼 되새기게 된다. 그것도 등단하지 않은 얼마 되지 않은 시인의 첫 시집에서 강렬한 색채로 발아된 시세계의 케미가 골고루 분포되어 있다.

이희은이 본래적으로 추구하고 있는 시는 전통적인 서정성의 시세계임에도 불구하고 비타자를 타자로 분리시켜 나가는 내밀성과 진정성에서 시의 미학적 가치를 획득하고 있다는 사실이 역력히 드러난다. 이러한 예는 이희은 시집 곳곳에 산재해 있는 시말에서 찾을 수 있다. 이희은에게 타자는 "여자, 어머니, 할머니, 물고기" 등으로 나타나고 있으나, 궁극적으로 비타자에서 타자로 분리되는 계기는 "지도에 없는 골목"(「손금」)으로 들어가면서 시작된다. 시집 첫 부분을 장식한 작품 「손금」은 이희은의 시집 전체의 분위기를 암시해주는 서론으로 보아도 무방하다. 비타자의 "손금"에서 보이는 몇 개의 "비밀"은 "당신의 목소리"에서 타자로 치환되고 있다. 비밀과 당신의 목소리 사이에는 "담장 낙서, 기울어진 그늘, 금 간 유리창에 비친 나"를 엿보거나 바라보는 화자를 통해 시가 암시하는 "손바닥 안 골목"에서 "손금"을 확장해냄으로써 결국 비타자에서 타자의 "기울어진 그늘"을 주시하고 있다.

이희은은 "자꾸만 빠져나가는 물을 견디"며 "모래 무덤이 솟아"오르는 것을 감내하며 "발뒤꿈치가 사르륵 사르륵 부서"지는 비타자의 "바람이 머물고 간" 건조한 흔적을 "사막을 짓는 여자"로 분리시켜 타자화로 대치해내고 있다. 더 나아가 자연현상인 "월식"을 통해 타자인 엄마와 비타자인 화자의 관계에 있는 "바다"와 "물결" 또는 "기일"과 "생일"에서 여성성을 들춰냄과 동시에 월식이 가져다주는 에로틱한 이미지 너머의 엄마에 대한 타나토스를 "레퀴엠" 또는 "압화"로 그려내고 있다. 그런데 여기서 흥미로운 사실은 "월식"을 통해 드러난 시적전개는 "엄마의 바다가 닫히면서/ 나의 물결은 시작되었네"라는 첫 연에 시의 내용이 압축되어 있다는 점이다. 엄마는 타자로서, 나는 비타자로서 "자정의 시간"이 "교차"하기를 기다리지만 "기도는 오래전에 늙어"서 "월식"이 되면 닫히거나 시작되기도 한다. 그러나 "그림자와 함께 춤을 추는 밤"의 "월식"은 엄마와 화자가 그 경계를 주고받는 "자정의 시간"에서 오래전 기도를 하는 지경은 타자로의 분리에서 나온 결과물이 아닐 수 없다. 이러한 이희은에게 "둥근 식탁 밥풀처럼/ 깨진

 제1부 사소한 질문으로 나아가는

저녁이 뒹굴고 있었다"에서처럼 "(「평평한 저녁」)"은 엄마를 통해 자신을 되돌아보게 하는 또 하나의 작품이다.

『밤의 수족관』이라는 시집 제목에서 드러나듯 이희은의 작품 거개에서 나타나는 "물, 그물, 등고선, 물살, 물고기" 등의 시어나 시구들은 "물살의 골"(「헐렁한 등고선」)같은 불완전한 세계에서 "바다를 준비"(「바다를 준비하세요」)하며 완전한 세계로 나아가려는 "문장"으로 넘쳐나고 있어 이희은의 시세계가 애틋하고 물고기의 지느러미같이 분명한 방향성을 갖고 있음을 알 수 있다. "몸의 등고선이 무너지고" "폐곡선을 그리는 등뼈 위에/ 무거운 햇살이 내려와 앉"는 "물의 발자국"을 추적해 드러낸 「헐렁한 등고선」은 이희은이 「밤의 수족관」을 빌려 구체적으로 표출하고자 하는 본래의 시말이 다 담겨 있다고 해도 과언이 아니다. 등고선은 물살이나 물고기의 이미지를 주로 연상시켜주고 있다. "물살의 골, 묵은 나이테, 몸의 등고선, 폐곡선, 물의 발자국"은 물고기 또는 등고선으로 변주되어 결국 할머니에게로 접맥되고 있다. 다시 말해서 이희은이 타자를 분리해내는 그 정점에는 항상 물이나 물고기가 있다는 것이다.

여타의 다른 시들에서도 사람으로 돌아갈 수 없는, 따뜻한 눈물을 흘리고 싶은 눈사람이나(「한 방울 사람」) "까만 눈동자 하나/ 정화수 속으로 투욱, 떨어"져 내리고 "처마 밑 그늘"에서 "마른 꽃"이 되어 버린 할머니의 기도에서처럼 어김없이 물이 등장한다. 또한 "어머니 눈 속의 파도를 다독여/ 가장 잔잔한 바다를 준비해"둠으로써 "사리마다 수위가 높아져도 넘치지 않"는 「바다를 준비하

세요」에서 “물고기”로 나타나기도 한다. 어떤 때는 “밤의 그늘”이
나 “묵은 물감 냄새”가 나는 대상에서 “늙지 않는 웃음”(「늙지 않는
여자」)을 흘리는 여자로 나타나기도 한다. 이러한 이면에는 근본적
으로 “여자, 할머니, 어머니”등이 정체성으로 포장하고 있는 화자
의 경계에서 “그물, 물살의 골, 물살, 물결”등 장애의 요소들로부
터 극복해내려는 실존적인 양상이 크게 작용하고 있다. 즉 타자화
로 보이는 대상들을 단순한 필연의 관계가 아닌 동화와 투사의 거
리를 적절히 유지하고 있다 하겠다.

악몽은 옆구리에 지느러미를 달고
방 안을 헤엄치기 시작했다

시간이 반쯤 남은 수족관

벽시계는 아주 천천히
아가미를 벌렸다가 닫았다

굴절된 별빛의 방향을 따라
가시 뼈 사이사이 통증이 물풀처럼 흔들렸다

나는 매번 거품 같은 질문을 했고
시계는 물결처럼 매번 같은 대답을 했다

바람 빠진 부레로 물살을 넘나드는 동안

새벽은 몸속의 가시를 뽑아내며
비리내만 남긴 채 허물어졌다
-「질문」 전문

　이 시는 「밤의 수족관」을 위한 전주곡이다. "악몽"의 빌미를 제
공한 "질문"은 "굴절된 별빛"인 듯, "바람 빠진 부레"인 듯 "매번
같은 질문을 했고/ 시계는 물결처럼 매번 같은 대답을 했다". 그러
나 「밤의 수족관」에 이르러서는 "물살 위로 떠오른 물고기 한 마
리"로 상승시키면서 "자신의 별자리를 찾아 떠나갔다"고 하며 시
적 사유의 외연을 넓히고 있다. 이희은에게 "지느러미, 아가미, 부
레"가 있어도 "수족관"을 벗어나지 못하고 매번 같은 질문에 같은
대답을 들으며, "물살을 넘나드는 동안"에 "비린내만 남긴 채 허물
어져"가는 과정을 타자로의 질문을 통해 잘 획득해내고 있다.

　그러나 "악몽"같은 "질문" 이외에도 불완전하거나 불편한 시편
들이 나타나기도 한다. "불발된 폭죽만 드문드문 모래밭에 박혀
있었다"(「청춘」)는 표현에서부터 "화면이 깨진 실금, 당신이 버린
식탁, 목마른 허기"(「건조 소녀」)까지 사실적으로 건조하고 불완전
한 대상으로 화자와 무관하게 타자로 잘 분리시키고 있다. 좀 더
구체적으로 들여다보면, "관절마다 성에가 핀 양버즘나무, 썩은
나이테, 구부러진 달빛, 진물처럼 흘러내리는 안개"가 나타나는
「검은 목구멍」을 통해 불완전한 것을 더욱 그로테스크한 불완전

한 것으로 처리하여 비타자와 철저히 분리시키고 있다.

이희은은 "비늘에 십자가의 낙인이 찍힌" 수족관에서 "화석이 된 일기"를 꺼내 읽음으로써 "아무에게도 손 내밀지 못했던 글자들"에서 다시 "부장품으로 구석에 있던"(「서랍 무덤」) 타자와 비타자 사이에 "굳어 버린" 화자를 "서랍 무덤"에서 찾아낸다. 이희은이 이 시를 통해 전하고 싶은 메시지는 당신이라는 주체에서 나라는 정체성을 회복하려는 부단한 인식과 철학적 성찰에 다름 아니다. 이러한 예는 「오카리나 부는 여자」에서 그 면모를 여실히 들춰내고 있다. "새떼, 그물, 발톱, 공중에 나이테, 찢긴 날개, 날갯짓" 등이 시사해주는 시적사유는 새의 은유를 넘어 그물을 벗어나려는 물고기의 몸짓과 흡사하다. 새나 물고기는 그물의 구속으로부터 벗어날 때 참된 자유와 이상을 누릴 수 있다. 새나 물고기에게 그물은 그런 자유나 이상을 얽매는 장애물이다. 「오카리나 부는 여자」라는 시는 이희은이 시집을 마무리하면서 그물이라는 장애물을 초월하여 "날갯짓을 부화"시켜 완전한 세계로 나아가려는 "소리처럼" 평온하고 가쁜 호흡을 가다듬는 작품인지도 모른다.

이러한 기저에는 오카리나를 부는 여자를 통해 "공중에 나이테를 새기고 찢긴 새"로 치환되는 타자를 철저히 분리해내어 "그물"을 뚫고 헤쳐 나가고 있는 이희은의 시적면모를 밑그림으로 깔아 놓고 있다. 이희은의 시세계는 전통적인 유형의 서정성에 짙게 접맥되어 있지만 오래 묵거나 빛바랜 서정이 아닌 전혀 다른 이미지의 구성이나 대상을 대하는 시점을 비타자에서 타자로의 분리를 잘 견지해냄으로써 시의 미학적 효과를 한 층 더 심화시켜내고 있

다. 마지막으로 짧지만 비타자에서 타자로의 완결미가 돋보이는
작품을 한 편 수록하면서 이희은의 다음 이야기를 기다릴까 한다.

바람과 달빛이 올 사이 끼워둔 나의 축축한 이야기를 다 읽어 주었다
- 「한밤중 빨래를 널면」 전문

타자에서 비타자로의 결합
　- 이타와 자기애로 향하는 익숙한 사랑

　최혜옥은 2018년 『애지』 봄호에 등단하여 작품 활동을 시작하
면서 종내에는 첫 시집을 상재하였다. 비록 등단한 지는 얼마 되지
않지만 그의 시를 자세히 읽어보면 시력과 상관없이 내공이 만만
치 않음을 알 수 있다. 최혜옥의 시세계를 전반적으로 지배하는 주
된 경향은 의식과 무의식의 분리와 결합에서 파생되는 문명과 비
문명에 대한 폐해와 아픔, 그리고 근본적으로 어쩔 수 없는 고적감
을 사랑으로 환유하여 자문자답하는 데서 담대한 자세를 견지하
고 있다는 것이다. 그러한 일면에는 "부팅, 하이퍼 링크, 바퀴, 공
식" 등 문명을 암시하는 작품에서 "포맷된 세포(「굿모닝 부팅」), 아
스팔트에 찍힌 붉은 눈빛(「바퀴 달린 사람들을 고발한다」), 내밀한 길
(「외로운 날의 하이퍼 링크」), 먼지가 된 가방 속의 어제들"(「직진의 공
식」)로 문명에 잠식당하는 인간 정신의 폐해를 적나라하게 들춰내
고 있다. 또한 "괄약근, 무른 뼈, 비문증" 등에서도 지단한 문명의

비대에 따라 야기되는 인간의 질병을 지적해내고 있는데, 시인은 이런 일련의 시를 통해 노파나 아버지 심지어는 화자의 증세까지 들춰내고 있다. 이 외에도 "간절곶, 우체국, 들판, 정수리, 연주자, 바다, 가시, 파우스트, 보바리 부인, 괴테, 왼손, 애월항, 그림자, 거미, 그믐, 편지, 도시, 블랙홀" 등 다양한 층위의 시편들을 구성하여 그만의 시적 진실로 잘 정치시키고 있다.

그러나 여기에 등장하는 모든 대상물들은 최혜옥에게는 타자이면서 타자가 아닌 그 자신의 무의식에 오래도록 잠재해 있던 기억과 상상을 통해 현재의 의식으로 다시 재현된다는 사실이다. 이는 유년의 기억을 편린으로 되짚으려는 것이 아닌 일상에서 획득한 대상물을 오래도록 응시하거나 관찰하는 치밀성에서 기인한 것이다. 그래서 최혜옥의 시에서는 타자가 아닌 비타자와의 관점에서 쓴 작품이 많다. 어떻게 보면 최혜옥은 타자에서 비타자로의 결합하는 방식을 습득한 후 그만의 방식대로 시를 써 왔을 것이다. 그의 시를 정독해 보면 아픔을 아픔으로 보듬는 아름다운 시말들이 산재해 있다. 이러한 예는 "간절곶"을 비롯하여 "왼손의 애가, 물푸레 여자, 애월항, 거미"등에서도 극명하게 나타나고 있다.

최혜옥의 시는 읽기가 재미있을 뿐만 아니라 감동의 수위도 높다. 이것은 그의 시세계가 다양하면서도 여러 층위의 시적 대상들을 시로 잘 용해해내고 있기 때문이다. "파랑으로도 닿을 수 없는/ 그대만 간절한 곳에서/ 간절곶을 본다"에서는 "그대"와 "간절곶" 사이에 있는 타자들의 거리를 화자의 간절한 마음으로 이접시켜 비타자로 결합해내고 있다. 다른 작품 "굿모닝 부팅"에서도 마찬

가지다. "부팅"이 내포하는 문명의 이미지에서 "빛의 속도로 도착하는 하루"에 "압축을 풀어내면 경계가 무너질" 때 "사랑 파일에 적극 엑세스 할 것"을 부추기도 한다. "간절곳"에서 이중적인 경계와의 결합을 하고 있다면 "굿모닝 부팅"에서는 물질문명에 무너진 경계와 결합시키는 점이 주목받을 만하다. 아스팔트에 붉은 눈빛만 남기고 로드킬을 당한 고라니에서 어미를 찾는 새끼 고라니 울음소리(「바퀴 달린 사람들을 고발한다」)에서부터 바람을 안을 때마다 자라나는 「무른 뼈」에서 "슬픔이 뭉쳐 뼈가 된다"는 아버지에 대한 애틋한 연민을 드러낼 뿐만 아니라, "아프게 자국 난 내 심장의 이력" 때문에 "사랑했지만 과녁을 뚫지 못한 목마른 만남들"(「비문증」)에서 화자 자신의 온전하지 못한 건강을 "동공에 맺힌 마지막 연인처럼" 구체적으로 드러내고 있다. 이러한 시적 전개는 "과속방지턱을 넘는 듯"(「배경은 어제와 같음」) 어제와 똑같은 배경에 갇혀 있다. 그렇게 "직진만을 거듭하다"(「직진의 공식」) "먼지가 된 가방 속의 어제"들이 들어있는 비정상적인 도시에서 "직진의 공식"으로 일탈하려는 행위가 드러나기 시작한다. 그 행위의 시작은 "붉은 초상화"로 보이는 사랑의 불확실한 대상에서 추상과 구체적인 개념을 비타자로 결합시켜내려는 "붓을 들고도 그릴 수 없는 당신은/ 당신은 누구세요"(「누구세요」) 하며 자문하는 데서 비롯된다. 어떤 때는 최혜옥 스스로가 시는 "아무 것도 해명하지 않는다"(「그녀의 낯선 바다」)고 말하면서도 "침묵 속의 사유"가 안내하는 "생앓이"로 "낯선 시간"을 파악해내기도 한다. 이것이 최혜옥이 지니고 있는 시에 대한 믿음이자 진정성을 대하는 분명한 증거이자 자세이기도 한 것이다. 최혜옥은 시에서 우리가 익히 알고 있는 인물들의 이름을 제목으로 차용하거나 시의 내용에서도 비유적으로 인용하여 그 자신의 무의식과 의식에 무관하지 않게 사용하고 있음을 알 수 있다. 이는 오래 전에 각인된 감동과 충격이 많은 시간을 경과한 후 기시감이나 상상력으로 나타나는 현상으로, 이러한 바탕에는 항상 과거를 토대로 상상력이나 무의식작용으로 현재에서 재현되는 특징을 가지고 있다. 최혜옥 시에서 나타나는 "파우스트, 괴테, 보바리 부인"은 시인이 아닌 화자로 대체된 인물들로서 철학적 사유를 시적 심급으로 이어 놓고 있다. 먼저 「파우스트의 시인」에서 "불씨 하나를 얻기 위해/ 가진 보석을 다 팔고도" "불꽃으로 피어날 시를 찾아/ 백지에 불씨를 나르는" 화자는 파우스트라는 타자를 "사유의 늪"으로부터 벗어나려는 비타자화로 등가시키고 있다. "괴테의 거리"에서 나타나는 "이방인"은 비타자의 대체물로 "오래전 세상을 떠난 시인"과 대등한 시적대상물이다. 이러한 타자들의 "묵은 향"에서 최혜옥은 시의 접점을 "못다 핀 시간"에 "하얀 정장을 차려입은 구름"이라는 비타자의 시각에서 "농익은 포도주"를 마시며 "카르페 디엠"이라고 말하며 눈을 반짝거린다. 그리고 또 「보바리 부인의 열애기」에서는 대리만족을 환기해 주는 것으로 보이는 것 같지만 사랑을 부르는 방식이 독백이나 방백이 아닌 도저하고 절대적인 위치에서 당당하게 서 있음을 알 수 있다.

그러나 최혜옥 시가 지니는 가장 큰 특징은 자기애로 점철된 사랑에 대한 상처와 아픔을 가지고 있다는 것이다. 그런 사랑 때문에 더 아파해야 하고, 아픔을 스스로 감내하는 면역력을 터득한 후 나온 시편들이라 더욱 안타깝게 여겨진다. 이는 현 시대의 사람들에게 몇 가지 메시지를 전하고 있는데, 그 중 하나가 사랑할 줄 못하는 사람에게는 사랑하는 법을 일깨워 준다는 사실이다. 사랑은 알지만 사랑하는 방법을 모르는 사람에게 사랑하는 법을 시로 깨우쳐 주고 있는 것이다. 다음 시들에서 자기애가 어떻게 나타나는지 그 일면을 조금은 알 수 있다. 그늘을 짓는 그림자가 지니는 속성에서 화자를 복사하는 그림자를 통해 "그림자"라는 타자에서 "온몸을 재단한"(「그림자는 나를 복사한다」) 비타자로 복사하거나 "엉킨 타래"나 "파리 목숨" 같은 비타자를 "가 둘 그물이 될지 모른다고" 불안해하는 "밀폐된 삶의 도가니"로 표현하는 「그리움에 다가가다」는 비타자의 자기애를 더 겹쳐 포장하는 것으로 정점을 찍고 있다. 이러한 고독이나 사랑으로 내포한 자기애는 비타자로 하여금 언제나 슬프고 애절한 것으로 드러내고 있다. 이러한 예는 익숙한 길인데도 어둠에 묻혀 그대에게 가지 못하는 "「그믐」"이라는 타자에서 비타자의 안타까운 사랑을 "뭉텅뭉텅 밤이 무너"진다는 표현에서 잘 획득해내고 있다.

거기 내밀한 길이 있다네

한 잎의 낙엽 되어 바람 속을 뒹굴 때
숨 멈추고 눈 감으면 나타나는 문,
나를 인식하고 열리는 조붓한 길이 있다네

어둠이 깊어 갈수록 선명해지는
외줄기 통로
더듬어 끝 간 데로 따라가면
거기 낯설지 않은 방
나를 닮은 한 외로움이 골똘히 앉아 있다네

아, 비로소 알아채는 것이라네
나를 떠난 건 바로 나 자신이었다는 것을

외로움도 익숙하면 따뜻해지는 법.
찬비에 지워진 길이 몸을 움츠릴 때
나는 링크를 한다네
은밀한 문, 빗장을 풀고
나에게로 나를 전송한다네
－「외로운 날의 하이퍼 링크」 전문

　최혜옥의 작품 대개가 다 수작이나 그중에서 문명과 비문명의
사이로 전송하고, 전송을 받는 "내밀한 길"이 있는 작품을 꼽자
면 위의 시가 아닌가 싶다. 「외로운 날의 하이퍼 링크」는 전통적
인 서정과 현대의 테크놀러지가 결합하여 만든 새로운 유형의 시
작품이다. "내밀한 길"을 통해 들여다보는 외로움은 "익숙하면 따
뜻해지는 법"을 "하이퍼 링크"를 연결해둠으로써 깨닫게 된다. 이
시는 외로움에 대처하는 한 방식을 링크를 걸어 내밀한 길을 만들

어 은밀한 문의 빗장을 풀고 "나에게로 나를 전송"하면서 외로움을 재확인하려는 사랑과 사랑이 아닌 것들을, 타자와 비타자와의 최고조에 이르는 상태로 결합해내고 있다. 그리고 비타자화의 정수가 잘 드러나는 두 편의 시가 또 있다. 그것은 바로「왼손의 애가」와「가을 한 권」이다. 오른손 때문에 갖게 되는 타자의 위치와 시가 궁극적으로 말하고 싶은 왼손이라는 입장에서 "대소사를 치"르거나 "굼뜨고 어눌"하여도 "한 번도 비난하지 않고" "눈시울 붉히며 고마워만 했"던 비타자의 서늘한 손길을 추적하여 화자에 대한 "왼손의 애가"를 진솔하게 탐색해내고 있는 반면에,「가을 한 권」은 나뭇잎이 쓰는 "붉은 유서"를 통해 "사족, 퇴고, 탈자, 표절" 등의 용어에서 나타나듯 시 쓰기의 어려움을 비유적으로 토로하고 있다. 시 쓰기의 열정을 나뭇잎이 "붉은 빛"을 띄거나 "물기 한 점 없는/ 노을을 표절한 문장"으로 사실적이고 자연적인 현상에서도 풀어낸다. "몸으로 쓰는 곡진한 사연"을 "고요히 더 고요히/ 가벼이 더 가벼이"하는 경건함을 지닌 채 "가을 한 권"을 "최후의 열정"으로 정제하여, "붉은 유서가 기록"이 되도록 "나무의 변심"에도 흔들리지 않고 절차탁마를 하는 환유적인 이미지로 잘 그려내고 있다.

최혜옥의 시에서 그 자신의 처지나 심경을 잘 드러낸 시는「물푸레 여자」이다. 시인이 물푸레 여자이면서 동시에, 물푸레 여자가 시인이 되어 결국 "물푸레 여자"로 동일화되어 나타나고 있다. 어떻게 보면 잠재의식의 세계에 흩어져 있는 익숙한 사랑의 행위를 간절한 바람으로 다시 재정리하고 있다 하겠다. 잠재의식의 가장 큰 바탕이 되는 인간행위의 단초는 과거의 사건이나 정신적인 층위로 짜여진 다양성이 현재의 사건이나 대상에서 다시 상상력으로 재현된다는 것이다. '사랑, 고독, 그리움, 슬픔' 등 비가시적인 사유의 층들이 "여자"라는 본질적인 자연물과 인지할 수 있는 상황으로 결합될 때, 과거의 상처나 고통으로 인해 비타자의 심경을 혼란스럽게 하는 결과를 초래할 수도 있다. 그리하여 타자에서 비타자로의 동화를 통해 많은 대상물이나 시적인 용어에 타자를 비타자처럼 대유시키거나 은유시킨 것 또한 사실이다. 시에서 타자에서 비타자로의 결합 방식은 생득적으로 취하는 자연스러운 기법이며 신에게서 입은 은혜이자 신이 내린 축복이라 하겠다. 따라서 최혜옥은 사랑의 시로 인해 축복을 받았고, 타자에서 비춰지는 무위식이나 이타적인 자기애로 인해 은혜를 입었다고 볼 수 있다. "천 년 묵은 돌기"로 "바람이 지은 집"에서 "불치병 같은 사랑"을 마음껏 하길 바라며, 최혜옥의 내면을 추동하는 이타와 자기애가 항상 시라는 과녁을 겨누고 있기를 바란다. 그런 의미에서 다른 날에 명중되어 나올 시를 위해 미리 축복의 인사를 남겨둔다.

익숙한 것에서 더 익숙한 것으로, 그 변형의 자서
– 이선희의 시집 『소금의 밑바닥』을 읽고

금번 상재한 이선희의 시집 『소금의 밑바닥』은 각기 다른 개별적인 작품들이 서로 유기적 관계로 이루어져 한권의 시집이자 하나의 작품세계를 이루고 있음을 알 수 있다. 모두 4부로 나눠진 시집은 각기 다른 작품들로 구성되어 있지만 내용이나 주제에서도 모두 서로 유기적 관계를 맺고 있어 이선희가 근본적으로 추구하는 작품세계를 보는 듯하다.

이선희의 시집은 각각의 시작품이 만들어낸 시집이 아니라 서로 다른 작품들이 유기적으로 연결고리를 형성하여 빚어낸 소중한 의식의 결과라 할 수 있다. 또한 시집의 출발은 자서에서 시작해서 자서로 결말을 짓는다. 그리고 익숙한 것에서 더 익숙한 것으로 변형을 추적하는 단독자의 길을 걸어오면서 이선희만의 시세계를 구축하고 있음을 감지할 수 있다.

1. 삶의 구조를 헤집는 자서

시는 많은 구조로 이루어진다. 외형적인 면은 차치하더라도 내용적인 면에서는 더욱 그러하다. 그만큼 시의 내용이 다양하고 시를 쓰는 시인의 개성이나 기술에 따라 진폭의 방향성이 결정되기 때문이다. 과거의 전통적인 시의 범주에서 벗어나 새로운 시들이 진화하여 왔고 시를 위한 시들이 대거 등장하였다. 출판물보다 많이 쏟아진 인터넷의 대중매체가 소비를 촉진하였으나 다른 한편으로는 문화의 흐름과 발전을 저해하는 요인이 되기도 하였다. 새로운 대중매체에 밀린 시가 소외되고 푸대접 받는 시대가 도래하였다. 그러면서까지 시가 사양되지 않고 현실과 인간 사이에 존재하는 이유는 무엇인가라는 물음은 한낱 어리석은 질문에 지나지 않을 것이다. 시의 존재는 인간의 존재를 의미하는 것이요, 인간의 존재는 시의 존재를 의미하는 것이기 때문이다. 시와 인간과의 관계는 인류의 탄생에서 종말까지 영구히 함께 할 것이다. 인간이 삶을 영위할 수 있는 한 시도 어떤 의미나 존재로 인간의 삶을 희로애락으로 표출해낼 것이 자명한 사실이다.

오래전부터 시는 타자나 대상에서 자아나 주제에 부합되는 동일성을 탐색해냄으로써 삶의 구조를 더듬어내려는 시도를 끝없이 해왔다. 이선희의 시집『소금의 밑바닥』에서도 대개가 이런 맥락을 지니고 있어 그 의미가 사뭇 깊어 보인다. 그가 짚어내는 삶의 구조에는 "사막, 소금, 등뼈, 꽃, 나무, 단추, 멸치, 하루살이, 저임금 노동자" 등 아찔하고 불편한 대상으로 대치되어 등장한다. 그러나 이러한 대상들은 시에 들어가는 부수적인 매개체들이 아니라 궁극적인 주제의식을 끌어가는 다른 대상들로 전이되는 특징을 가지고 있다. 이러한 예는「거울 속의 사막」에서 거울에 비친

사막을 통해 "낱낱이 드러내는 맨얼굴"을 보며 오래된 골처럼 좀
체 덮어지지 않고 살아갈수록 곳곳에 함정만 파놓은 부실한 화자
에 대한 자서를 극명하게 나타내고 있다.

소금을 녹이니
바닥에 가라앉은 뻘이 보인다
순백색 소금의 몸에 뻘이 들어있었다니
짜디짠 정신으로
까칠하게 각을 세우고
세상의 간을 맞추던
그 정신의 기둥이 뻘이었을까

뻘을 품고
더 단단한 결정이 되어갔을 소금은
한번도 뻘을 인식하지 못하고 평생을 살았을지 모른다
어쩌면 뻘과의 관계를 조금은 부끄러워했을지도 모른다

밑바닥에 가라앉은 뻘처럼
어느 날 치매 병동에서 본 얌전하고 곱던 할머니
세상의 온갖 욕을 종일 읊조리고 있었는데

내가 녹아버렸을 때
나를 지탱하던 그 무엇의 모습이

문득 궁금하고 두려워지는 것이다

-「소금의 밑바닥」 전문

　시집제목이자 작품제목인「소금의 밑바닥」에서는 녹은 소금을
통해 드러나는 바닥의 뻘에서 치매 병동의 할머니에게로, 곱던 할
머니의 모습에서 다시 화자를 지탱했던 모습과 녹아내렸을 때의
두려워지는 심리상태까지 정서의 공간으로 미리 확보해 놓고 있
다. 다른 한편으로는「꽃의 구조」에서처럼 국밥집 아주머니가 이
고 가는 꽃을 짐으로 치환시켜 허물어지는 정수리를 균형 있게 잡
아주려는 따뜻한 면모도 나타냄으로써 "꽃의 구조"에서 삶의 구조
를 환기해주는 시의 구조로 이접시키기도 한다. 이선희가 시의 구
조로 드러내고자하는 삶의 이면에는 어느 특정 계층이나 공간을
별도로 가리지 않고 다층적으로 발현해낸다. 그만큼 그가 관찰한
것을 치밀하게 시적대상으로 채집한 흔적들이 온전하지 않고 "덤
으로 얻어온 껍데기"(「알맹이의 흔적」)같거나 "육십 넘은 남자의 이
력"같기도 하여 언제 어디서든 쉽게 만날 수 있는 보편적인 것들
이어서 편하게 다가오는 것인지도 모른다.

　그러나 화자 자신에 대한 자서에 버금이 될「멸치의 자서전」에
서 상중하로 품종이 갈리는 멸치를 통해 오장육부까지 발라내려
는 타자에 대한 삶의 구조는 화자에게로 되돌아오는 신산한 아픔
을 보듬어내기도 한다.

흔들린 강도만큼 새어 나오는 거품

속수무책 빠져들던 미완의 날들

김빠진 거품이 사라진 후

여기저기 찌그러진 채 나뒹굴던 깡통들

그의 하얀 웃음도 사그라들었다

-「깡통의 허리」부분

　　이선희가 바라보는 삶의 구조는 언제나 흔들리고 강도가 세고 "속수무책 빠져들던 미완의 날들"에 치중되어 있다. 찌그러진 깡통들이 나뒹굴 때마다 웃음이 사그라들고 김빠진 시간을 연장하려고 생의 수모도 겪어보지만 그러면 그럴수록 미완의 날들과 짧은 수명에 오히려 허리를 숙여 감사의 인사를 하는 장면을 역설적으로 포착해낸다. 여기에 그의 집요함과 끈질긴 시말에 대한 고민의 흔적이 엿보인다. 이와 같이 한층 더 새로운 사유의 세계에서 삶의 구조를 뒤엎는 시는 X-ray를 찍다가 신이 만든 잠기지 않는 흑백의 고요로 닫혀있는 대문(「잠기지 않는 대문」)을 표현하거나 철봉대에 매달려 "턱을 질기디질긴 생의 선 위에 걸어 놓고/ 온몸을 바싹 오그리고/ 부들부들 떨며 핏대를 세우고" 있는 "쉰 살"의 모습은 "별에서 아주 떨어질뻔"한 삶에 대한 페이소스로 각인해내기도 한다. 여기서 더 나아가 하루의 노동을 끝내고 돌아오는 "저임금 노동자"에서는 "종일 누군가의 주머니 속을" 들락거리다 구겨진 노동자의 삶의 구조를 사실적이고 구체적으로 희화화시키고 있다. 그러나 「바람의 패러독스」에 이르러서는 삶의 구조가 미완이 아닌 어느 정도의 안정감과 완결성을 견지하고 있음을 알 수 있다. "돌아가기엔 너무 늦었다는 이유로" 화자 자신에 대한 자서는 "끝내 그 길을 고집"하게 되고, "바람의 패러독스를 깨우친 시인이" 되기도 한다. 이선희에게 삶의 구조는 시의 구조이자 자서에 대한 바람이자, 맑은 하늘아래에 선명하게 보이는 소금의 밑바닥 그 자체일 수도 있다 하겠다.

2. 이타로 향한 변형의 시각

굳이 존 스타이너의 말을 빌리지 않아도 시의 출발은 사랑에서 비롯된다는 것은 주지의 사실이다. 시는 근본적으로 빚진 사랑에서 출발하고 있다. 빚진 사랑은 축적된 서사와 시간의 흐름 속에서 묵혀 온 지난한 서정의 한 형식이다. 그래서 바로 드러나지 않고 시간이 오랫동안 지난 후에야 반성이나 성찰과 더불어 완숙해지면서 나오는 것이다. 시에서 사랑은 다분히 이타적이어서 타자에 대한 배려와 자아를 확인하는 방법으로 종종 이용해왔다. 또 시는 사랑에 관한 주제를 외연적으로 확장하려고 잠재적으로 활용하거나 직접적으로 사용하기도 하였다. 결국 시는 사랑이 있어야만 쓸 수 있는 변형의 문학양식으로 입지를 갖추어왔고 대상에 대한 이타의 시각을 내밀하게 엮어왔다. 이선희의 시에서도 보이는 이타의 사랑들은 경전 글자를 새기듯 차곡차곡 쌓아가는 뭇사람들의 인연과 관계를 맺고 있다. 그 인연을 통해 세밀한 사랑을 드러내는 과정에는 "수선집 여자, 허리 굽은 노파, 수술대에 누워있는 그, 속

빈 여자, 과일 노점상, 도배하는 여자, 로드킬을 당한 짐승, 나비"
등 다양한 층위의 대상들이 나타난다.

굽은 허리에 채머리 떠는 노파
오랜 기간 많은 문제들에 집중하느라 변형된 체형이겠다

너무 어려워 흘려버린 문제들은 강펀치로 돌아와
노파의 뒤통수를 쳤을 것이고
난해해서 밀쳐두었던 지문들은 꿈틀꿈틀 질겨져서
그의 허리를 감아 내렸을 것이다

풀어야 할 문제들이 쌓여간다
정답은 쉽게 나타나지 않고
높아진 난이도에 관계는 이리저리 꼬여간다
이 문제들이 다 풀리면 남은 생이 좀 수월할 것도 같은데

당신이라는 문제를 다시 읽기 시작한다
길고 헤깔리는 지문
긴 지문을 읽다가 그만 당신을 놓치고 만다
왜 이 어려운 문제를 읽기 시작했을까
갸우뚱갸우뚱 고개를 저으며
-「변형되는 중」 전문

이선희에게 이러한 대상들은 순간의 인연이 아닌 영겁의 인연으로 항상 도외시할 수 없는 초월적인 이타의 변형으로 "촉의 힘"을 지니고 있다. 그 대표적인 작품이 「변형되는 중」이다. 허리 굽은 노파를 보며 "오랜 기간 많은 문제들에 집중하느라 변형된 체형"으로 인식해내는 시말은 이타의 극치이자 변형의 유형을 익숙한 것에서 더 익숙한 것으로 승화시키고 있다. 이선희의 시가 쉽게 읽혀지고 감동이 남다른 것이 이런 연유에서가 아닐까 싶다. 그러나 이선희가 추구하는 시의 전개는 단순한 이타로 향한 변형의 시각이 아니라 변형을 통해 드러내는 다른 이타에서 치유의 바이메탈을 설치해둠으로써 정체된 자아나 아픔으로부터 회복할 수 있는 여지를 마련해두고 있다는 사실이다. 이러한 예는 "조금 부족하거나 헐렁거려도", "바늘에 손가락 찔러가며 경전 글자를 새기고" 있는 「수선집 여자」에서도 충분히 드러나고 있다. 또 "절단과 봉합을 반복하다가/ 바닥에 바닥을 헤집다/ 한순간 뒤죽박죽 엉켜" 살아온 "수술대에 누워있는 그"나, "새 간판 달아보리라는/ 텅 빈 속 가득 메꾸고 다시 살아보리라는/ 빈 상점의 펄럭이는 처마 차양"을 바라보는 「속 빈 여자」의 시선도 마찬가지다. 이선희의 이타에 대한 시각은 동정이나 궁핍이 아닌 미래에 대한 답보로 이루어진 희망이자 바람이라 할 수 있다. 지하방에서 지상의 방 한 칸을 꿈꾸는 "과일 노점상의 하루"는 단적인 예이지만 변형의 정점에 잇닿아 있다 하겠다.

이선희가 이타에 대한 변형의 시각을 확대시켜 놓은 작품으로는 「도배하는 여자」가 아닌가 싶다. "등짝이며 엉덩이에 파스가 덕지 덕지 붙어” 있는 “도배하는 여자”에서 그가 감지한 것은 “그을린 벽지처럼 누루스름”한 그녀의 몸보다는 균열이 난 벽을 도배로 덮어버리는 여자의 희망과 꿈을 변형된 정서로 잘 감싸내고 있다는 것이다. 그러나 이선희가 우선적으로 지향하는 시의 의도는 이타에 머물지 않고 타자에서 이타를 헤집어내 한 차원 더 높은 변형의 대상물을 만들어 내는데 있다. 그 대표적인 시가 「촉의 힘」이다. 끝이 뾰족한 못에서 번번이 빗나가며 뭉툭하게 살아온 화자를 가늠하여 “중심을 잡고 있던 촉”으로 환원시키고 있다. 내장을 다 털린 로드킬을 당한 짐승(「도로에서」)을 바라보는 시선이나 고양이의 꼬리에서 인간의 퇴화된 꼬리(「꼬리의 기억」)를 기억해내는 방식 또한 같은 연장선상에 있다고 해도 과언이 아니다. 그리고 엄마를 알을 슬어 놓은 나비로 전이시켜 “오롯이 남은 생명으로 접히지 않는 날개 한쪽 발발 떨며 요양병원 중환자실 밝은 형광등 아래”에서 죽음을 기다리는, 생명에 대한 이타적인 질문을 하기도 한다.

안전하게 알을 슬어 놓고
오롯이 남은 생명으로
무엇의 이목이 거슬렸는지 엉뚱히 팔랑거리다
접히지 않는 날개 한쪽 발발 떨며
가로등 밑에서 죽음을 기다린다
요양병원 중환자실 밝은 형광등 아래
– 「나비」 부분

3. 거친 습성과 기제에 대한 반응

　하나의 습성은 인간의 행동을 집요하게 되풀이시키면서 몸에 익은 채로 굳게 만든다. 시에서 습성은 시를 이끌어내는 대상에서부터 전개까지 집요한 관찰과 상상을 반복하게 해준다. 습성은 지극히 시인이나 화자의 개인적 행동에 불과하지만 서사와 서정을 가름하는 중요한 양식이 되기도 한다. 그래서 시를 쓰는 습성은 오랫동안 개인적인 것에 치우쳐 온 사유의 세계를 독자와 공유하는 것으로 되돌려 놓는 기본적인 의식의 단계라 할 수 있다. 이에 비해 기제는 시인의 행동에 영향을 미치는 심리작용이나 원리를 말한다. 시인의 심리상태에 따라 시가 방어나 공격적일 수도 있는 까닭이 이러한 데에서 비롯된다고 이해하면 된다. 기제의 원인과 유형에 따라 인간의 삶도 기본권과 자연권으로 구분되어 그 의미를 각각 부여해왔다. 자연권은 본질적인 측면에서 자연에 대한 순응적인 권리로 이해되지만 기본권은 그 의미가 확연히 다름을 알 수 있다. 기본권은 마땅히 누려야 할 권리로서 자유, 평등, 정의 등 포괄적인 권리이다. 그래서 시에서 기제를 사용할 때는 불평등, 부정의, 부조리 등을 메타포로 변주하여 자주 시말로 끌어넣고 있는 것이다.

굴비 한 두름을 개수대에 풀어 놓는다
파도를 타던 몸의 습성인 듯
가지각색 몸짓으로 널브러진다
묵상 기도 중 잡힌 굴비

화를 참다 잡힌 굴비

딴짓하다가 잡힌 굴비는 아직도 비굴하다

수시로 소금 세례를 받다

이젠 돌이킬 수 없어졌을까

멀뚱한 표정 바뀌지 않는다

지금 웃는 굴비가 더 맛날 것 같긴 한데

꼭 그렇게 만나지지는 않더라도

꼼짝 못하게 절여질

내 마지막 얼굴을 그곳에서 뒤적여 보는 것이다

-「굴비의 표정」 전문

　　이선희도 여타의 시인들이 보여준 기제를 사용함으로써 그만의 시세계를 구축하여 왔다. 그러나 그가 이끌어내는 기제의 반응은 기제를 서술해 놓은데 그치지 않고 습성과 기제를 병행하여 서술함으로써 긴밀성을 갖추고 있다. 「굴비의 표정」에서 나타나듯이 파도를 타던 굴비의 습성을 지적해나가면서 "굴비는 아직도 비굴"하다는 기제를 전면에 내세워 놓고 "내 마지막 얼굴을 그곳에서 뒤적여 보는 것"으로 흔한 "굴비의 표정"이라기보다는 굴비의 습성에서 비굴한 굴비의 기제를 포착해낸다. 이선희에게 굴비의 표정은 굴비의 습성보다는 마지막 내 얼굴을 뒤적여 보는 기제를 빠른 속도로 전개시켜 긴장감을 배가시켜낸 작품이라 할 수 있다. 또 작품 「넝쿨 잡초」에서도 습성과 기제가 동시에 나타나고 있다. 잘 못 건드리면 긁어버리는 넝쿨 잡초의 습성에서 "잡고 일어설 곳을

찾아/ 어떻게든 범위를 넓히려 두리번”거리는 넝쿨 잡초의 기제에
대한 방식까지 시적으로 잘 획득해낸다.

사방은 늘 아찔한 천 길 낭떠러지
사나운 짐승에게 급습당한
쓰라린 추락의 후유증은
벼랑 생활의 필수품이다
- 「벼랑에서」 부분

야근을 도맡아 해도 날개는 돋지 않았다
밤이나 낮이나 늘어지는 어깨
틈만 나면 무거워진 몸 아무데나 부려 놓는다
사는 것은 늘 어디까지 차오른 물속을 헤집는 일
- 「날개를 추적하다」 부분

　　이선희가 기제로 사용하는 시말에는 기제에 대한 추측과 사실을
잘 나타낸다. 그 대표적인 시말들이 “벼랑, 절벽, 추락, 무거워진
몸, 물속” 등이다. 이런 시말에서 추론할 수 있는 사실은 불편과 아
픈 기억들을 동반하거나 편재하고 있다는 것이다. 일상과 보편에
젖어 있는 기제들은 독립적으로 존재하거나 중심부로도 휩쓸리지
않고 “점차 퇴화되어 그 흔적 없어진 것”으로 허우적거리며 하루
에 잠긴다는 현실적인 기제로 드러날 때 이선희의 시는 여전히 주
변부에 있어도 좋을 듯하다.

이선희에게 습성은 "추적하는 날개, 빈집의 눈물, 나뭇잎의 두려움"일 수도 있다. 그러나 그가 근본적으로 바라보고자하는 습성은, 대상의 습성에서 드러나는 직관적인 시의 습성을 획득해내는데 있다. 그에게 여타의 것들은 습성에 빠져 있는 기존의 것들로 가득하지만 그는 기존의 것에서 낯익은 것을 탐색해내어 더 낯익은 것으로 선별해내는 시에 대한 습성과 기제를 대하는 자세가 분명하다 하겠다. 이선희에게 습성은 삶과 사랑의 습성, 아니면 사랑과 삶의 습성이 지닌 기제에 대한 반응 속도로 빠르게 일어나는 직관을 초월하여 쏟아내고 있는 시의 힘이 아닌가 싶다. 그래서 지금도 외로운 습성 앞에 산발한 머리를 흔들며 짐승처럼 울부짖고 있는 듯하다.

외로움의 습성은
자신부터 망가뜨리는 것
뿌연 먼지를 뒤집어 쓴 채
우우, 산발한 머리를 흔들며
짐승처럼 울부짖고 있다
- 「빈집의 눈물」 부분

4. 다시 일상성으로 회귀하는 경전의 자서

이선희의 시가 추구하는 시의 종착지는 어디일까? 아마도 그도 한번쯤 이런 의문에 대해 자문자답을 해보았을 것 같다. 시상을 확장시키는 계기가 되는 것은 어떤 질문에 대한 철학적인 대답을 구하는데서 비롯된다. 다른 한편으로는 보편적인 것에서 특수한 것을 적출해내기도 하고, 특수한 것에서 보편적인 것을 결합시키는 것이 시의 역할이라고 우리는 일반적으로 이해하여 왔다. 그러나 이선희가 획득해내는 시의 가치는 보편적인 것을 더 보편적인 것으로 승화시킬 뿐만 아니라 시의 초점을 달리 본다는 사실에서 생경하고 참신하다 하겠다. 그가 대상을 통해 드러내는 시말이나 시적진실은 하나의 시말로 정치시키는 시작詩作이 아닌 비교대상이 되는 다른 사물을 병치시켜 놓음으로써 시의 변주를 덧씌우고 있다는 것이다. 그러나 이러한 밑바탕에는 언제든 시적 상상력으로 뒤엎을 수 있는 가역성을 이선희는 잘 활용하고 있다. 그에게 시의 가역성은 언제나 일상성에서 발견되고, 결국 시로 환기시켜내는 회귀의 능력을 가지고 있다. 언제부턴가 시에서 이념과 네이션이 사라지고 근래에 들어서는 시가 사소해지기까지 시작했다. 사소한 시들은 지극히 개인적 경향에 보조를 맞췄고, 시를 읽거나 쓰는데 어려움을 더 부채질하였다. 이선희의 시는 이러한 시류에 편승하지 않고 그만의 시세계를 구축하여 단독자의 길을 걸어왔다. 그의 시에서 드러나는 일상성의 특징은 여성 문화인류학자인 우켈레스가 말한 "일상에서의 예술"과 일맥상통한다고 해도 과언이 아니다.

육중한 장롱이 쓰러졌다
굳건하게 안방을 지키던 그가

아파트 공터에 아무렇게나 뒤집혀 있다

쓸모를 다했다는 표시로 노란 딱지도 붙었다
누군가 그를 두드려 본다 뒤집어 본다

목장갑 낀 손이 이리저리 쓰다듬는다
순간 그가 번쩍 빛을 발한다
폐품 딱지 붙은 장롱 어딘가로 실려 가며

마지막 한 소식 전한다
덜컹!
세상 참 좋아져서
막바지로 치닫던 관계도
끝이다 싶던 상황도

덜컹덜컹
다시 살아나기도 했다.
-「덜컹」 전문

　　이선희는 시를 쓰는 데 있어 참으로 다재다능하다. 시의 내용도
그렇지만 시를 끌고 가는 힘이라든가 주제의식을 맺는 방법에서
도 남다르다. 아마도 이선희가 마주하는 일상의 모든 대상들이 시
로 보이거나 시를 쓸 수밖에 없게 만드는 촉매의 덫에 빠지게 하는

지도 모른다. 아니면 그가 취사선택을 할 수 있는 여지도 없이 "덜컹", 경계를 넘어 시로 빠르게 접속되었을 법도 하다. "털컹"이라는 시도 그렇게 만들어진 예가 아닌가 싶다. "덜컹"이라는 음악적 이미지에서 "마지막 한 소식"에 가슴을 쓸어내리는 "덜컹"으로 가역을 함으로써 "다시 살아나"는 이미지로 이접시키고 있다. 이러한 데에는 아파트 공터에 버려진 장롱을 폐품 수거하는 사람이 어딘가로 싣고 가는 일상의 모습에서 기인되고 있음을 알 수 있다.

경전은 일상적인 말과 구별되는 점에서 시말과 다르지 않다. 경전이 구술로 전해지다 문자로 정착되기까지의 과정도 시와 별반 차이가 없다. 이선희에게 경전은 "물이 가득한 논"에 "한들한들 붓을" 갈기며 경전의 깨우침을 위한 "박히는 글자들"(「계절의 경전」)로 묘사가 된다. 글이 문장이라면 이선희가 시로 드러내는 경전 역시 자아와 대상 사이의 간극을 좁혀주는 시라 할 수 있다. 그에게 경전은 남을 위한 것이 아닌 오직 화자에서 타자를 꿰뚫어내는 진실한 자아에 귀착되어 있는 것이다. 그래서 경전을 통해 자서를 넓혀 궁극적으로 시의 심급을 확장시키고 있다 하겠다.

자신을 조이려 애쓰다 마모된 것인지

조여도 조여도 헛도는 마찰력

암나사의 나사산이 무너지는 순간

척추에 박힌 못이 헐거워진 것인지

-「나사 조이기」 부분

도시의 긴 건널목을 꿈틀꿈틀 기어가는 지렁이
건장한 어깨와 날씬한 정강이 사이에서
육중한 보행자의 구둣발 사이에서 아슬아슬하다
－「지렁이 건널목」부분

　작품 「나사 조이기」에서 보이듯 헐거워지고 마모되는 나사의 속
성을 경전의 문장처럼 빗대어 잘 내면화시켜 내거나 "육중한 보행
자의 구둣발 사이에서 아슬아슬"하게 "긴 건널목을 꿈틀꿈틀 기어
가는 지렁이"를 사실적으로 드러낸 「지렁이 건널목」 또한 시멘트
바닥을 기어가는 지렁이의 만행이자 천축을 향한 오체투지가 빚
어낸 아슬한 경전에 다름이 아니다. 이러한 양상은 "순순히 쏟아
지는 깨"를 보며 "소박하게 침묵으로 익어" 오면서 수난과 축복을
받은 계절을 통해 "참으로 이룩된 경전"이라고 파악해내는 「깨를
털며」에서도 나타난다. 이 외에도 "실직"이라는 일반적인 대상에
서 둥치가 잘려나간 가로수 플라타너스를 통해 "발을 빼지 못"하
거나 "간격을 조절하기 위한 구조조정"(「실직」)이라는 극단적인 표
현으로 "실직"에 대한 상황을 더 부각시켜내기도 한다.

수풀이 무성한 좁은 길 끝 외딴집
뾰족한 대나무 울타리를 치고
깊은 밤까지 칼 가는 소리
풀이나 꽃도 날 세워 피는 곳
그곳에 방문한 사람들은

생채기 몇 개씩 얻어 나오고
마당엔 피자두가 흉흉한 소문처럼 익어가는

그런 숲속 외딴 흉가 몇 채를 거쳐온 것만 같은
욱신욱신 지나온 하루
첩첩 출입문에 들어서는
긴 비번의 숫자 안락하다
-「귀가」 전문

　이선희의 시가 삶의 구조를 헤집으며 몇 번의 변형을 거치고 기제에 대한 반응으로 경전을 넘나들며 도착한 곳은 집이다. 그것도 수풀이 무성한 좁은 길 끝에 있는 외딴집이다. 그에게 집은 "욱신욱신 지나온 하루"이자 "첩첩 출입문이 들어서는/ 긴 비번의 숫자 안락"한 곳이기도 하다. 그러나 그러기위해서는 "깊은 밤까지 칼 가는 소리"가 있고 "생채기 몇 개씩 얻어" 나와야만 가질 수 있는 집이다. 돌아갈 집이 있다는 것은 행복하고 소속감이 있다는 뜻이다. 이선희에게 "귀가"는 굴곡진 하루의 시간을 마치고 돌아가는 화자 자신의 귀가이자 경전을 짓기 위한 자서의 공간으로의 회귀라 할 수 있겠다. 그에게 자서는 영원히 닫혀있는 것이 아니라 항상 새로운 것을 위해 열어두는 거대한 문이다. 그의 시가 때로는 시의 궤도에서 벗어나더라도 참신하고 생경한 경전을 여전히 새겨내는 그만의 자서가 시로 지속되기를 바란다.

허공만 들이받다

자진해서 부러지던 뿔

언제부턴가 속으로 각을 만들어

자꾸 무너지려는 나를 지탱시키네

시는 나의 뿔 세상에 각을 세우네

– <시인의 말>

　자서는 시인의 말이고, 시인의 말이 곧 자서가 된다. 시인의 말을 빌려 이선희의 시집에 나타나는 시세계를 가늠할 뿐만 아니라 그의 시관까지도 엿볼 수 있다. 그래서 자서는 자서에 그치지 않고 한편의 시로 읽혀지기도 한다. 이선희의 자서는 "세상에 각을 세우는 뿔"로 등장하지만 "언제부턴가 속으로 각을 만들어 자꾸 무너지려는 나(시인)를 지탱시키"는 뿔로 담대하게 이끌어낸다. 그러한 담대한 뿔이 비단 자서에만 머무르지 않고, 세상을 향해 각을 세우는 경전 속마저 헤집어내 시의 자서를 펼치기를 또한 기대한다.

자문_{自問}에서 서정의 언어로 더듬어낸 성사_{聖辭}
– 이진환의 시집 『오래된 울음』을 읽고

시에 있어서 자문이 지니는 역할은 시를 창조해내고 시를 외연적으로 더 톺아보면서 하나의 서정을 더듬어내는 필연적인 기교이며, 시를 창조할 수 있는 기본적인 바탕이라 할 수 있다. 특히 자문이 어떤 대상에서 포착해낸 일부분을 시로 창조하려고 할 때, 자문의 의미는 시를 더 의심스럽게 보게 되는 계기가 되기도 한다. 시에서 쓰이는 자문은 그 자체가 일종의 시를 구현하게 되는 실질적인 요소가 되고, 자문 그 이상의 사유를 증폭시켜주는 자문이 된다. 자문은 시에서 다양한 대상들을 탐색해내어, 그중에서 하나 또는 여러 개의 화소나 이미지들을 만들어 낼 수 있기 때문이다. 자문은 시에서 대상들을 흩어지게 하거나 한 군데에 끌어모을 수 있는 실마리가 되기도 한다. 여러 방면에서 나온 자문은 언제든지 변할 수 있는 가변성을 지니고 있어 시와 대상을 혼돈시키거나 질서를 유지시켜가며 어떤 형식으로든 존재하고 있다.

수많은 자문 속에서, 또는 대상의 많은 변질 속에서 자문의 속성을 이해하는 데는 결코 쉽지가 않다. 자문은 시가 의도하는 대로 다 노출이 되지 않고, 다양한 이미지나 문체에서 시말 또는 시어의 형식을 빌려 시라는 장르로 정확하게 획득해내기도 한다. 이는 시인의 내면을 뚫고 나온 자문의 강한 욕망의 분출이며, 시와 자문이 함께 공존하여 시를 창작해내는 일종의 과정이 되는 좋은 밑거름이 된다. 대상과의 자문, 시인과의 자답, 서정과 시어 등 자문을 통해 촉진되는 시의 여러 형식은 어느 하나에 그치지 않고, 서로 상관관계를 주고받으며 절대적인 시의 연결고리를 형성한다.

　이진환 시인은 이러한 자문의 기교와 기능을 잘 인식하고 있는 시인이다. 자문에서 서정의 언어로 더듬어낸 성사聖辭의 시작품에 자문이 감각적인 통로로 이용되고, 사유를 집결하는 자문을 섬세하게 사용함으로써 시적 표현도 정밀하고 과감하게 주조한다. 그것도 이번에 상재 한 그의 첫 시집에서 말이다. 이번 시집『오래된 울음』은 시인의 실존적 입장에서 자문하게 되는 삶의 현실 세계를 극복하고, 그 기저에 깔린 자문에 대한 시적 진실을 서정의 언어로 더듬어낸 성사聖辭, 혹은 성사聖事에 그 자신의 기도로 빚어낸 값진 결과물이라 할 수 있다.

비도 오지 마라
눈도 오지 마라
바람만 불어라 하자

젖으면 새들 울음소리에 귀를 열어야 하고
덮이면 산 신음소리에 눈을 떠야 하는

그만하자

그저

바람에 기대어 흔들리자

흔들리다가 바람의 깊이에 기댄 체

밤새 자맥질한 햇살에

씻은 몸으로

산향山香 한입 들여 마시고

저녁 무렵

노을 홍주 몇 순배에 취기가 그만하다 싶을

즈음

기댄 몸을 바람에 일으켜

툭,

툭, 다

털고

재 넘어가는 거야

－「바람으로 가는 길」전문

　풍장은 시체를 지상에 노출 시킨 채 비바람에 자연적으로 없어
지게 하는 장사법 중의 하나이다. 부제 "풍장"은 「바람으로 가는
길」이라는 작품 제목을 실제적으로 집약시켜 시의 전개 방식을
암시해 준다. 풍장, 곧 "바람으로 가는 길"은 비움이자 소멸로 가
는 단계이다. 비움이나 소멸은 눈에서 보이지 않게 사라져 버리는

것이다. 이것은 단순한 소멸이 아니라 한 우주, 한 생명, 한 희망, 한 믿음이 사라지는 것을 의미한다. 그래서 풍장은 근엄하고 엄숙한 의식이라 볼 수 있다. 이런 엄숙한 의식의 길로 가는 날에 화자는 "비도 오지 마라/ 눈도 오지 마라/ 바람만 불어라 하자"고 한다. 비가 와 "젖으면 새들 울음소리에 귀를 열어야 하고" 눈이 와서 "덮이면 산 신음소리에 눈을 떠야 하는" 행위를 반복해서 풍장이 더디게 진행되기 때문이다.

이 시는 풍장에 대한 깊은 서정을 바탕으로 시의 전개 방식이나 풍장을 대하는 화자의 진정성 있는 장면을 독자에게 잘 전달한다. 중요한 대목이나 장면을 연결하는 곳에서 "그만하자"라는 표현이나 "즈음"이라는 시말은 행위와 행위 사이에서 또는 서정과 서정 사이에서 잠시 시간을 연장하는 의미로 쓰이거나 화자가 되돌아보며 자문하는 시 전개 방식에 대한 대응력을 갖고 있음을 알게 해주고 있다. "밤새 자맥질한 햇살에/ 씻은 몸으로/ 산향 한입 들여 마시"는 부분은 "그만하자"와 "즈음"에 끼여 자문에 대한 답을 찾으려는 시적 친근감과 더불어 여백이 있는 듯한 경건함이 묻어난다.

"즈음" 이후에 나타나는 풍장에 대한 자문은 "비, 눈"을 너머 "기댄 몸을 바람에 일으켜/ 툭,/ 툭, 다/ 털고/ 재 넘어가는 거야"로 대답을 얻어내며 "새들 울음소리, 산 신음소리, 밤새 자맥질한 햇살"들이 "바람으로 가는 길"에서 마주하는 서정의 대상물로 묶어놓는다. 특히 답을 얻어내는 과정이 "툭,/ 툭, 다/ 털고/ 재 넘어가는 거야"라는 시간차를 두고 나타나고 있다는 점에서 이진환 시인이 시인으로서의 재량을 드러낸 작품이라고 지적할만 하다. 굳이 설명하지 않아도 작품에 내재하고 있는 자문의 요소나 문체들이 돋보이지만 「바람으로 가는 길」의 시적 성과는 무엇보다 서정과 자문의 적절한 배합이라고 하겠다. "젖으면 새들 울음소리에 귀를 열어야 하고/ 덮이면 산 신음소리에 눈을 떠야 하는" 시적 표현은 정제된 서정의 자문에서 비롯되었음을 여실히 보여준다.

이진환은 시의 서두에 깔린 화자의 간절한 자문을 비장한 시말로, 풍장을 이끌어가는 근원이 "그만하자"와 "즈음"이라는 자문과 자답에서 비롯됨을 들춰내면서 "바람으로 가는 길"이 소멸로 가는 것이 아닌 "툭,다/ 털고/ 재 넘어가는" 것으로 지적한다. 이것은 다른 지역으로의 이동이나, 재생산을 의미하는 시말로 분위기를 환기시켜 내는 작용을 한다. 시는 자문에서 비롯된다. 자문에서 서정을 얻든, 서정에서 자문을 하든 이 작품이 돋보이는 것은 작품이 지닌 시적 서정과 자문을 찾아 파헤쳐 나가는 방식이 하나의 "소실점"에 맞닿아 있기 때문이다.

꽃이라는기
꼭 그렇지는 않지만
어줍거나 수줍거나 손 비벼 볼 염치도 없이
얼굴부터 내미는 봄꽃이라는기

해도 그렇지
체면은 흘려두고
혼자 홀짝 볕 따먹는 넉살이라는 거

꽃이라는기

봄꽃이라는기

입맛 쩍 다시는 그 칼칼한 아쉬움처럼

돌돌 말아 끝 쪽까지 태우던 풍년 초의 표정으로

숨 넘기는 물 한 모금 같은기

다른 짓을 하다가 스친 손가락에 튕겨 나오던 기타 소리 같은기

할매 마른 등에 업혀 잠 눈 비비다가 기어코 하는 하품 같은기

댓돌 위에 신발 물어뜯는 강아지 같은기

뒷짐 진 손을 깨작거리는 그리움 같은기

- 「개나리」 전문

  개나리꽃은 봄을 알리는 전령사 하면 먼저 떠오르는 꽃이다. 추운 겨울을 견뎌내고 잎보다 먼저 꽃을 피우는 봄꽃 중의 하나이다. 봄과 더불어 찾아오는 개나리는 겨울이 끝나고 봄의 시작을 세상에 알리는 역할을 한다. 이 작품은 개나리에 대한 기존의 개념에서 탈피하여 개나리가 지니는 여러 가지 형상의 유형들이 유기적으로 잘 농축되어 나온 서정시의 정수를 엿보게 해준다.

  화자는 이 작품에서 풍부한 정서와 응축된 시어로 시를 활발하게 전개 시켜 낸다. 개나리꽃이라는 대상에 접점을 맞추고 있다는 한계도 보이지만 개나리로 대치되는 형상들의 진폭이 메아리처럼

울러 나가며 시를 확산시켜 주조한다. 여기에는 시말의 끝에 "기"라는 자문에 대한 특이한 문체가 붙어 비유가 자문과 자연적으로 융화되고 있음을 볼 수 있다. 또 자문의 과정이 숨 가쁜 호흡이 아닌 자연스러운 호흡으로 대상과 비유를 잘 섞어서 살려냈다는 사실에 주목해야 한다. 특히 개나리꽃에 대한 화자가 펼쳐내는 서정의 표현과 자문에 답하는 비유들의 양상은 시의 확장과 더불어 상승효과를 동시에 지닌다. 이를테면 "얼굴부터 내미는 봄꽃이라기"에서부터 시작된 자문에 대한 서정은 "돌돌 말아 끝 쪽까지 태우던 풍년 초의 표정으로/ 숨 넘기는 물 한 모금 같은기"를 거치면서 "다른 짓을 하다가 스친 손가락에 튕겨 나오던 기타 소리 같은기"에 와서는 개나리 피는 소리가 기타 소리로 변주되면서 그 진폭이 더욱 넓어진다. "할매 마른 등에 업혀 잠 눈 비비다가 기어코 하는 하품 같은기"같이 개나리가 핀 봄날의 전경과 여유를 나타나기도 하며, "뒷짐 진 손을 깨작거리는 그리움 같은기"의 마지막 행에 와서는 개나리가 단순히 꽃이 아니라 그리움의 대상이 되고 있다는 사실을 서정적 행위로 잘 주조시켜 나타냈음을 감지할 수 있다.

　이진환은 「개나리」에서 꽃이 지니는 의미보다 꽃의 이면에서 감지되는 함축된 서정의 양상과 독특한 문체로 자문에 답하며 그만의 시 세계를 확보하였다는 사실에서 눈여겨 볼만하다. 마지막 행에서 "뒷짐 진 손을 깨작거리는 그리움 같은기"와 같은 농도가 풍부한 서정을 가미한 부분에서는 그의 시적 역량을 충분히 들여다볼 수 있다 하겠다.

나무에 기댄 햇살 곁에 앉았다
없는 듯이,

낙엽 서넛 다가와서, 물끄러미

기별 넣지 않고 가보는 길이라고, 중얼하고

일어서는데
기다린 듯이 앞서는 그림자, 우두커니

바라보는

두어도 절로 자란 몸짓이 저렇듯
여유로워

발가락으로 부리처럼

시큼한 볕을 쪼던 비둘기 몇
흰머리 위로 덤비듯 날아올라, 화들짝
-「상강」 전문

　　상강은 한로와 입동 사이에 있는 24절기 중 열여덟 번째의 절기
이다. 밤에는 기온이 매우 낮아져 서리가 내리기 시작하고 상강 무

렵이면 추수가 마무리 된다. 나뭇잎도 물들어 떨어지고 입동을 준비하는 생명들은 겨울을 나기 위해 "두어도 절로 자란 몸짓"처럼 비육해진다. 짧은 햇살은 나무에 기대어 앉고 발가락을 부리처럼 사용해 시큼한 볕을 쪼아대던 비둘기 몇 마리가 상강의 분위기에 놀라 화들짝 날아 오른다. 이 시에서도 "물끄러미, 우두커니"가 자문을 유도해내는 시간적 긴장을 견지한다. 상강 다음에 오는 절기가 입동이다. 입동은 겨울이 시작됨을 알리는 절기다. 겨울은 춥고, 가로수가 황량해 보이고, 찬 것보다 따뜻한 것이 그리운 계절이기도 하다.

화자는 상강을 지나 다가올 입동을 염려하듯이 낙엽이 다가오는 것도 "물끄러미" 쳐다보고 "기다린 듯이 앞서는 그림자"를 보면서도 "우두커니" 바라보게 된다. 시인은 상강에 대한 구구절절한 모습을 다 드러내지 않고 오히려 "기별 넣지 않고 가보는 길"과 "시큼한 볕을 쪼던 비둘기"를 통해 자문을 하며 상강이라는 절기가 맞닥뜨리는 서정의 면모를 단층적으로 적절하게 구현한다. 서정의 생동감은 "상강"에 대한 응축된 전개에서 출발해 "시큼한 볕"이나 "흰머리 위로 덤비듯 날아" 오르는 표현을 해냄으로써 극점에 닿고 있다.

시인은 상강을 대하는 자세가 "물끄러미"나 "우무커니"의 보편적인 시말을 사용하여 보이지 않는 자문을 하게 되는데, 이는 일반적인 것에서 특수한 것을 형상화해내는 모습을 보여주기 위해서다. 화자는 상강의 이미지를 "시큼한 볕"이나 "흰머리 위로 덤비듯 날아" 오르는 장면으로 파악해내어 입동이 오고 있음을 직감하며 만반의 준비 자세를 갖추려 한다. 그런데 여기서 "물끄러미, 우두커니"는 자문의 주체를 화자와 시인을 동시에 아우르고 있다. 즉 자문은 화자가 대상에 의해 하게 되는 자문이 되기도 하지만, 자문 그 속에는 이진환 자신의 자문이 함께 공존하고 있어, 시인 자신도 그의 지나온 시간을 반추하고 가늠한다는 것이다. 이러한 데에는 이진환 시인이 상강의 단면성을 극복하고 밀착된 서정을 견지하는 그만의 견고한 시의 기술에서 배태된 것이라고 해도 무방하다.

여기가 어딜까

눌린 듯 불안한 표정에 길 찾아드는 걸음이 엉킨다

묵은 시간을 불리는 가슴을 열면 두근거림이
닫으면 층층에 널린 우울함이
생각의 거름인 양 귓속을 돋우는 소리가

조바심에 생채기 난 시간의 안쪽에서 이제까지 따라오던 길을 내치는
중이다

현을 켜는 순간 지금까지 억제된 회한일까
낡은 현의 소리에 증폭된 기대였을까

빈 들녘을 멀미하는 소리는 어디서 였을까

분별없이 호기심을 탕진하던

빗소리에 젖어들며 비틀거리는 그림자에 잡혀서는

옹 찬 곳을 허투루 지나온 자책이

나 아니라는 듯 버려둔 행실도 챙겨야 하는 허물이라고

졸졸 물소리처럼

오래였다

- 「이명」 전문

  이진환 시인이 시로 만들어 내는 것이 어느 특정한 데에 국한되어 있지 않고 다양한 대상들에서 시를 획득해내는 재능을 가진다. 이는 한 번에 나오는 것이 아닌 오랜 탐색과 경험, 그리고 그 자신과의 자문에서 표출된 결과라 할 수 있다. 다시 말하면 작위적인 노출을 기피하고 시적 주체로서 자문의 자세를 취한다는 것이다. 시적 주체인 화자가 아닌 직접적인 정서의 표현에서 벗어나 철저한 창작의 자세를 취하고 있는 의지를 보여준 작품이 「이명」이다. "이명"은 외부소리 자극이 없는데도 귓속 또는 머릿속에서 소리를 느끼는 현상을 말한다. 시인은 "이명"이라는 대상과 간극을 유지하며 주관성을 배제한 이명의 증상을 시적 대상으로 잘 다듬어낸다. 첫 행의 "여기가 어딜까"하는 자문에서 비롯된 「이명」은 불안한 표정으로 찾아가는 길에서 걸음이 엉킨다는 신선한 표현을 해내는 점에서 독자의 이목을 집중시키기에 충분하다.

이진환 시의 특징은 시적 주체를 전면에 노출시키지 않고 명암을 조절해가며 대상과의 시적 진실을 형성해낸다는 것이다. 이 시에서도 시적 주체가 전면에 드러나지 않고 "이명"에 대한 특징이나 증상을 독특한 이미지로 덧칠해가며 시의 흐름을 자연스럽게 이끌어 낸다. 즉 대상과의 상호관계를 긴밀하게 구축하여 시작품을 형성해내는 기량을 보여준다. "조바심에 생채기 난 시간의 안쪽에서 이제까지 따라오던 길을 내치는 중이다"라는 이명에 대한 표현은 자문에 대한 답을 얻은 뒤, 이미 서정의 심급에 잇닿아 있다고 볼 수 있다. "낡은 현의 소리, 빈 들녘을 멀미하는 소리, 빗소리에 젖어들며 비틀거리는 그림자"는 이명에 대한 시상을 확장시키는 중요한 요소들이다. 이러한 요소들이 미는 힘으로 시는 더욱더 견고해져 "버려둔 행실도 챙겨야 하는 허물이라고/ 졸졸 물소리처럼" 추동되어 이명이 가진 속성을 내밀하게 주조한다.

그러나 잠시 휴식을 취한 듯한 시간의 틈새에서 화자는 "오래였다"라고 스스로 대답한다. 서두의 "여기가 어딜까"하는 자문에서 말미의 "오래였다"로 자답을 하고 있는 셈이다. 첫 행과 마지막 행 사이에 갇힌 이명에 대한 형상이나 시적 진실은 물리적 공간으로 이명으로 인한 여러 형태의 "두근거림, 조바심, 자책, 허물" 등을 불식시키는 의지를 나타낸다. 다른 한편으로는 오래된 이명으로부터 받아온 "분별없이 호기심을 탕진하던" 시기에서 왜 일찍 빠져나오지 못했을까 하는 자성과 회한도 엿볼 수 있다.

이진환은 「이명」을 표현하는 데 있어 대상에 대한 직접적인 서사를 피하고 실제적으로 대상과 맞는 시어나 묘사를 적용함으로써, 시의 이미지를 부각시키는 기교를 구사한다. 이러한 점에서 이진환 시인이 시를 대하는 자세가 진지하고 시적 진정성을 갖고 있는 면모를 볼 수 있다.

숲에서 하나둘 나무를 세고 가면

나무가 되었다 숲이 되었다 고요가 되었다

고요가 깊어지자 웅크리고 있던 숲이 안개처럼 몸을 푼다

불신의 늪이 꿈틀거려서다

한때, 뿌리 뻗친 늪에서 마구잡이로 우듬지를 흔들어대다

새 한 마리 갖지 못한 나무였다

눈도 귀도 없는, 그 몸속으로

흘러 다니던 울음을 물고 새들은 어디로 갔을까

어릴 적 어둑한 논둑길에서 두려움을 쫓던

휘파람 소리와 함께 가슴을 졸이던 눈물이었다

울음의 반은 기도였으므로,

안개의 미혹에서 깨어나는 숲이다

고요란 것이 자연스럽게 들어서서 허기지는 저녁 같아

모든 생명이 소망을 기도하는 시간이 아닌가

두려움의 들녘에서 울던 오래된 울음이

징역살이하듯 갇혔던 가슴으로 번지고 있다

기도를 물고 돌아오는 새들의 소리다
-「오래된 울음」 전문

「오래된 울음」은 2014년도 국민일보 신춘문예 신앙시에서 대상을 수상한 이진환 시인의 등단 작품이다. 「오래된 울음」을 드러낸 그의 시의식에는 유년의 "오래된 울음"이 존재한다. 그에게 이러한 유년의 의식에는 유년의 기억을 통한 근원적인 자아의식과 "울음"이나 "기도"의 형상화를 빌려 유년의 "가슴 졸이던" 세계를 넘어서서 자아의 동일성 회복과 "오래된 울음"에 대한 "기도"를 매개로 한 자아 극복의 의지가 내재한다. 유년의 어두운 기억을 극복하고자 하는 그의 상상력의 결실은 자아와 대상을 일관성 있게 바라보는 서정의 힘이며, 자문에 대한 확실한 답을 구하는 노력에 있다. "오래된 울음"에 대해 시각을 열어가는 것은 현재시점이다. 현재의 상태는 "고요가 깊어지자 웅크리고 있던 숲이 안개처럼 몸을" 풀고 있지만 그 후에는 "불신의 늪이 꿈틀거"리는 불안한 시말이 전개된다. "새 한 마리 갖지 못한 나무"에 "흘러 다니던 울음을 물고 새들은 어디로 갔을까"라는 자문을 하며, 시상이나 대상을 좇아 나간다. 그 대상의 시점은 "어릴 적 어둑한 논둑길"에서 "가슴 졸이던 눈물"로 이어진다. 얼마나 가슴을 졸이던 눈물이었기에 "울음의 반은 기도"였다고 진술한다.

　그러나 사실 "울음"과 "기도"는 대립의 관계라기보다는 병치의 관계라고 보면 이 시를 쉽게 이해할 수 있다. "울음"이 "기도"가 되는 가슴 졸인 어릴 적 두려움은 "울음과 기도"를 통해 "미혹에서 깨어"나고, "모든 생명이 소망을 기도하는 시간"으로 환치가 된다. 더 나아가 "두려움의 들녘에서 울던 오래된 울음"은 갇힌 가슴에서 벗어나 "기도를 물고 돌아오는 새들"로, 울음의 자문에 대한 기도로 대답하는 극치를 보여준다. 앞의 시 「이명」을 보다 더 극대화시킨 작품이 바로 「오래된 울음」이다. 이진환이 「오래된 울음」에서 지적해낸 사실이 다분히 "두려움의 들녘에서 울던 오래된 울음"보다는 "흘러 다니던 울음을 물고" 떠나간 새들을 다시 불러들이는 고상한 시상의 결실이 더 돋보인다. 여기에는 "기도"라는 시말이 등장하는데, 기도는 자문과 다를 바가 없다. 그러기 때문에 "오래된 울음"은 울음의 자문에 기도로 대답하는 성사聖辭의 일면을 엿볼 수 있고, 그 성사는 "불신의 늪, 안개의 미혹, 두려움의 들녘"에서 벗어나는 성스러운 "오래된 울음"의 궤적을 관통하게 한다. 이진환의 이러한 시의식은 사랑할 줄 모르는 사람에게는 사랑하는 법을, 부끄러움을 모르는 사람에게는 부끄러움을 알게 하는 법을 일깨워 진정한 자아를 회복하는 시적 지침이 되기도 한다는 점에서 그 의미가 남다르다 하겠다.

바구니를 받쳐 들고 가는 동자의 걸음이 스님을 따르시니
복사꽃 날리듯 수줍다

대웅전 처마에

경의 행간이 한 구절씩 주렁주렁해도

바라보는 눈빛엔

아직, 익지 않은 풋것들이다

해 하나 뜨고, 또 뜨고

햇살에 자박자박 속이 끓고 나면

은은한 종소리가 깃든 속내의 맛이

껍질을 깎든지 벗기든지 무엇에 달라지랴 만

과육이 넘쳐

서왕모에게 불려 무릉도원에라도 먼저 오른 것일까

들고 가던 낙과 몇,

저 여린 손이 씻어 들고 하루해에 합장이다

－「천도」 전문

　　이진환의 시에는 "기도"만 있는 게 아니라 동자승이 천도를 씻은 후 하는 "합장"도 있다. 기도나 합장은 종교적인 의미에서는 별 차이가 없지만 시작품에서 그 내면적인 의미가 다르기 때문에, 이진환이 시에서 다루는 대상이 참 풍부하고 다재다능한 재주로 다양하게 표현해내고 있는 것을 알 수 있다. "천도"는 중국 도교 신화에 나오는 불사의 여왕인 서왕모가 그녀의 정원에서 가꾼 불로장생의 복숭아를 뜻한다. 그러나 여기에서의 "천도"는 "동자승"으로 대치되는 복숭아로, 동자승이 수행을 정진해나가는 과정을 천도가 "복사꽃" 피는 날부터, "대웅전 처마에/ 경의 행간이 한 구절씩 주렁주렁" 매달려 있는 모습으로 사실적이고 극적인 표현을 해내는 대상물이 된다. 그러나 "아직, 익지 않은 풋것"으로 파악하여 "햇살에 자박자박 속이 끓고 나면/ 은은한 종소리가 깃든 속내의 맛"이 깊게 배여 "과육이 넘쳐/ 서왕모에게 불려"가는 강한 이미지로 획득해낸다. 마지막 행에서는 "저 여린 손이 씻어 들고 하루해에 합장"하는 장면은 이 시를 매듭짓는 주제나 이미지의 힘을 단단히 집약시켜내고 있다.

이진환의 또 다른 특징은 마지막 행 처리가 단조롭지 않고 강한 인상과 더불어 여운을 길게 남긴다는 사실이다.「개나리」,「이명」,「오래된 울음」 등이 모두 그러하다. 불가에 입문하여 계를 깨우치며 정진하는 동자승의 모습은 스님을 따르며, "복사꽃 날리듯 수줍"었으나 언제부턴가 "대웅전 처마에/ 경의 행간이 한 구절씩 주렁주렁" 열려, 수행의 과정이 천도가 익듯이 진도가 진행되고 있는 것으로 그려낸다. 그러나 "아직, 익지 않은 풋것"이라는 자문에 햇살을 받아 속이 끓거나 범종 소리에 깃든 속내의 맛이 올라 과육이 넘치고 나서야 "여린 손이 씻어 들고 하루해에 합장"하는 것으로 귀결시킨다. "천도"가 익어가는 과정이나 "동자승"이 정진을 해나가는 과정이 동일한 의미라고 본다면, "천도"하고 "동자승"은 동일시된다. 이러한 점에서「오래된 울음」에서의 "기도"나「천도」에서 보이는 동자승의 "합장"은 자아와 대상의 합일에서 자아를 극복하는 것이 자문에서 기인하고 있다면, 시작품을 초월한

 제1부 사소한 질문으로 나아가는

"기도" 너머의 기도가, "합장" 너머의 합장이 있는 성사聖辭의 한 단면임을 느끼게 해준다.

몇 날 내리던 비가 그친 공사장, 진창과 벽을 기는 돈벌레를 잡으려다 부르튼 발을 본다 하루의 품을 팔고 문지방에 앉아 양말과 함께 하루를 벗으면 늪지 냄새가 난다 어떤 날은 그 냄새가 희망이 아닐까 하는 생각으로 발을 씻기도 한다 문을 열 때마다 빈방을 지키던 그늘은 무릎 뼛속에서 시리다 방안을 점령한 습기에

천장의, 저 얼룩도 꽃이 될 수 있는지
벽마다 걸린 땀 절은 옷가지를 타고
늪지 깊숙이 뿌리를 내렸다

늪지의 가림막이듯
인적 없는 적막을 밀치고 털어내는
땀 밴 수건에
월세방, 세를 건네듯 비쳐 드는 햇살이 걸린다
-「비 그친 오후 3시의 반지하」전문

　이 시는 기존의 이진환이 보여준 시세계와는 다른 면모를 보여주는 시라서 조금은 충격적이고 생경하기도 하다. 그러나 그의 시가 지향하는 의도를 감지하고 나면 부조리한 사회 현실과 노동자의 애환에 애정을 쏟고 있음을 알 수 있다. 「비 그친 오후 3시의 반

지하」는 지난 8월에 기록적인 폭우로 인해 신림동 반지하 주택이 침수되어 발달 장애인 한 명을 포함한 일가족 세 명이 사망한 참사를 연상시킨다.

이진환은 이것을 화소(모티프)로 하여 사회 현실에서 일어난 참담한 사건을 시로 승화시켜 성사聖辭에 버금가는 인정이나 바람을 지극하게 나타내고 있다. 사람이 세상을 살아가고, 살아남으려는 방법은 참으로 많으나, 시인이 시에서 그것들을 드러낼 때는 현실과 자아의 대립으로 탐색해낸다. "비 그친 오후 3시의 반지하"에서 "돈벌레를 잡으려다" 발이 부르튼 노동자의 삶을, 시인은 "늪지"에 빠진 모습처럼 사실적으로 잘 보듬어낸다. "부르튼 발"같은 상처가 "점령한 습기"에 절망하는 실제적인 장면을 시로 이겨내고자 하는 시인의 열정과 신념을 확고히 하고 있다. "돈벌레, 부르튼 발, 늪지 냄새, 습기, 얼룩, 적막, 월세방"은 반지하에서 생활하는 일용직 노동자의 "땀 절은 옷가지나 수건"으로, 마치 현장에서 입체적으로 보는 듯한 묘사를 획득한다.

시적 화자는 공사장 노동자를 바라보는 시선이 소속된 집단과 자아를 잃고 희망없이 살아가는 것이 아닌 "세를 건네듯 비쳐 드는 햇살이 걸린다"는 표현을 함으로써, 그도 사회의 한 구성원이라는 자격을 인식시켜 준다. 여기서 누구도 쉽게 직시하지 않은 반지하의 노동자를 밖으로 들춰내 삶의 음영을 감싸주는 이진환의 따뜻한 면모를 볼 수 있다. 이진환은 반지하에서 보이는 여러 형상들을 "늪지 냄새"가 나는 현실에서 희망이나 사랑으로 환기시키고자 한다. 이러한 사실은 많은 관찰과 내밀한 시어를 선택하여 시로 드러낸 그의 부단한 노력과 시와 현실을 연결하는 통찰이 세밀하다는 데서 기인한다고 볼 수 있다.

앞에서 보아온 이진환 시인의 시세계나 작품들은 즉흥적인 욕구나 충동적인 감정에서 쓰이지 않았음을 알 수 있다. 시가 자문에서 비롯되고 있다는 사실을 그의 시를 통해 거듭 확인했다. 이런 그의 시적 기교가 이진환이라는 시인을 더 재량있게 해주고 그만이 지닌 강한 문체이자 시의 개성으로 점차 자리매김을 확보해 나갈 것으로 확신한다.

그의 시들은 자문에서 시작되어 자성과 자답을 통해 자아 회복과 동일성을 추구하는 시의 연결고리를 형성해낸다. 또한 이진환 시인은 자문의 기교와 기능을 잘 인식하고 활용하는 시인이다. 따라서 자문이 감각적으로 시작품을 창조해내는 중요한 통로로 사용되고, 사유를 집약해주는 역할을 해주기도 한다. 특히 실존적 관점에서의 자문은 삶의 현실 세계를 극복하고, 기저에 내재 된 시의 진실을 서정이 짙은 언어로 더듬어낸 성사聖辭에 맞닿아 있다는 측면에서, 시를 대하는 그의 진정성이 더욱 깊게 느껴진다.

이진환 시인의 첫 시집『오래된 울음』은 시작품 모두가 개별적인 단독의 작품이 아니고 서로 유기적으로 관계를 맺고 있음을 알 수 있다. 이러한 데에는 자문과 자답을 하며 자아를 확립해나가는 방식이 인과에 따른 서사와 그에 맞는 섬세한 이미지나 비유들이 뒷받침해주기 때문이다. 특히 대상의 서정성과 화자의 자문을 자연스럽게 결합해 시를 상승시키고 있다는 점에서 남다르다.

그리고 누구도 직시하지 않은 반지하의 노동자를 밖으로 들춰내 삶의 음영을 감싸주는 행위를 통해, 인간적인 따뜻한 면모를 확인할 수 있다. 이러한 시인의 모습과 태도에서 이진환의 시가 현재의 시대에 자문과 서정을 결합한 시적 기능을 충분히 발휘한다는 차원에서, 앞으로도 계속 그의 시적 변모를 지켜볼 만하다 하겠다.

'어떤' 대상을 위한 따뜻함의 시학
– 정미영의 시집 『능소화 핀 집』을 읽고

1.

금번 상재한 정미영의 첫 시집 『능소화 핀 집』은 '어떤' 대상을 위한 따뜻한 시학들로 읽힌다. 그에게 '어떤'의 의미는 막연한 대상이나 가치가 없는 '어떤'이라기보다는 개념을 포괄하고 당위성을 대변하는 '어떤'으로써 목적이나 주제가 뚜렷하게 나타난다. 일반적으로 '어떤'은 두 가지 면에서 그 의미를 나타내고 있다. 하나는 형식적인 측면이고 다른 하나는 내용상의 측면이다. 먼저 형식적인 측면은 시의 운율, 문체 등과 관련하여 시인이 시를 직조하는 데 있어서 일종의 기법이나 그만의 독특한 톤을 잘 드러낼 수 있는 부분이다. 다음으로 내용상의 측면은 서정, 감각, 이미지, 주제 등을 엿볼 수 있는 부분으로 시인의 시세계나 뚜렷한 개성을 잘 살펴볼 수 있다.

정미영에게 '어떤'은 분리수거를 하다 겪게 되는 "버려진 것들의 일부는 땅에 묻히고/ 일부는 또 버려지기 위해/ 다시 돌아오는 수거함 같은 장례식장"(「어떤 장례식장」)으로 "버려지는 것들"에 대한 애도도 없이 문상을 하는 현실의 공간에서의 '어떤' 곳이자 "바람이 성호를 그으며 지나가는" 의식으로 "시간의 흔적이 뒤섞여 있는 골골들"에서 자아를 확인하는 '어떤' 곳이기도 하다. 또 '어떤'은 "생각 뭉치 때문"(「어떤 처방전」)에 아픈 "중심을 잡아주는" '어떤'이 되기도 한다. 그리하여 "화살이 무디다거나 비아냥거려도/ 시위를 늘 중심에 두고 있다"(「오랜 말」). 그에게 '어떤'은 일상생활에서 부딪히는 사소한 행위에서 비롯되고 있지만 그는 그것을 놓치지 않고 시의 영역으로 끌어들여 결국 '어떤'의 시가 되도록 잘 획득해낸다.

정미영에게 시론은 이론으로만 존재하는 내용이고 시작품에서의 시론은 정미영 자신이 크나큰 시론이 된다. 그에게 시는 정미영 너머의 있는 시로서 정미영을 관통하여 표적지에 꽂힌 화살과 다름없는 그 이상의 것이다. 그에게 '어떤'은 형식상이나 내용상 모두를 차치하더라도 시로서 '어떤'을 아우르는 어떤 연결고리를 가지고 있다고 할 때, 정미영의 시는 '어떤'의 의미나 강조만으로 이미 대상들을 충분히 따뜻하게 보듬고 자아나 타자를 떳떳하게 드러내 놓았다. 물론 여기에는 그가 받은 상처나 고통, 그리고 빛바랜 기억들이 뒤섞여 혼재하고 있지만 정미영은 여타의 유파나 흐름에 흔들리지 않고 꾸준히 자신만의 시세계를 구축하여 왔다. 아치볼드 매클리시의 「시학」에 나오는 것처럼 그도 나름대로의 "감촉할 수 있고 묵묵해야" 하는 '어떤' 시에 대해 고민하고 연구하며 부단히 시를 써왔다. 그리고 앞으로도 계속그의 시가 그러하리라고 여겨진다.

정미영에게 '어떤' 대상들은 "잊혀진다는 것은/ 혼자 조용히 그리움을 삭히는 것"(「공중전화」)으로 나타나다, "주인을 기다리던 반려

견의 눈빛"(「가을비」)에서 "칸나로 붉게 떨어"지는 뜨거운 흐느낌을
뚝뚝 흘리는 가을비 같은 것으로, "살다 보면 뒤쪽이 더 진실일 때
가 있다"(「사과」)고 스스럼없이 말하는 사람들이다. 그러면서 나이
를 먹고 쌓여가는 세월에서 화석이 되는 것을 "한 소절씩 앓는 소
리를 내며/ 덤덤히 돌아가는 선풍기 같다"(「오래 된다는 것」)는 사실
적인 표현에서도 "살아간다는 것은 소소해서/ 꽃이 바람에 흔들리
는 것이거나/ 내가 향기에 흔들리는 것이다"(「감국을 따던 날」)라고
자아를 받아들이며 따뜻하게 감싸 안는다. 심지어 "열섬에 갇힌 도
시의 사람들"(「열대야」)마저 "움켜쥐지 못한 때의 얼룩이 그림자처
럼/ 오랫동안 마음 한켠에 갇혀"(「때를 놓치다」) 있는 현대인의 녹록
하지 못한 생활에서 "그늘진 틈 사이로 난 햇살 위를 길 삼아/ 겨울
을 건너"(「춘분」) "봄도 조금씩 꽃피며 따뜻해지는 날이" 올 것이라
는 '어떤'에 대한 예시와 희망으로 대상들을 위로하며 보듬고 있다.

전철에는 달팽이가 앉아 있어요

모두가 같은 모양의 수신기를 차고

외계로부터 전파를 받아

스마트 속으로 스마트하게 접속해요

두리번거리며 총을 쏘고 있는

젊은 눈과 마주쳤어요

눈길을 돌려

같은 종족이라는 표시로

깊숙이 넣어둔 무전기를 꺼내

만지작거립니다

내가 지구 밖으로 떨어져 나와
이 전철 안에 있는 걸까요
낯선 것들이 펼쳐져 있어서
정복당한 것인지도 모르겠습니다
어색한 표정으로 순간이동이
빨리 되기를 기다리고 있어요
어디가 종착지일까요
첫 사람
첫 눈빛이 그리워져서
휴대폰을 눌러
따뜻한 고향으로 전화를 하고 싶은
여기는 어디일까요
-「달팽이 전철」 전문

「달팽이 전철」은 달팽이처럼 더디게 사유하는 현대인들의 행동과 모습을 특징적으로 잘 잡아 회화적으로 그려낸 작품이다. 마치 한 폭의 그림을 보는 듯 시의 묘사나 내용이 전철을 타고 오고 가는 현대인들이 스마트폰이라는 문명의 이기에 그야말로 스마트한 각자의 생활방식을 새로 만들어 적응하며 생존하여 왔다. 눈을 뜨면 스마트폰을 찾게 되었고 잠자기 전에도 확인을 하지 않고는 불안해서 잠을 잘 수 없을 정도로 현대인들은 그만큼 중독되어 있다

하여도 과한 말이 아닐 것이다. 얼마나 중독이 심하면 밥을 먹으면서도 보고, 길을 걷다가 넘어지고, 신호등 앞에서 신호를 놓친다. 하물며 전철 안은 오죽하겠는가. 비슷한 사람들의 비슷한 모습, "외계로부터 전파를 받아/ 스마트 속으로 스마트하게 접속"을 하고 "같은 종족이라는 표시로/ 깊숙이 넣어둔 무전기를 꺼내" 동족임을 증명한다. 정미영이 바라본 전철 안의 기괴한 풍경은 "낯선 것들이 펼쳐져 있어서/ 정복당한 것인지도", 아니면 "지구 밖으로 떨어져 나와" 있는 것인지도 모를 정도로 헷갈리는 "어색한 표정으로 순간이동이/ 빨리 되기를 기다리"는 달팽이 전철 안은 "첫 사람/ 첫 눈빛이 그리워져서/ 휴대폰을 눌러/ 따뜻한 고향으로 전화를 하고 싶은" 그런 곳인데, 현실은 달팽이처럼 우글거리며 모두 한곳을 응시하고 있는 "같은 종족의 표시"로 앉아 있다. 이런 진지한 관찰을 하는 화자에 정미영은 어떤 방어기제나 폭력적인 시어를 전혀 선택하지 않고 "낯선 것들이 펼쳐져 있어서/ 정복당한 것인지도 모르겠습니다"라고 정중한 인정과 순간이동에 대한 따뜻한 말로 스스로 위안을 얻으려 하고 있다.

은행나무 사거리에는

아무도 찾지 않는

유리로 된 집이 있다

한때 사랑에 애타던 사람들이

문 앞에서 서성이던 곳

그 집에 들렀던 사람이라면

눈물 한쪽 분량쯤 되는 기억을

넘기고 있을 텐데

딸깍이던 소리에 조바심 내면서

수화기 너머로 주고받던 무수한 사연은

푸른 은행나무 길을 휘돌아나간 바람처럼

여러 번 새잎이 돋아도

돌아오지 않는다

잊혀진다는 것은

혼자 조용히 그리움을 삭히는 것

빗장을 닫아걸고

덧없이 시간을 보내는 것일까

은행나무 사거리 빵집 앞에는

아직도 유리로 만든 집이 있

―「공중전화」 전문

　이 시는 앞의 「달팽이 전철」과는 다르게 정미영만의 시풍이나 문체가 잘 드러난 시가 아닌가 싶다. 서사나 서정이 무난하고 억지스러운 데가 없고 앞뒤 구절이 잘 맞아 이해도 쉽게 되지만 받아들이는 서정의 진폭도 증가하고 있음을 알 수 있다. "공중전화"를 "유리로 된 집"이나 "한때 사랑에 애타던 사람들이/ 문 앞에서 서

성이던 곳"이라는 일반적인 표현에서 "딸깍이던 소리에 조바심을
내면서/ 수화기 너머로 주고받던 무수한 사연은/ 푸른 은행나무
길을 휘돌아나간 바람처럼/ 여러 번 새잎이 돋아도/ 돌아오지 않
는다"로 청각 효과를 내며 이미지의 상승효과를 등가시켜 나타낸
다. 그러면서 "잊혀진다는 것은/ 혼자 조용히 그리움을 삭히는 것"
으로 파악하여 "딸깍이던 소리에 조바심을 내면서"의 부분과 병치
를 이루면서 "유리로 된 집"에 대한 특성과 여러 풍경들을 '어떤'에
반추시키는 인물이나 사건이 있었음을 잘 지적해낸다. 정미영에
게 「공중전화」는 "잊혀진다는 것은/ 혼자 조용히 그리움을 삭히는
것"으로 화자의 기억 속에 자리하고 있는 "은행나무 사거리 빵집
앞"에 있는 "유리로 만든 집"을 떠올리며 혼자 "조바심 내면서" 지
난 시간의 공중전화를 통해 다시 대화를 하고 싶은 자성의 시간이
응축된 화자의 안타까운 심정이 수채화같이 맑게 잘 드러낸 작품
이다. 정미영에게 "공중전화"는 한때의 사랑이나 그리움을 삭히며
지난 시간을 돌이켜보는 '어떤' 곳에서 서정의 대상이 되면서 또한
'어떤'의 동기가 될만한 시학이 항상 존재하고 있다는 것이다.

2.

　정미영의 시는 화자가 대상으로 투사가 되거나 관념이 짙은 선
택적 화자를 인위적으로 등장시키지 않는 특징을 가지고 있다. 이
를테면 「조용한 위로」에서 선인장의 상처를 보고 화자의 아픔을
드러내는 게 아니라 "천 가지의 아픔으로/ 꽃을 피워냈을/ 고요한

인내"로 견뎌온 선인장의 아픔에서 화자의 "슬픈 마음을 다독"이
는 현상은 정미영의 시에서는 잘 나타나지 않은 동일화나 투사가
아닌 자기 연민, 또는 자의식으로 스스로를 조용히 끌어안고 있는
것으로 나타나고 있다. 이러한 '어떤'의 시적 자아나 화자가 선택
적 화자로 확장해나가는 단계는 「개망초」에 와서 애원이나 부탁
의 형식으로 바뀌나 대상을 향해 본질의 이름을 부르는 조용한 '어
떤'의 의미는 강도가 높고 결 곧은 자세를 취하고 있다 하겠다. "이
름 앞에 개자는 붙이지 말아요"라든가 "개자가 들어가는 순간 시
선이 바뀌고 말아요"라는 부분은 '어떤' 대상이 '어떤' 이유로 꽃이
되거나 천덕꾸러기가 되는 이중적인 성격의 '어떤' 경계를 지니고
있음을 "잔잔하고 향기"롭게 그리고 부드럽게 지적해낸다.

　시를 읽으면 그 시인의 심성을 알 수 있다고 한다. 물론 심성만으
로는 시를 쓸 수가 없다. 그러나 본질적으로 사람을 바탕으로 한 시
인은 사람 냄새가 나는 시를 쓸 수밖에 없다. 정미영의 시가 그렇
다. 정미영은 시의 제재나 주제가 한곳에 머무르지 않고 "암표, 문
턱, 달빛마을, 양팔 저울" 등 생경한 제목이나 시어로 시를 세밀하
게 주조해내는 저력을 은근히 지니고 있다. 그의 이러한 시작 행위
는 시를 사랑하는 저변에 깔린 진정성에서 기인한 것으로 보인다.
그래서 그의 시는 쓸데없는 관념이 개입하거나 제자리에서 빙빙 도
는 현란한 서사도 없다. 정미영이 고민하고 안타까워하는 것은 균
형이 맞지 않은 것을 바라볼 때나 "콘크리트 담장 아래서/ 아가를
가슴에 안고 잡다한 물건을/ 팔고 있는 여인"(「삼월」)을 마주하거나,
"서로가 서로에게 스며들어"(「부부」) 비율의 중요성을 강조하거나,

"어디서라도 감시하고/ 감시당하는 불신의 벽"(「감시카메라」) 때문에 죄를 짓지 않고도 죄를 지은 듯 매일 움찔하게 되는 것들이다.

찬비가 내린다
붉은 장미를 사 들고 그에게 간다

꽃처럼 향기롭게 잘 웃던 그가
1층 병실 끝 볕이 잘 들지 않는 방에 누워 있다

한때는 새벽 초침 소리처럼 밝았던 그가
지금은 겨울 저녁 같이 흐리다

의사는 이따금 와
차가운 손을 이마에 대곤
어제 했던 같은 말을 되풀이하고 돌아간다

알코올 솜 냄새가 장미의 향기를 덮은 병실
그래도 어디서 봄이 오고 있는지
장미 향기가 조금씩 풀썩거린다
–「입춘」 전문

입춘은 24절기 중 세 번째 절기로 봄이 오거나 봄으로 들어간다는 뜻을 지닌다. 입춘은 겨울이 끝나고 봄이 시작됨을 의미하기도

한다. 그래서 겨우내 잠들었던 생명들이 봄에 다시 깨어나 생명 활
동을 다시 시작함을 알려준다. 입춘이 오면 꽃은 향기롭고 시계 초
침은 밝고, 병실을 덮은 장미 향기가 풀썩거리는데, 그는 여전히
찬비가 내리는 1층 병실 끝방에 누워 있고, 의사는 어제 했던 말을
반복하며 돌아가는 저녁이 겨울 같은 흐린 날이다.

　정미영은 입춘과 대비되는 여러 환경과 분위기를 배치함으로써
병실에 누워있는 그의 '어떤' 상태를 알코올 냄새로 조금씩 짐작하
게 해준다. 그러나 그것 뿐, 그의 상태나 앞으로의 진행 방향에 대
해서는 일말의 예고도 하지 않는다. 미숙한 듯 보이는 "입춘"을 통
해 정미영이 노리는 시적 효과는 미숙함 속에서의 미숙함을 소거
하는데 그의 의도가 있다고 볼 수 있다. 제목에서 나타나듯 "입춘"
은 겨울이 끝나고 봄이 시작된다는 절기상의 의미이지만 병실에
누워있는 그를 통해 "장미 향기가 조금씩 풀썩"거리며 봄이 오고
있다는 희망적인 메시지에서 미숙함을 소거하고 완숙함으로 정치
시키려는 화자의 '어떤' 입춘에 대한 갈망이 여실히 잘 드러난 작
품이라 할 수 있다. 정미영에게 "입춘"은 뒤섞여 있고 혼란스러운
계절의 절서를 바로 잡아 세워놓은 온당하고 바른 처사에 대한 '어
떤' 결과나 기대치가 봄날같이 "풀썩" 일어서는 날인 것이다.

그녀가 예고도 없이

단단히 뭉친 말씨를 뱉어냈다

그날 이후

누군가를 만날 때면

먹지 말아야 할 것을 먹은 것처럼

다시 뱉어내고 싶은 게 있었다

내 의지와는 달리 삼켜버린 그 말씨가

입 밖으로 역주행할 것 같아

산목련 얼굴빛도 하얘졌다

오랫동안 그녀가 품고 있다가 흘린 것이

내 마음 어디쯤서 싹이 터 올라오는지

자꾸 목이 간지러웠다

산목련도 입이 가려운지

바람에 헛기침을 했다

그녀에게는 내가 깊은 산골짝

어쩌면 산목련 쯤으로 보였던 거다

저 홀로 피었다가

저 홀로 말없이 지는,

들은 비밀이 시시하고 싱거운지

보름달이 귀를 갖다 대면

산목련은 희죽희죽 웃으며 더 하얘졌다

－「산목련, 비밀을 듣다」 전문

비밀은 듣는 순간부터 재앙이 된다는 말이 있다. 더군다나 "예고도 없이" 듣게 되는 "단단히 뭉친 말씨" 같은 비밀은 더욱 그러하다. 화자의 의지와는 상관없이 듣게 된 비밀은 "먹지 말아야 할 것을 먹은 것처럼" 다시 뱉어내고 싶었지만 "내 의지와는 달리"한 듯 산목련 얼굴빛도 하얗게 변하였다. 비밀을 들은 이후로 "내 마음 어디쯤서 싹이 터 올라오는지/ 자꾸 목이 간지러워" 오고 "산목련도 입이 가려운지/ 바람에 헛기침을 했다". 비밀을 발설하고 싶은 마음이 산목련 싹처럼 돋아오르고 그런 산목련도 입이 자꾸 가려워 헛기침을 한다. 그녀에게 화자는 깊은 산골짝에서 "홀로 피었다가/ 저 홀로 말없이 지는", 산목련 한그루로 얕잡아 본 것인지도 모른다. 아니면 화자에게 너도 별수 없는 산목련에 불과하다며 과소평가를 한 것이 '어떤' 비밀을 제공한 그녀는 스스로 화를 자초한 것인지도 모른다. 위 두 가지 '어떤' 모른다는 사실에서 화자와 그녀 사이에 있는 비밀이 시시하고 싱거운 것은 아닌지 가늠하는 보름달의 등장은 결말을 "희죽희죽 웃으며" 밝게 마무리하게 해준다. 여기서 정미영의 시가 어둡지 않고 심각하지도 않고 따뜻한 시학으로 시의 톤을 잘 조절하고 있음을 알 수 있다. 이는 그가 시를 감각적으로 받아들여 무거운 주제를 분산시킬 수 있는 시의 힘을 지닐 수 있어서 가능하다 하겠다.

3.

정미영의 시에는 눈물이 자주 비추는 '어떤' "기다림의 속들"로 가득 채워져 있다. 여기에는 '아버지, 찔레꽃, 남매, 전화기, 배롱꽃, 명자꽃, 시계' 등 아버지에서부터 꽃과 그리고 시계들, 다양한 대상으로 이루어져 '어떤'의 인연을 주도하고 있다. "엄마가 가시에 찔린 채 피운"(「찔레꽃」) 찔레꽃 이름을 부르면 엄마의 눈물이 바람 자락에 섞여 화자 자신도 눈물이 난다는 부분은 가시에 찔린 채 엄마하고 동일시되는 찔레꽃에서 엄마를 유추해내는 따뜻한 심금이 시로 발현되고 있다.

"은사시나무 한그루로 잠들"(「남매」)은 동생의 이미지나 꽃잎이 흩어져 가슴 한켠을 뻐근하게 하는 「오얏꽃 질 무렵」이나 "슬픔을 먹고 사는 것인지/ 새벽안개처럼 차고/ 쓸쓸"하다는 「기억」은 이미 '어떤' 대상을 위한 "기억" 속에 '기억'으로 자리한 것을 다시 "기억"으로 불러와 "기억"의 껍질을 벗겨냄으로써 앞으로 다가올 "기억"의 속성들을 재정립하고 있다. 정미영에게 기억은 "형용사"처럼 색깔이 불분명하고 "오래된 시계"처럼 "멈추어버린 시간을 끄집어내"는 것이며, "한 사람이 길 밖으로 떠나고/ 한 사람이/ 길 안으로 들어와 옷깃이 스치면" "누군가의/ 체온/ 웃음소리"(「인연」)를 들으며 감내하는 것으로 나타난다. 이런 일련의 만남과 이별을 통해 그가 터득한 시를 위한 '어떤' 기법은 초조하거나 조급한 상태에서는 시를 쓰지 않는다는 것이다.

정미영에게 시는 마주치는 하나의 대상과 사건이지 반드시 시로 타고 넘어야 할 대상은 아니다. 그가 시를 바라보며 만들어 가는 과정은 속도의 문제가 아니라 과정의 문제에 치중하고 있다. 시가 시로 보일 때까지 그는 최대한 느긋하고 가슴에 와닿는 파문으로 기다리고 있다가 파동치는 시의 줄기를 엮어낸다. 그만큼 그는 시를 엮는데도 조심스럽고 신중하다. 그 심정은 "기억 저편에서/ 전화를 받을까 봐/ 그래서/ 전하지 못한 말 하게 될까 봐"(「주인 잃은 전화」) 스스로 자기 시의 검열에 앞서 불안해하지 않으려고 정미영은 "차마 끝까지 번호를 누르지 못"하듯 함부로 시에 대한 방점을 찍지 않는다.

음식마다 짜다고 하는 엄마

철부지 막내를 먼저 보내고
단 것 좋아하던 아들에게
가진 것 다 내어 주면서부터
엄마의 입은 소금밭이 되었다

음식 타박 한 번 안 하고
엄마가 만든 음식을 맛있게 먹어주던 막내
짠맛만 가지고 살아가는 것이 힘들다며
점점 야위어 가는 엄마

쉽게 비어지지 않는 냉장고
눈물로 절여진 가슴에서
비릿한 냄새가 났다
소금꽃이 웃자랄수록

단맛이 사무치게 그립다는 엄마

엄마가 맛을 잃어버렸다
- 「맛을 잃어버리다」 전문

　정미영 시인은 부모에 대한 효도가 자별하다. 그래서 그의 시에
서도 부모에 대한 시작품이 많이 나오는 것이 그런 연유에서다. 대
개의 시인이 첫 시집에 많이 수록하는 작품이 가족이나 육친에 대
한 작품들이다. 이런 현상은 어떻게 보면 당연한 듯 보이지만 반대
로 생각해보면 내용이나 주제가 한 군데로 편중된 단점을 노출하
게 된다. 그러나 슬픈 가족사나 유년의 기억에 내재 된 편린 등을
시인이 육화하여 그것들을 다 들추어낼 때, 그 이후의 시들은 분명
내면이 깊어진 시다운 시로 무장하여 나타날 것이라 믿어진다.
　이 시는 막내아들을 먼저 보낸 엄마가 '입맛'과 '맛'을 잃어버리
면서 신산한 삶을 살아오며 눈물에 절여진 엄마의 가슴과 소금밭
이 된 엄마의 입맛을 감각적인 서정시로 잘 짚어내었다. 죽은 막
내를 가슴에 묻은 "엄마의 입은 소금밭이 되었"고 "짠맛만 가지고
살아가는 것이 힘들다며/ 점점 야위어 가"고 있다. 입이 하나 줄
고 아들 생각에 먹지를 못해 냉장고는 쉽게 비워지지 않고, 단 것
을 좋아하던 아들과 더불어 단맛을 그리워하는 엄마, 그런 "엄마
가 맛을 잃어버렸다". 아니 엄마가 아들을 잃어버렸다. 입맛을 잃
은 엄마보다도 아들을 잃은 엄마의 슬픔이 더 극적으로 다가오게
하는 정미영의 수작이라 할만하다.

"엄마가 맛을 잃어버렸다"라는 마지막 행에 엄마의 아픔을 집약시켜 한 행으로 마무리를 한 데서 그가 시를 통해 엄마를 사랑하는 마음이 절절하게 배어 있음을 알 수 있다. 아들을 그리워하는 엄마의 심정도 울분이나 눈물이 범람하지 않게 담대하게 엮어내는 과정에서 그의 느긋한 시심을 추측할 수 있다.

목련나무 아래서
소녀 둘이
손으로 봄을 이야기 한다

겨울에서 풀려난 꽃은
순백의 빛깔로
그 여린 손에서 다시 피어난다

찬바람이 혜적일 때
소리는 가라앉고
말들은 더 침묵하고,

다만 그 깊은 눈동자에 핀
하얀 봄날

목련꽃 몽글몽글 피어나듯 고요히
오래도록 그들의 이야기는 이어진다

 제1부 사소한 질문으로 나아가는

정미영의 시에는 아름다운 꽃이나 꽃 이름이 자주 등장한다. 그러나 그 중에서 제일 예쁘고 귀한 꽃은 "수화"이다. 수화는 농인 장애우들이 상호간 의사소통을 하기 위하여 손의 움직임으로 표현하는 시각언어다. 어떻게 보면 수화도 손으로 만들어낸 꽃의 한 가지이다. 그런 수화가 "목련나무 아래서/ 소녀 둘이/ 손으로 봄을 이야기"하며 피어나고 있다. 그것도 "겨울에서 풀려"나 "순백의 빛깔로/ 그 여린 손에서 다시 피어"나고 있는 셈이다. 그러나 수화를 하는 "소리는 가라앉고/ 말들은 더 침묵"하며 긴장의 시간으로 고요에 쌓여 있다가 "눈동자에 핀/ 하얀 봄날"을 무사히 건너왔다는 기쁨으로 수화도 잠시 경건한 시간을 뒤돌아본다. "목련꽃 몽글몽글 피어나듯" 다시 오래도록 이야기를 이어가는 그들의 수화에 봄이 오고 "겨울에서 풀려난 꽃"들이 "그들의 이야기"로 "순백의 빛깔"로 몽글몽글 피어난다.

수화를 통해 "꽃"을 이야기하는 이중적인 구조의 서정 방식은 정미영의 의도치 않은 자연스러운 기법에서 발로된 것이며, 손으로 말을 만들어 결국 꽃을 피워내 상대에게 전달하는 '어떤' 수화 한 송이가 봄날을 깨우며 피어나고 있는 것으로 드러낸 것이 「수화」이다. 정미영에게 수화는 꽃으로, 손으로 하는 말로, 소녀 둘의 손 끝에 매달려 피어나는 꽃이자 메시지가 되어 봄날을 가로지르는 따뜻한 대상이 된다. 「수화」는 정미영만이 시로서 포착해낼 수 있는 것으로, "침묵"과 "고요"로 인해 "수화"가 밝아지고 그 뜻이 더욱 숙연해지게 다가온다.

'어떤' 대상을 위한 따뜻한 시학으로 읽히는 정미영의 첫 시집 출간을 축하한다. 그에게 '어떤'은 형식이나 내용을 떠나서 시를 아우르는 어떤 연결고리를 가지면서 대상물을 충분히 따뜻하게 보듬고 자아나 타자를 떳떳하게 드러내놓는다. 정미영은 진지한 관찰을 통해 시를 쓸 때, 어떤 방어기제나 폭력적인 시어를 전혀 선택하지 않을뿐더러, 투사가 아닌 자기 연민, 또는 자의식으로 스스로를 조용히 끌어안고 감내하는 것으로 나타내고 있다. 또 정미영의 시가 어둡지 않는 것은 시의 톤을 잘 조절하여 그가 시를 감각적으로 받아들여 무거운 주제를 분산시키는 시의 힘을 지니고 있음을 알 수 있다. 이제 스스로 자기 시의 검열에 불안해하는 정미영이 자서에서 밝혔듯이 "버거워 무디게 지나가는 삶도, 시도, 사랑도 제자리걸음"을 하지 말고 바람에 날리는 산목련처럼 먼 길을 떠나가길 바란다.

아날로그로 짚어내는 기억과 아포리즘, 그 시의 힘들
– 유계자의 시집 『물마중』을 읽고

이번 출간한 유계자의 세 번째 시집인 『물마중』은 아날로그로 짚어내는 기억과 아포리즘이 갖는 삶의 교훈과 그가 추구하고자 하는 근원적인 시의 힘들로 가득히 구성되어 있는 것으로 읽힌다. 거기에는 그가 추구하고 지향하는 젊고 신선한 아날로그에서 추려낸 삶과 사람들이 그 중심에 들어차 있다. 유계자는 더 나아가 삶의 여러 방식과 형태, 그리고 그러한 것들을 삶의 바탕으로 살아온 사람들의 땀과 눈물에 대해 사유의 세계를 증폭시키는 아포리즘으로 천착시킨다. 그의 첫 시집 『오래오래오래』에서 "각각의 시어들로부터 퍼져나가는 정서적 울림의 동심원들이 서로 부딪치고 겹쳐지면서 시인만의 아련하고 쓸쓸한 내면의 시적 공간을 구축"하였고, 두 번째 시집인 『목도리를 풀지 않아도 저무는 저녁』은 그가 철저히 체득한 본질적인 경험을, 상상력으로 삶의 밑바탕을 되짚어내며 경험과 상상력의 밀접한 연결고리를 형성해내고 있는 반면에 세 번째 시집 『물마중』에서는 아날로그로 짚어내는 기억과 아포리즘을 통해 삶과 사람에 대한 신뢰와 진실을 진솔하게 들추어낸다. 또 기존의 시 형식과는 조금 다른 내용과 틀에서 벗어나 새로운 시창작을 시도하는 그의 색다른 면모를 볼 수 있는 기회가 되기도 한다. 독자에게 관심을 줄 만한 일련의 작품으로는「등꽃 목욕탕」,「물의 둥지」,「택배」, 개미와 쥐」,「한 번이라도」,「접시꽃 급식소」「어머니를 대출합니다」,「대나무집」,「고드름」,「포스트잇」,「진주햄」등이 있다.

유계자가 추구하는 시의 내면에는 삶과 사람이 존재한다. 그가 대하는 삶은 진지하기 때문에 시가 진지해질 수밖에 없고, 시가 진지하기 때문에 그의 사유의 세계도 진지해질 수밖에 없다. 그는 항상 '나'보다는 '타자'를 배려하고 존중하며, 그의 시작업 또한 그러한 일면으로 나타나기도 한다. "힘들고 지친 당신,/ 손잡아 주는/ 물마중이 되었으면 좋겠습니다"라는 〈시인의 말〉이 그 단적인 예를 반증해준다. 유계자 시의 특징은 거개의 작품이 아날로그의 기억을 들춰내는 시말이나 시구가 아포리즘을 관통하는 "만 개의 눈을 가지고도"(「기적」) 분간하기 어려울 정도로 혼재하고 있다는 사실이다. 시집 전체의 작품 중에서 과반 이상이 아날로그의 기억을 들춰내 강한 서정으로 시의 결말을 맺고 있다. 나머지 작품들은 짧지만 가슴이 먹먹한 "지나간 사랑"과 "수십 년 말려 먹은 어머니", 그리고 짝다리로 정류장에 서 있는 남자를 짚어내면서 삶과 사람에 대한 관심과 애착을 갖고 있음을 짐작하게 한다.

그녀의 굽은 등에 파도가 친다

오롯이 숨의 깊이를 다녀온 그녀에게

둥근 테왁 하나가 발 디딜 곳이다

슬픔의 중력이 고여 있는

물의 그늘 속에 성게처럼 촘촘히 박힌 가시

물옷 속으로 파고드는 한기엔 딸의 물숨이 묻어있다

끈덕진 물의 올가미

물숨을 빠져나온 숨비소리가 휘어진 수평선을 편다

바다의 살점을 떼어 망사리에 메고

시든 해초 같은 몸으로 갯바위를 오를 때

환하게 손 흔들어 물마중 해주던 딸,

몇 번이고 짐을 쌌다가

눈 뜨면 골갱이랑 빗창을 챙겨 습관처럼 물옷을 입었다

납덩이를 달고 파도 밑으로 들어간 늙은 어미가

바다를 끌고 집으로 돌아오면

테왁 같은 낡은 집이 대신 손을 잡는다

저녁해가 바닷속으로 자맥질하고 있다
-「물마중」전문

　물마중은 먼저 물질을 마친 해녀들이 물밖에서 물속에서 물질
을 하느라 지친 해녀들이 채취한 해산물이나 그물망을 끌어내며

도와주는 것을 말한다. 이것은 일종의 품앗이처럼 자연스러운 것으로 지치고 고단한 몸과 마음을 서로 돕고자 하는 행동에서 비롯된다. 그러나 유계자의 물마중은 물질을 끝낸 해녀가 아닌 "테왁 같은 낡은 집"으로 향하고 있다. "숨의 깊이를 다녀온 그녀"는 등이 굽었고 "물의 그늘 속"에서 "물숨을 빠져나온 숨비소리"에 "휘어진 수평선을 편다". "끈덕진 물의 올가미, 물옷 속으로 파고드는 한기엔 딸의 목숨, 몇 번이고 싼 짐, 낡은 집" 등에서 그녀의 고단하고 녹록하지 못한 "시든 해초 같은" 삶을 유추할 수 있다.

그러나 유계자가 지적하고자 하는 사실은 아날로그도 아니고 디지털도 아니고, 레트로는 더더욱 아니다. 문제는 숨비소리가 휘어지도록 물의 올가미에 물숨을 쉬며 "바다의 살점을 떼어" "납덩이를 달고 파도 밑으로 들어"가는" 노동이다. 그녀의 노동은 딸의 물숨이 묻어있고 화자에게는 신선한 상상력을 자극하게 되는데, 그것은 바로 "물숨"이 만들어낸 삶의 애착과 사랑의 여운이다. 행간의 이미지는 "굽은 등"과 "몇 번이고 짐을 쌌다가"하는 사이를 "물마중"으로 오고 가는 동시에 그녀의 물질을 하는 노동의 "물숨"이 "휘어진 수평선"으로, 그녀의 둥근 테왁이 삶 – 사랑 – 바다를 연계하게 된다. "습관처럼 물옷을" 입게 되고 테왁 같은 넓은 집이 손을 잡기도 한다. 아날로그적인 노동의 시간 사이를 시로 가로지르면서 유계자는 삶 – 사랑 – 바다를 심급에 닿을 수 있게 펼쳐 놓는다. 이와 유사한 작품으로는 「등꽃 목욕탕」, 「출근」, 「갈매기 찻집」, 「수련」, 「물의 둥지」, 「가을밤」 등이 있다.

큐빅이 빠진 브로치
아무리 화려해도 꽂을 수 없다
-「지나간 사랑」 전문

　아마도 유계자의 시 중에서 가장 짧은 시가 아닌가 싶다. 그것도 사랑에 대한 시다. 유계자는 사랑 시를 잘 쓰지 않는 시인이다. 언젠가 한 번쯤 쓴 시를 시집에 묶을 요량으로 내놨다 치더라도 그가 바라던 의도는 조금은 달성하였다고 추측한다. 왜냐하면 시제가 "지나간 사랑"이다. 사랑에 관한 시는 화자의 기대감이나 대리만족으로 쓰거나 약간의 보복심리로 쓰는 것이 일반적이어서 상대방이 보든지 말든지 화자 자신이 만족하든지 말든지 그 양극 사이에는 어느 정도의 희열이나 진정제 역할을 해 온 보이지 않는 감정의 집단이 형성되었으리라 믿기 때문이다.

　화자는 "큐빅이 빠진 브로치"를 보며 "지나간 사랑"을 떠올린다. "큐빅이 빠진 브로치"는 브로치로서의 가치나 그 역할을 제대로 해주지 못한다. 화자는 큐빅을 일종의 투명한 사랑으로 보고 불투명하고 그 존재성을 잃어버린 브로치에서 사랑의 무의미함을 깨닫고 있다. 그러나 이미 "지나간 사랑"이기 때문에 "아무리 화려해도 꽂을 수 없다"라고 단정한다. "지나간 사랑"은 예전의 시간으로 돌아간다하여도 지금보다 화려하지 않는 "큐빅이 빠진 브로치"처럼 어디인가 부자연스럽고 불편한 게 사실이다. 유계자가 이 시를 통해 지적하고자 한 것은 "지나간 사랑"에 대한 아쉬움을 토로하는 게 아니라 인간과 불가분 관계에 있는 삶과 사랑을 향한 경건함에 무게를 더 두지 않나 싶다. 그래서 이 시에 사람을 향한 사랑, 또는 사랑하는 법과 믿음을 전제로 "지나간 사랑"에 대해 "큐빅이 빠진 브로치"를 들고나온 것인지도 모른다.

딱 한 번 뜨거웠으면 됐다

딱 한 번 입맞춤이면 족하다

딱 한 번 채웠으면 그만이다

할 일 다 한 짧은 생

밟히고 찌그러져도 말이 없다
–「종이컵」 전문

유계자는 과거에 경험했던 것들을 철저하게 시로 잘 그려낸다. 그래서 그림을 보듯이 잘 읽어지고, 의미도 남다르게 넓고 깊다. 시가 쉽다고 해서 시 이해가 쉬운 게 아니고, 시가 어렵다고 해서 시 해석이 어려운 게 결코 아니다. 오히려 짧고 쉬운 시가 이해하기 어려울 때가 있다. 유계자의 「종이컵」이 그러한 작품이다. 읽고나면 가슴이 막히고 답답한 게 왠지 알 수 없는 불편함이 밀려온다. 노동자의 입장에서는 일회용 노동자로, 사랑하는 사람의 입장에서는 어긋난 사랑으로, "종이컵"이 다른 대상으로 대치가 된다 해도 결과가 똑같은 값이 나온다는 생각에 현대사회의 만연한 부조리가 스쳐 지나간다. 짧지만 강렬하고 많은 뜻을 내포한 시여서 대하기가 더 경외감이 든다. 어쩌면 그 경외감 너머로 유계자는 부조리한 삶과 일회용으로 사는 노동자들을 사랑하는 신념을 갖고 있는 것으로 여겨진다. 그의 그런 본바탕이 좋은 시를 만들고, 좋은 시인을 또 만들어 낼 것임을 필자도 믿는다. 이와 유사한 시로는 「기적」, 「애완의 날들」, 「택배」, 「착각」, 「개미와 칡」, 「소라게」, 「회색은 없다」가 있다.

■

아날로그에 대한 기억과 아포리즘 시의 힘을 파헤쳐 가는 유계자의 시작법은 한 가지의 유형과 방법에 머무르지 않고 다양한 대상에 다양한 기법으로 견지하는 자세를 취하고 있다는 면에서 고무적이다. 화자는 자신의 처지를 "억새꽃이나 쑥부쟁이"(「한 번이라도」)에 빗대어 표현하다, 그 이면에 있는 고독과 적요에 지친 화자 자신의 음영을 들여다보는 계기를 마련하기도 한다. 또 오래전의 서사나 아픈 상처로 각인된 서정을 현재의 자성한 시간과 성찰로 결합시켜 되새겨낸다는 특징을 가지고 있다. 이러한 일례는 "못이 빠져나간 자리"(「못이 빠져나간 자리」)를 "못 박힌 자리보다 빠져나간 자리가 오래 아팠다"는 역설적인 표현을 함으로써 "한 사람의 이름이 빠져나간 자리는 바람이 집을 지었다"는 아련한 아날로그의 기억으로 "이름이 빠져나간 자리"에 대한 "한 사람"을 그리워하고

있는 제스처로 주조해내기도 한다. 유계자 시에 등장하는 시의 대
상은 '어머니 또는 할아버지, 할머니, 아버지, 심지어는 남편 등 결
국 가족 중심으로 집결되는 자의식의 집합체를 이룬다는 특징을
지닌다. 이것은 유년의 시간을 현재의 시간으로 끌어와 접목시켜
시를 획득하고 있다는 점에서 그렇게 보인다.

아버지가 회초리를 드는 날이면

수평선이 마당 끝에서 힐끔거렸다

아침에 학교 가면 벌써 소문이 돌고

밤새 찰싹찰싹 매질을 일러바친 수다쟁이

그런 날이면 나도 참방참방

바다의 발등을 밟아 대갚음했다
-「소문」 전문

"아버지가 회초리를 드는 날이면" 수평선이 퍼뜨린 소문이 학
교에서 먼저 돌고 "그런 날이면 나도 참방참방/ 바다의 발등을 밟
아 대갚음"을 함으로써 어린 화자의 마음을 가늠할 수 있는 면을
보다가도 "소문"에 대한 두려움과 "아버지가 회초리를 드는 날"이

동시에 두려워지는 것은 무엇 때문일까? 아마 어린 화자가 감내하지 못할 진실된 사랑과 거짓 사랑 사이에서 판단하기 어려운 "소문"에 대한 두려움 때문이 아닌가 싶다. 이 시도 제목에 걸맞게 전개와 결말이 무난하게 잘 처리되어 수작으로 보인다. 이와 유사한 작품으로는「하현달」이 있다.

연못의 잉어들

둥근 달 하나
몇 날 며칠 뜯어 먹었는지
달 껍질만 동동 떠 있다

내가 다 파먹고 버린
어머니 손톱 같은
-「하현달」전문

　왼쪽 밑으로 지는 달의 모양을 하현달이라고 한다. 어찌 보면 자식들에게 먹을 것, 입을 것, 다 내어주고 일생을 기울다 가는 어머니와 많이 닮아 있다. "연못의 잉어들"이 "둥근 달"을 "몇 날 며칠 뜯어 먹었는지/ 달 껍질만 동동 떠 있다". "둥근 달"에서 시간적 경과나 세월의 흐름을 묘사해내는 유계자의 시적 운용 방법은 오랜 관찰에서 빚은 자연적인 현상이며, 그 현상을 시창작에 이미지로 잘 적용하고 있다. 그러다 "내가 다 파먹고 버린/ 어머니 손톱 같은” 것으로 끝을 맺는다. 뭔가 아쉬울 때 더 나가지 않고, 사족을 붙이지 않음으로써 시의 긴장을 배가시켜 놓고 문장을 닫아 버린다. “하현달”에서 “내가 다 파먹고 버린/ 어머니 손톱 같은” 것으로 자성하고 성찰하기까지 시말을 다듬어낸 화자의 심리상태는 차분하다 못해 모질고 시의 심급에 잇닿아 있다. 이와 유사한 시편으로는 「한 번이라도」, 「처서」, 「진실」, 「접시꽃 급식소」, 「열쇠」, 「겨울 양식」 등이 있다.

■

유계자의 세 번째 시집에 수록된 작품들은 독자가 이해하기 쉬울 뿐만 아니라 기존의 시 형식이나 내용면에서 대별되는 외연을 확장시키고 있다는 점에서 참신하며 시를 향한 그의 열정도 짐작하게 된다. 뭇 시인들의 어떤 작품은 여러 번 거듭 읽어야 하는 작품이 있다면 유계자의 작품들은 대체로 한 번에 읽을 수 있고, 가벼우면서도 무겁게 다가온다. 그러나 그 가벼움은 읽고 지나간 작품에 용해되어 있는 서정과 서사는 강렬하게 남아 있어 독자의 가슴에서 맴돌며 자꾸 소용돌이 치게 만든다. 그 까닭은 유계자가 경험했던 오래전 시간들에 대한 기억의 재현이나 재생 방식이 디지털이 아닌 아날로그에 더 집착하는 것과 무관하지 않다. 그가 이러한 아날로그 방식에 집착하는 이유는 일상적이고 평범한 삶의 모습과 사람에게서 우리 모두가 공감할 수 있는 정서나 시적 효과를 기대하는 측면도 없지 않아 있다고 본다. 그 기저에는 “육 남매의 육중한 무게가 당신을 지탱하는 힘"(「아버지」)이었던 아버지, 그리고 "네 놈 찾기 전엔 못 죽지 못 죽어" 하며 "바람 한 번 지나가면 와장창 무너져 버릴 연한 비수들"(「고드름」)도 나타난다. 또 "풋감이 몸을 부풀리는 한나절 푸른 그늘 속으로 툭 떨어진 문자"(「풋감의 얼룩」)나 "바람을 담은 질긴 뼈로 칸칸이 울타리를"(「대나무집」)대나무로 이미지를 빚어낸 부분에서는 더 내밀하고 미학적 자세를 견지한다.

유계자가 시집 『물마중』에서 탐색한 삶의 일반적인 모습들은 쌓이고 쌓여 오랜 숙성 끝에 익은 하나의 아포리즘을 이루어 낸다. 물론 시집에 수록된 작품이 별개의 뜻을 지닌 작품이지만 그가 추구하고자 하는 작품의 밑그림에는 아포리즘이 시를 완성해가는 요소로 작용하는 것도 주목할 만하다. 그것은 시속에 등장하는 대상이나 인물들이 서로 유대감을 형성하며, 각박하고 혼잡한 상태에서 빠르게 변해가는 현대사회에 대해 되짚어보는 계기가 되는 중요한 핵심이 되기 때문이다. 그래서 그의 시에는 항상 삶과 사람에 대한 시가 편재되어 오래전 아날로그와 현재의 디지털 기억 사이에서 아무런 마찰 없이 그만의 시세계를 확보해왔고, 부단한 노력도 많이 해 온 사실을 주목하게 한다.

해당화 한 송이
찻잔에 넣고 물을 붓는다

한목숨 꺾어

실핏줄까지 우려낸다

날마다 다른 이의
목숨으로 살아간다
-「존재」전문

　관념적이고 추상적인 시제를 갖고 주제를 잘 엮어낸 작품으로
여타의 시인들과 마찬가지로 평균량의 길이로 시를 써 온 유계자
에게는 이 시 역시 매우 짧은 편이다. 다분히 형이상학적이고 철학
적인 의미로 이해하거나 상태를 나타내는 "존재"를 유계자는 관념
과 존재로 잘 표현하여 그만의 시를 완성해낸다. 여기에 "해당화
한 송이"의 존재가 있다. 그 "존재"를 확인하려는 듯 "찻잔에 넣
고" "한목숨 꺾어/ 실핏줄까지 우려낸다". 여과기를 거쳐 우려낸
"한목숨" 꺾인 채 "날마다 다른 이의/ 목숨으로 살아"가는 다른 또
하나의 존재가 있다. 존재 이전의 존재와 존재 이후의 존재는 분명
다를 수밖에 없지만 유계자가 지향하는 존재는 "해당화 한 송이"
의 존재이고 "날마다 다른 이의 목숨으로 살아"가는 존재 그 자체
이다. 튀르키예의 시인인 나짐 히크메트는 그의 시「진정한 여행」
에서 "최고의 날들은 아직 살지 않은 날들"이라고 표현하였다. 여
기서 "아직 살지 않은 날들"은 날마다 살아가야 할 존재의 날로 존
재해야 한다. "가장 훌륭한 시"도 "아직 씌어지지 않"은 상태로 존
재해야 하고, "가장 빛나는 별"도 "아직 발견되지 않은 별"로 존재
해야 하는 것이다. 존재로서 존재는 "날마다 다른 이의 목숨으로

살아"가는 존재로 존재한다고 유계자는 인식하여 시로 획득해낸
다. 이러한 그의 자세는 대나무같이 곧으나 부러지지 않는 유연함
을 지니고 있고, 삶과 사람에 대한 신뢰와 동시에 시의 힘을 믿는
자신감으로 가득 차 있다.

돌아보면 알게 되네
구불구불 에돌아가던
그 길이 아름다운 길이었다는 걸

지나간 뒤에야 보이네
밤새 눈물짓던 일들도
버릴 것 없는 선물이었다는 걸
-「에움길」전문

　에움길은 멀리 돌아서 가는 굽은 길을 말한다. 이 시도 짧은 시
이지만 읽고 나면 많은 것을 생각하게 해준다. 에움길을 "구불구
불 에돌아" 멀리 돌아서 가다 "돌아보면 알게 되"는 "그 길이 아
름다운 길이었다는 걸" 깨닫게 된다. "에움길"은 아날로그의 기억
에서 파생된 자성과 성찰이 내재되어 있는 공간으로, 느리고 더디
게 에돌아 가도 꽃과 나무를 자세히 볼 수 있는 "아름다운 길"이
다. 그런 에움길에서 유계자는 "지나간 뒤에야 보이"는 자신의 길
을 되돌아보는 시간을 갖는다. 그 시간에는 "밤새 눈물짓던 일"에
서도 "버릴 것 없는 선물이었다는 걸"을 자성과 교훈을 얻게 된다.

"밤새 눈물짓던 일"을 겪으면서 지나온 날을 돌아보니 지금의 화자에게는 "버릴 것 없는 선물"이자 삶의 든든한 자양분이 되었음을 짐작하게 해준다.

디지털 시대에서 조금은 더디게 돌아가고 조금은 느리게 걸어도 유계자는 조급함이 없다. 불편함보다는 편안함을 가져다주는 시의 힘을 유계자는 믿으며, 그 시의 힘이 결국 더 많은 에움길을 만들어내는 밑그림이 될 것이라는 사실을 그는 알고 있다. 그것이 최소한의 아날로그 힘이자 진정한 시의 힘이라고 그는 확신을 갖고 있는 것이다.

비릿한 바다 냄새가 난다
어디서부터 걸어왔는지
내 통증의 하나가 고개를 든다

갯벌을 파헤치는
어머니의 손길이 분주하다
바구니에 쌓여가는 바지락

퉁퉁 부어오른 관절마다
짠물이 스미고
축 늘어진 물풀 같은 어머니를 꺼내면
갯내 나는 시가 켜진다
−「점화하다」 전문

유계자는 "비릿한 바다 냄새"에서 "통증 하나"를 점화시키며 "갯벌을 파헤치는" 어머니의 분주한 손길에 아날로그의 아련한 심지를 돋운다. 어머니의 "퉁퉁 부어오른 관절마다/ 짠물이 스미고" "물풀 같은 어머니를 꺼내면/ 갯내 나는 시가 켜"지는 영상으로 떠오른다. 그러나 통증의 진행 방향이 화자로부터 시작하여 어머니에게로 건너가는 방식이어서 역주행을 하고 있는 듯한 인상을 준다. 대개는 어머니의 통증에서 화자의 통증을 짚어내면서 자성과 성찰의 면모를 드러내지만 이 시는 화자의 통증을 먼저 점화하고 어머니의 통증까지 점화하면서 종내에는 "갯내 나는 시"를 점화하기에 이른다. 이것은 어머니에게 통증을 제공한 대상이 화자 자신에게 있음을 먼저 짚어내면서 어머니에게로 향한 사랑의 통증을 점화시켜 시로 밝혀내고 있는 것이다. 유계자의 아날로그 기억에 대한 접근은 매우 차분하며 그 속내 또한 "부어오른 관절"을 가라앉히는 따뜻한 진정제 역할을 하고 있다.

■

일상적인 삶과 보편적인 대상에 대한 유계자의 시심은 계절이나 구체적인 꽃이름, 그리고 사물명을 끌어모으는 힘에서 비롯된다. 그의 이 같은 시의 원동력에는 어린 시절 편린에 갇힌 가족이나 꽃, 그리고 계절을 가로지르는 서정과 서사로 가득 차 있다. 가령 「보라의 계절」에서 "순비기꽃"으로부터 밀려오는 이야기는 "헛짚은 날들"로 "늙지도 않고 구석까지 넓히며" 오는데, "수렁처럼 빠져들던 모래밭"에 "슬픔 몇 짐 부려도 흔적이 없었"지고 "피가 닿는 곳마다 까맣게 씨가 맺혔다"라고 하며 순비기꽃이 피어 있던 자리를 "보라의 계절"로 환원하는 서사의 장면에서 극명하게 나타난다. 그러나 유계자가 환원하는 인간 본연의 심리상태는 심리학적 기준의 선택과 다를 바가 없다고 할 때, 그것이 시로서 충족해주는 요건과 충분한 상황이라고 여겨진다. 그러므로 유계자가 바라보고 있는 계절이나 꽃, 사물명은 희로애락과 함께 지속되는 인간 본연의 심리상태라 말할 수 있다. 이와 같은 심리상태는 본질적인 삶의 자세와 신뢰를 가질 만한 사람들에 대해 유계자는 허물없이 자성과 통찰을 위한 복기를 하고 있는 셈이다.

닿을 수 없는 절벽에 핀 구절초가 더 아름답다

집에 돌아와 불을 끄고 누워도 잠이 오지 않는다

자꾸만 생각나는 걸 보니 단단히 눈맞았구나

어디였더라 누구였더라
- 「구절초」 전문

푸른 발굽으로 내달리는 신록

혼절의 빛깔이다

천 가지 무색으로 아프다

뜨겁게 죄짓고

뜨겁게 죄 씻고 싶다
- 「봄강」 전문

「구절초」는 "구절초"를 보고 돌아와 잠도 자지 못하고 자꾸 생각나는 "누구"를 떠올리며 "구절초"에서 전이된 사랑의 대상자에 대한 그리움을 그려내고 있다. 구절초를 보고 아름다움 대신 사랑의 독약에 취한 화자의 상태를 엿볼 수 있다. 「봄강」은 "푸른 발굽으로 내달리는 신록"에서 "천 가지 무색으로" 아파하면서도 "뜨겁게 죄짓고/ 뜨겁게 죄 씻고 싶다"라고 하면서 다행히도 더 이상 타나토스로 향해 나아가지 않고 "뜨겁게 죄 씻고 싶다"라고 하며 스스로 해독제를 처방함으로써 "봄강"을 벗어나고 있다.

유계자의 아포리즘 성향이 짙은 시가 갖는 특징은 화자 자신이 만든 상처의 요소의 하나인 독약과 그 독약으로 자신을 치유할 줄 아는 해독제를 동시에 구비하고 있다는 점이다. 이와 유사한 작품으로는 「포스트잇」이 있다. 한편 이와는 동떨어진 작품이기는 하나 "꽃"과 "햄"의 상징적인 의미를 강하게 내비쳐 현대의 자연과 현대인이 문명의 이기에 변해가는 처지를 빗대어 쓴 「진주햄」도 눈여겨볼 만하다.

이번에 상재한 유계자의 시집 『물마중』은 기존의 시 형식과는 조금 다른 대상의 선택, 전개의 간결성, 도저하고 강렬한 종결의 시도로 독자로부터 많은 사랑을 받고 각인되는 시인이 되리라고 본다. 유계자는 삶의 여러 방식과 형태, 또 그러한 것들을 바탕으로 살아온 사람들의 땀과 눈물에 대해 사유의 세계를 증폭시키는 아포리즘으로 천착시켜낸다. 그가 근본적으로 추구하는 시의 내면에는 삶과 사람이 존재한다. 그가 삶에 대해 진지할수록 시가 진지해지고, 사유의 세계도 진지해진다.

유계자는 과거에 경험한 사실들을 아날로그의 기억으로 철저하게 시로 잘 들춰낸다. 그래서 그림을 보듯이 잘 읽어지고 의미와 감동이 넓고 깊다. 그리고 이러한 그의 시작법은 한 가지 유형과 방법에 고착되지 않고 다양한 대상과 방법으로 자세를 취하고 있다는 면에서 고무적이다. 유계자의 아날로그 기억에 대한 접근 방법은 매우 차분하며, 그 속마음 또한 상처를 가라앉히는 따뜻한 진정제 역할을 한다. 또한 일상적인 삶과 보편적인 대상에 대한 유계자의 시심은 계절이나 구체적인 꽃이름, 그리고 사물명을 끌어모으는 힘에서 비롯된다.

유계자의 시가 지니는 특징은 화자 자신이 만든 상처의 요소의 하나인 독약과 그 독약을 치유할 수 있는 해독제를 동시에 구비하고 있다는 사실이다. 그리하여 더 이상 타나토스의 선을 넘지 않고 스스로 처방한 해독제를 사용하여 상처에서 벗어난다는 것이다.

"날 무"를 깎아 먹으며 시를 쓰는, 먹다 만 무에게 물을 주며 시를 쓰는, 움이 트고 싹이 돋듯 시를 쓰는, 날 무 같은 자세로 앉아 있는 비장한 유계자를 떠올려 본다. "날 무를 깎아 먹다" 책상 위

에 올려놓은 먹다 만 무에서 움이 트고 싹이 돋아나듯 앞으로 유계
자가 보고, 듣고, 느낀 모든 것들이 시로 움트고 성장하여 "〈오래
오래오래〉, 〈목도리를 풀지 않아도 저무는 저녁〉을 가로질러 〈물
마중〉"을 나갈 때, 세 송이가 아닌 천 송이, 만 송이, 백만 송이가
피어 그와 함께 동행하는 모습을 기대하며 다음의 시로 마무리를
한다.

한낮을 베고 누워 시간을 날 무처럼 깎아 먹었다

먹다 만 무를 책상 위에 올려놓고 물을 부었다

움이 트고 싹이 돋아 세 송이 피었다

<오래오래오래>, <목도리를 풀지 않아도 저무는 저녁>, <물마중>
-「세 송이 피었어요」 전문

자의식으로 발화되는 시편 혹은 몸짓들
– 전금란의 시집 『벚꽃 칸타타로 떨어지는 봄을 본다』를 읽고

전금란의 시세계는 무거우면서 가볍고 차가우면서도 따뜻하다. 그의 시선은 사물과 사건에 대한 인식에서 자아를 성찰하고 뱀이라는 특정의 대상으로부터는 자의식과 더불어 그로 인한 독특한 몸짓으로 삶을 통찰함과 동시에 자아를 되돌아보는 계기를 마련하기도 한다. 그의 이런 부단한 관심은 시를 통해 주조되는 감각과 시편들로 발화된다. 이를 자의식으로 발화되는 시편 혹은 그 몸짓들이라고 해도 무방하다. 전금란이 시를 운행하는 방식이 어두운 유화 속에 감춘 밝은 수채화 같은 기술방식을 취하고 있다는 느낌이 든다. 그의 시세계에는 다양한 시적 기술의 실험적 표현이 곳곳에 산재한다. 이를테면 "벚꽃, 대나무, 고목, 감나무, 동백" 등의 식물적인 것과 "개, 통닭, 거미, 산양, 잠자리, 사슴, 뱀" 등의 동물적인 것에서 개별성을 확장하여 자의식으로 시편을 발화해낸다. 전금란의 시는 사물과 사건에 대한 자의식과 "뱀"이라는 특정의 대상에 대한 두 부류의 자의식이 내재하는 특징을 지닌다.

여타의 시인들이 산문적인 상상력에 기반을 둔 시작법에 치중하였다면, 전금란은 다른 시작법을 시도하려는 초점에 무게를 두고 그만의 세계를 서서히 다져 온 것으로 알고 있다. 은유의 과도

한 낭비로 인해 시 속을 보지 않고 시 밖만 핥아 온 "과잉 표현"의 시가 있는 반면에 그의 시작 태도와 상상력의 집중은 두꺼운 유화를 걷어낸 순수한 서정의 한 장면으로 일관되게 다가온다. 이 순수한 서정 속에는 일상 속에서 되새기는 자아와 삶에 대한 끝없는 상상력으로 발화하는 자의식이 내장되어 있다. 이러한 자의식은 위안부로 끌려가 "잔뜩 움츠린/ 소녀의 알몸"(「꽃댕기」)이나 "바람이 불 때마다/ 한들한들 흔들리는" "목선이 가느다란 여자아이"(「코스모스 소녀」), 또는 "나뭇가지에 시간을 걸치는 거미"(「거미 DNA」)나 "사진 속에 갇혀 자라지 않는 아이"(「감나무에 걸린 전화기」) 등에서 존재론적 탐색을 하며 드러낸다. 더 나아가서는 "멀어지고 나서야 보이는 뱀의 미끄러운 몸매"(「사랑은 허물을 벗는다」)에서 헤어진 첫사랑을 "등 돌린 낮달"로 파헤쳐내어 늦게나마 깨닫게 되는 "빈 허물"로 아련하게 추적하기도 한다.

창가를 통해 보는 꽃밭
유언을 말하는 아내처럼
꽃잎 입술이 바람에 떨린다

자궁을 닮아 부푼 씨방
노랗게 익은 씨앗 주머니
큰기침 한 번에

사방으로 튀어나간

사리 알 같은

작은 씨앗

마당에 핀 봉선화처럼

움직임이 없는

병실의 아내

여름과 가을

계절 옷을 갈아입어

봉선화 씨앗 주머니가 터지듯

아픈 아이들에게

씨앗을 나눈 꽃씨 여인

내 사랑

꽃씨 여인 떠난 뒤,

내 머리카락에 서리가 내려 하얗다

- 「꽃씨 여인」 전문

　　전금란은 "마당에 핀 봉선화"에서 "병실의 아내" 그리고 "내 머리카락에 내린 하얀 서리"의 정경을 존재론적 시선으로 자의식을 잘 정치하여 빚어낸다. 특히 "유언을 말하는 아내"에서 "자궁을 닮아 부푼 씨방"의 부분에 이르러서는 아내의 병이 위중함을 의식하게 해준다. 머지않아 아내는 "봉선화 씨앗 주머니가 터지듯" 떠나갈 것이고 화자는 그런 "꽃씨 여인"을 바라보며 삶의 존재를 새삼 되새기는 자의식의 내면과 마주치게 된다. 우리가 알고 있는 삶과 죽음에 대한 의미는 사람마다 다를 것이다. 그것은 각자의 가치관이나 사유하는 세계가 다른 데서 관계가 깊은 연유에서다.

　화자는 "창가를 통해 보는 꽃밭"에서 봉선화를 보고 있지만 "꽃 잎 입술이 바람에" 떨리고 "큰기침 한 번에// 사방으로 튀어 나간/ 사리알 같은" 불안한 징조에 직면하게 된다. "움직임이 없는/ 병실의 아내"와 언제 터질지 모르는 "아픈 아이들에게/ 씨앗을 나눈 꽃씨 여인"을 안타깝게 바라보는 시선은 머리카락에 서리가 내릴 정도로 이타적인 자의식으로 가득 차 있기까지 하다. 이러한 자의식은 "계절 옷을 갈아"입고 "씨앗을 나눈 꽃씨 여인"에서 "네 사랑/ 꽃씨 여인 떠난" 것으로 각인시켜 내고 있다.

　바람에 떠는 꽃잎 입술, 노랗게 익은 씨앗, 아픈 아이들, 내 사랑, 꽃씨 여인 등의 이미지들은 화자가 지적하고자 한 궁극적인 자의식의 내면이다. 떨리고, 터지고, 튀어 나간 작은 씨앗 등은 개별성을 가진 자의식으로 화자의 본모습뿐만 아니라 현재를 살아가고 있는 우리들의 삶과 동떨어지지 않는 실제적인 모습이라는 점에서 이 시가 풍기고 있는 의미가 남다르다고 할 수 있다. 이 외에도 "바닥에 닿는 순간 야생마처럼"(「사랑은 봄비처럼」) 튀는 봄비 소리나 "빨갛게 터져버린 나팔꽃"(「아가미가 꽃으로 핀다」)을 통해 전봇대를 타고 오르는 생명의 살랑거림을 응시하는 행위나 혹은 "캔버스 안에서 살랑거리는/ 키 큰 가을 상형문자"(「코스모스 소녀」)에서 수채화처럼 활짝 피어 한들한들 흔들리는 코스모스의 몸짓을 통

해 일상적인 삶의 장면을 환기시켜 자의식에 대한 깊은 성찰과 비
애를 감각적으로 들춰내고 있다.

　이번에 상재 한 전금란의 시집『벚꽃 칸타타로 떨어지는 봄을
본다』는 타나토스나 코나투스 중 어느 한 방향으로 치우치지 않고
균형을 잘 맞춘 위치에서 자의식을 인식한다는 데서 그 의미를 찾
을 수 있다. 그래서 그의 시세계는 비관적이나 부정적이지 않고 그
가 지닌 개별적인 자의식으로 시를 더 깊고 내밀하게 한다. 화자나
시인이 이러한 세계관이나 사유하는 인식의 폭에 따라 시를 대하
는 방식이나 방향이 다를 수밖에 없다. 전금란의 시에서는 세상의
모습이 문명의 이기나 폐해로 얼룩지는 면도 없지 않게 지적하고
있으나 거개의 작품은 화자로 전이된 대상을 통해 살갑고 진정성
있는 내밀성으로 통찰하기도 한다. 그 일례로 꼽을 수 있는 작품이
「어머니 항아리」이다.

어머니 돌아가신 날부터
매일 항아리를 닦는다

함박꽃 무더기 옆 장독대
외할머니가 어머니에게 주신
씨간장을 품은 항아리

안개와 뒤엉킨 먼지 묻은 표면

알몸의 항아리 아침마다 닦으면

떠오르는 어머니 얼굴

투박한 손등 같은 뚜껑을 열자

항아리 속 깊은 눈매

동그랗고 새까만 눈동자

어머니 눈동자와 마주친다

어머니 눈동자가 '간장 주랴'라고 말한다

-「어머니 항아리」전문

　화자가 바라보는 "어머니 항아리"는 안타까운 외할머니의 죽음과 매일 항아리를 닦는 어머니 사이에서 비롯되는 어머니와 외할머니의 삶과 무관하지 않다. 사람이 사람과 맺는 관계는 많은 대화와 몸짓에서 우러나는 소통에서 이루어진다. 시는 시인의 감각과 정서를 나타내는 것이기도 하지만 화자의 메시지나 코드를 독자에게 전달하여 감동시키는 것과 마찬가지로 타자나 사물에서 비롯된 사유를 획득하는 기능을 갖게 해준다.

　전금란의 시에서는 시의 미학보다는 정서나 사건으로 인한 비애나 회한을 자의식으로 잘 걸러내고 있다. 「어머니의 항아리」는 시의 슬픈 전개가 애잔하게 드러나고 있으며, 시 속의 이미지를 진지하게 그려내어 배치시켜 놓는다. 그런데 이 시를 좀 더 자세히 들여다보면 "어머니"가 중의적인 의미로 존재하는 "어머니"라는 사

실을 알 수 있다. 하나의 어머니는 어머니의 어머니인 외할머니이
고 다른 하나의 어머니는 화자가 부르는 어머니이다. "어머니 돌
아가신 날부터/ 매일 항아리를 닦는" 어머니의 모습에서 화자는
어머니의 어머니인 즉, 씨간장을 어머니에게 주신 외할머니를 떠
올린다. 그리고 "안개와 뒤엉킨 먼지 묻은 표면"을 아침마다 닦
는 어머니의 모습에서 외할머니의 얼굴과 어머니의 얼굴을 동시
에 연상시킨다. 이러한 일련의 행위와 사유는 항아리 뚜껑을 열자
"동그랗고 새까만 눈동자/ 어머니 눈동자와 마주"치는 장면에서
정점을 찍는 정경으로 나타난다. 머지않아 잠재적인 어머니가 될
화자 자신의 눈동자와 어머니의 눈동자가 마주치는 서정을 아슬
한 자의식으로 잘 획득해낸다.

바닥에 널브러져
깊은 잠에 빠진 닭 무더기

자면서도 악몽을 꾸는지
어떤 부리는 꽉 다물고
어떤 부리는 혀를 내민 채 굳어 있다

깃털 옷 대신
양념 옷을 수의처럼 입고
멈춘 울음은 기름 속에서 튀겨진다

화장을 한

남은 알갱이 위로

양념이 뿌려지고

소중히 싸매진 은박지

포장된 상자 틈으로 환청 같은

닭울음이 새어 나와

상자를 들썩인다

달구어진 영혼 온도가 식을까

운구를 싣고 재빠르게 떠나는 오토바이

멀어져가는 오토바이 꽁무니로

붉게,

도로에 쏟아져 내리는

통닭집 전화번호

–「통닭 장례식」 전문

　위 작품은 현대 문명의 이기에 잘 포장된 "통닭"을 통해 "바닥에 널브러져" 잠을 자거나 "혀를 내민 채 굳어"가는 생명에 대한 경시와 부정적인 세계를 "포장된 상자 틈으로 환청" 같은 울부짖음을 하는 닭들의 몸짓을 장례식 분위기로 어둡게 지적하고 있다. 작년 닭고기 소비량이 1인당 16.5kg으로 해마다 그 소비량이 증가하고 있다고 한다. 무게로 환산하면 1억 톤이 육박하고 개체수로는 700억 마리에 가깝다. 닭고기는 한국인이 가장 선호하는 육류이며 치킨과 더불어 치맥이라는 문화를 새롭게 형성해낸 대상이기도 하다.

이런 "닭 무더기"들이 "양념 옷을 수의처럼 입고" 기름에 튀겨져 은박지에 싸매진 채 재빠르게 오토바이에 의해 배달지로 멀어져 가는 모습은 사람들이 지닌 삶의 고통과 별반 다르지 않으며 "붉게,/ 도로에 쏟아져 내리는/ 통닭집 전화번호"에서 화자 자신의 자의식을 "수의"나 "은박지"로 잘 포장하여 상징화하여 나타내고 있다. 이러한 현상을 다른 측면에서 헤아려보면 닭고기를 먹는 사람들 수만큼 각자의 자의식으로 욕망을 제어할 수 있는 절제의 능력을 가지고 있다면, 시의 미래나 자의식의 유형도 밝고 투명한 쪽으로 많이 생성되지 않을까 하는 희망을 전금란의 시가 갖게 해준다. 다시 말해서 통닭을 먹는 사람들의 욕구와 통닭집 전화번호를 붉게 쳐다보는 화자의 욕구가 서로 상충하는 것을 극복할 수 있을 때, 시를 가로막는 어떠한 기제라도 자의식은 절제된 형태로 시로 반드시 나타난다는 것을 그는 이미 알고 있다는 뜻이다. 시가 추구하는 본질이 삶의 혁신과 자아의 확립이라면 그것이 가능할 것 같은 단상 아닌 단상이 「통닭 장례식」을 통해 작은 계기를 마련하는 단초를 그가 제공해주고 있는 셈이다. 전금란의 시에 나타난 그런 일면에서 각박한 일상을 살아가는 우리의 발걸음이 가볍고 몸짓이 경쾌하게 느껴지는 것은 자의식이 존재하기 때문이다.

이 외에도 "음성 언어도 없이 사람을 유혹하는 몸짓"으로 쇼윈도에 서 있는 "플라스틱 비너스"(「쇼윈도 앞에서」)의 모습이나 "블랙아이스 위에서 회전"하여 사고를 당해 "영원한 외출을 한 친구"(「고속도로 묵시록」)의 비정한 정경에서도 죽음을 장송곡으로 변주하는 자의식이 잘 드러난 작품들도 많다.

구리선으로 된 뱀
여러 겹 겹쳐져
전기 신호를 보내는 밤

노트북은 스스로 켜져
나타난 파란 눈빛 뱀
이진법 숫자로 된 혓바닥을 날름거려
커서로 깜빡깜빡
최면 신호를 보낸다

포트에 꽂힌
리더기를 물어버린 입
메모리까지 독니 박히기 전에
핏발 선 눈동자 따라
비행모드를 켜버린 손가락

지문에서 풀린 백신이 닿자마자
파란 이빨이 빠지고
떨어져 나간 머리

가죽이 벗겨져

분해된 뼈마디

파열된 내장이 떠도는 모니터 안

01010101

무선의 뱀들이 이진법으로 흩어져버린다

―「해킹」전문

　전금란의 일관적인 자의식은 "구리선으로 된 뱀"이라는 개별성에서도 꾸준하게 추려내려는 자세를 취한다. 그가 뱀을 통해 드러내는 자의식은 "파란 눈빛 뱀"이고 파열된 내장이 떠도는 모니터 안에서 01010101 무선의 이진법으로 흩어지는 뱀으로 신선한 환기를 일으키며 다가온다. "해킹"을 끈질기게 응시하고 파란 눈빛 뱀으로 주조해낸 그가 소름 돋게 느껴진다. "혓바닥을 날름"거리는 이미지나 메모리까지 독니가 박히는 장면은 정말로 섬뜩하게 다가온다. 더욱이 "핏발 선 눈동자"가 "지문에서 풀린 백신"으로 옮겨가는 과정은 해킹에 대한 원망과 분노를 사실적인 실감으로 불러일으키게 한다. "파열된 내장이 떠도는 모니터 안/ 01010101/ 무선의 뱀들이 이진법으로 흩어"지는 결구에서는 고조된 긴장을 가라앉히는 자의식으로 해킹에 대한 "최면 신호" 같은 심정을 끝없고 막연한 이진법의 시간 속으로 던져 넣는다.

　시는 사건이나 사물을 들여다보며 자신의 내면을 들춰내는 행위의 결과물이다. 보고 싶거나 보고 싶지 않은 것들, 뜻하고 있거

나 뜻하지 않은 것들, 아니면 간절하거나 간절하지 않은 것들이 서
로 비벼대는 소리를 듣는 것이다. 전금란의 시에 나타나는 자의식
의 내면은 어둡고 부정적이기보다는 뜻하지 않거나 새로운 것들
에 대한 두려움과 섬뜩함을 지니고 있다. 그러나 그 두려움과 섬
뜩함 속에는 존재의 의미를 되새겨주는 자의식을 갖고 있다는 뜻
에서 매우 시사적이다. 이러한 시사적인 자의식은 "물결에 흔들리
기만 하는/ 주검 같은 침묵"(「사월에는 깊은 잠수를 한다」)에서 세월호
참사를 "해킹"의 연장선으로 끌어오기도 하고「포커페이스」에서
는 "허물 벗듯 날아오르는 연기"나 "불신이 가득 찬 눈동자"에서
끌어내는 각기 다른 욕망을 좇는 속물적인 근성을 지닌 사람들이
맞는 "쓸쓸한 기일"의 장면에서도 잘 나타난다. 다른 한편으로는
「동거」나「어떤 잡채」를 통해 "허락도 없이 들어온 달빛"이 "덤불
같은 어둠 속으로 기어가는" 풍경에서 어머니의 인정과 밥상을 반
추하는가 하면, "흑백사진 한 장 같은 외할머니의 기억"이 노을처
럼 물드는 "잡채"에서는 음식으로 평등을 기원하는 외할머니의 손
맛을 유년의 회상으로 짚어내는 자의식도 엿볼 수 있다.

흔적이 들킬까봐

알에서 나올 때부터

'] '모음 모양으로

다리를 잘라버린 뱀

물낯을 건너는 듯

흙냄새를 맡는 듯

알파벳 'S' 모양 굴곡으로

읽어 내려가는 맨몸 독서

태생부터 한 획으로

글자 그 자체인

머리부터 꼬리까지 유연한 획수

지면을 핥을 때

혓바닥은 두 갈래로 갈라져

바퀴가 저지른 속독에 의해

완독하지 못한 길 위에서

납작하게 박제가 되어도

장소를 가리지 않는 독서광

몸의 문장을 지우려는지

허물마저 벗어 던진 채

빛바랜 하얀 낙관을

아스팔트에 엎드려 찍고 있다

-「뱀 독서법」전문

    전금란은 뱀이 지닌 특성과 자신의 자의식과 상상력으로 한층
더 고조시켜 시편을 주조해낸다. 다시 말하면 뱀이라는 개별성을

가진 대상을 통해 사유와 맞닥트리게 되는 세계에서 다른 또 하나의 세계를 창조해내는 능력과 시를 엮어내는 안목을 가지고 있다는 것이다. 전금란의 시집에 등장하는 60편의 작품 중에 뱀이 시제목이 되거나 제재가 된 것은 20여 편에 이른다. 그만큼 뱀은 그의 시세계를 관통하는 거대한 물줄기이자 하나의 거대한 통로인 셈이다.

뱀은 사람에게 공포의 대상이며 보기만 하여도 혐오감을 주는 존재이다. 다른 한편으로는 잠재의식 속에 존재하여 욕망을 해결해주는 대체자나 원죄 의식에 갇혀 있는 페르소나의 한 형태로 자주 사용해온 동물이기도 하였다. 이런 뱀을 전금란이 시에서 자주 등장시키는 것은 자의식 너머에 있는 시인 자신의 자의식으로 추동할 수 있는 시심에 잇닿아 있기 때문이다. 거개의 시인들도 뱀에 관한 시를 많이 써 왔고, 그런 작품에 대해 연구도 많이 해온 것 또한 사실이다. 그러나 전금란은 여기에 머무르지 않고 한발짝 더 나아가 "길을 이탈한 낙엽은/ 허물인 척 바닥에 붙어/ 나무가 버린 미아가 되는 밤"(「상강」)을 포착해 추위 타는 멧새 울음소리에 서리가 묻어 내리는 "상강"이라는 절기를 나타내고, 또 "흙탕물 비늘로 덮인 채/ 추는 물뱀 춤"(「강이 폭음할 때」)이라는 시선이 강한 표현에서는 자연의 재해를 드러내거나 "중화된 독기/ 탄력 있는 스프링처럼/ 드러난 뱀의 굴곡"(「메두사의 머리카락」)에서는 염색의 장면을 노출시켜 현대 문명의 폐해에 대한 단편적인 지적도 한다.

「뱀 독서법」은 로드킬을 당한 뱀의 처참함에서 "완독하지 못한 길 위에" 박제가 된 채로 지면을 핥으며 "허물마저 벗어" 던지고 독서광처럼 "'S' 모양 굴곡으로/ 읽어내려가는" 처연한 독서법을 들춰내고 있다. "흔적이 들킬까 봐 다리를 잘라버린 뱀"에서 전금란이 품고 있는 온정이 내재한 자의식을 "바퀴가 저지른 속독에 의해/ 완독하지 못한" 뱀의 독서법으로 로드킬에 대한 비정함을 "빛바랜 하얀 낙관"을 찍는 것으로 쓸쓸하게 파악한다. 이러한 그의 자의식이 삼투압 된 시심은 뱀이라는 일반적인 부정의 인식에 갇혀 있지 않고 그것을 거부하고 가로지르며 "수압에 벗겨진 허물"(「물뱀에 대한 소문」)로 환유하고 있다. 그 환유의 결구는 "허물은 더 이상, 허물이 아니다"라고 끝을 맺는다. 이러한 일면에서 전금란의 자의식과 시심은 별개의 것이 아니고 서로 유기적으로 작용하여 시를 배태하는 것으로 봐도 무방하다. 그리하여 시를 확장시켜 나가는 계기를 마련하는 한편, 자의적인 자의식에 온전히 도달함으로써 뱀에 대한 부정적인 인식과 소문을 떨쳐버리고 진정성으로 그 대상을 보듬어 주는 데서 전금란 시의 특징을 엿볼 수 있다.

이제 전금란의 시집 상재를 거듭 축하한다는 말과 함께 앞에서 검토해온 글을 정리하며 글을 맺고자 한다. 전금란의 전반적인 시 세계는 일관적인 시작법을 고수하며 욕망을 억누르는 기제를 바탕으로 한 자의식으로 시편들을 늘어놓거나 헤집기도 한다. 이런 그의 시세계는 어둡지만 밝고, 딱딱하지만 부드럽고 거친 부분을 긁어내면 수채화같이 투명하고 맑은 시어들이 곳곳에 산재되어 있음을 짐작할 수 있다. 산재되어 있는 많은 시어들로 인해 그는 다양한 층위의 시편을 엮어내면서 서정의 형식을 심급에 닿게 한다. 이러한 데에는 시를 대하는 전금란의 자세가 안일하지 않고 시에 대한 경외와 애정으로 부단히 노력해온 행위에 있지 않나 싶다. 시는 항상 어수선하고 불편하게 움직이며 진화하고 있다. 이런 시를 질서와 조화로 멈추게 하고, 진화에는 적응하며 시작에 열정을 쏟은 대가의 결과물로 나온 게 시집 『벚꽃 칸타타로 떨어지는 봄을 본다』이다.

전금란의 시는 주로 사물에 대한 자의식과 뱀이라는 특정의 대상에서 자의식을 인식하는 두 가지 특징을 지니고 있으며, 또 그런 자의식과 몸짓에서 삶을 통찰하고 자아를 탐색해내는 시편들을 발화해낸다. 시편을 발화해내는 그의 시작 태도는 두꺼운 유화를 걷어낸 순수한 서정으로 일관되게 형성되어 있다. 이는 전금란이 근본적으로 시의 미학보다는 대상의 정서나 사건으로 인해 환기되는 비애나 회한을 자의식으로 걸러내는 데 치중하기 때문이다.

「물뱀에 대한 소문」에서 나타나듯이 "허물은 더 이상, 허물이 아니다". 맞는 말이고 시의 정확한 표현이기도 하다. 시를 쓰는 데 있어서 허물은 더 이상 허물이 되지 않는다. 이 말을 다른 말로 대치시켜 "자의식은 더 이상, 자의식이 아니다"라고도 말하고 싶다. 다만 자의식은 시가 만들어지는 기초를 세워준다. 그러니 앞으로 전금란의 시와 작품세계가 개별성이 다양한 작품으로 더 많이 발화하여 자주 만날 수 있기를 바란다.

제2부

기억으로 추동하는

기억으로 추동하는 서정의 미학
– 현상연의 시집 『울음, 태우다』를 읽고

현상연 시인의 두 번째 시집 『울음, 태우다』는 시인 자신의 말에서 나타나듯 "아직 도착하지 않은 생각이/ 쓸쓸한 부재로 남아 있는 지금"(자서)의 위치를 인식하여 서정이나 이미지를 추동하는 기억이 산재해 있던 언어를 결집하는 것으로 다가온다. 또한 대상이나 타자를 대하는 진정성이 가득한 언어의 탐색 의지는 현상연으로 하여금 흥미를 잃어가는 시에 대한 관심을 새롭게 일깨워주는 시인으로 돋보이게 해주는 시의 힘을 느끼게 해준다. 대개의 서정시는 화자 자신의 언어와 상상력을 통해 대상에 편향적인 사유에 따라 위안을 받거나 시로 보듬어 내었는데, 현상연 시인의 치는 거기에다 기억이라는 원형을 첨가하여 외연을 넓혀냈다. 그에게 기억은 과거의 풍경과 시간으로 존재하는 것에 그치지 않고 상상력으로 이미지를 변형해냄으로써 생명에 대한 애착을 매우 친근하고 포근하게 환기시켜 주는 대상이다. 그런 오래된 기억과 이미지의 힘이 결속하면서 그 자신이 견지하는 시의 서정도 여러 갈래로 뻗어가는 것을 짐작하게 해준다.

이런 시의 경향은 이번 상재한 시집 『울음, 태우다』 속에서 더욱 선명하게 용해시켜내어 현상연 시인의 시가 삶의 기저에 내재한 여러 층위의 대상을 관찰하여 그만의 시적 진실이나 지극한 애착으로 포착해내는 일면을 보여준다. 특히 기억을 바탕으로 하여 이미지를 획득하는 상상력은 현상연 시인에게는 시 쓰기의 즐거움과 시인으로서 역할을 분명하게 하고, 또한 확실한 자리매김을 하고 있음을 여실히 증명해주고 있다. 그런 일련의 노력은 그만이 지닌 시작법이자 시 쓰기를 꾸준히 유지하게 해준 단단한 힘이 되었을 것이다.

현상연 시인의 시를 읽으며 우리는 기억과 상상력의 감각이 빚어낸 울음이나 아픔을 품으면서 존재라는 사유에 대해 동참하게 된다. 그 동참에서 현상연 시인이 수용하고 거부하는 기억의 형태들이 삶이나 죽음을 어떻게 바라보고 있는지 "무성한 풀에게 안부를" 묻듯이 우리도 그를 쫓아갈 것이다. 현상연 시인은 많은 기억 속에서 자신의 다양한 시적 스펙트럼을 빚어내어 서정과 이미지를 적절히 섞어 시의 농도를 잘 맞추고 있다.

오래된 서정을 소환하는 기억

자정이 가까운 여수역
무리에서 떨어진 새 한 마리

썰렁한 경계심 틈으로
누군가 건네준 빵
곱씹은 생각으로 꾀죄죄하고

초점 잃은 눈은 핫바 한 개와 우유 한 병에

울음을 터트린다

날기도 전, 떨어지는 법부터 터득한

새의 울음 속 두려움을 먼저 읽는다

잘근잘근 물어뜯는 초조가 기억을 더듬고

바닥을 비벼대는 운동화 끝은

어미 새에 대한 항변일 거라고

수군거리는 역 주변 어둠들

- 「버려진 새」 부분

　현상연 시인에게 기억은 오래된 서정을 소환하는 형식을 취한
다. 그에게 기억은 불편하고 현실사회에 대한 부조리 또는 비정상
적인 면들을 자주 들춰낸다. 이런 점에서 그의 기억은 트라우마 같
은 형태로 시를 지배하여 그의 기억으로부터 시적 상상력을 여러
통로로 거쳐 배출해내어 왔다. 이 시도 "자정이 가까운 여수역"에
서 소외되고 잊혀져가는 "무리에서 떨어진 새 한 마리"의 기억에
서 결국은 "초점 잃은 눈, 바닥을 비벼대는 운동화 끝, 적막만 날아
다니던 공간" 등의 오래된 기억을 굴착하여 "버려진 새"의 서정을
추동한다. 그에게 오래된 서정은 그 자신의 잠재의식에 내재한 기
억이고, 그런 기억 또한 시를 쓰게끔 추동하는 일종의 모티프로 상
관관계를 가지고 있어 기억과 서정이 각기 다른 별개의 것이 아닌
현상연 시인에게는 기억과 서정이 하나의 유기체로 존재한다는

사실에서 특이하다.

　"버려진 새"에서 화자의 포근한 시선이 느껴지는 것은 단순히 "울음 속 두려움"을 알게 해주는 "새 한 마리"가 아니라 "우수에 젖은 눈이 기억 저 편을 더듬"으며 타자가 맞닥트려야 할 두려움마저 짚어낸다는 점에서 깊은 동질성을 갖게 해주는 것에 있다. 즉, 화자는 이미 "버려진 새"의 기억 속을 파고 들어가 그의 "썰렁한 경계심"이나 "어미 새에 대한 항변"을 노출 시키는 것보다 시인 자신의 이타적인 친근감을 내세워 "대합실에 내미는 손"의 이미지에서 "버려진 새"를 잘 잡아주는 것으로 획득해낸다. 이러한 예로는 다음의 시「울음, 태우다」에서도 유사하게 나타난다.

맨드라미 붉게 타오르던 날
그녀가 불 속으로 들어갔다
뜨거운 세상이 서늘하였기 때문이라고
누군가 말했다

길들어진 인내는 잿빛 바람이 되고
해묵은 생의 파편들은 숯이 되었다
문밖을 서성이던 어떤 울음은 불이 되고
까맣게 뚫린 심장 사이로 들락거리던 울음은
토하지 못하는 울음이 되었다
　　　　　－「울음, 태우다」부분

시인은 죽음을 바라보는 자세를 울음을 태우는 것으로 표현하고 있다. "길들어진 인내는 잿빛 바람이 되고/ 해묵은 생의 파편들은 숯이" 된 그녀의 내력에서 온전하지 못한 삶의 모습을 추측할 수 있다. "그녀가 불 속으로 들어"가고 "잿빛 바람"이나 "숯이" 될 때까지 "문밖을 서성이던 어떤 울음은 불이" 된다. 그리고 "까맣게 뚫린 심장 사이로 들락거리던 울음은/ 토하지 못하는 울음이" 될 만큼 화자에게는 일생에서 지울 수 없는 기억 속의 기억으로 "마지막 유언처럼" 다가온다. 그러나 여기서 우리가 간과할 수 없는 게 하나 있다. 그것은 다름 아닌 「울음, 태우다」라는 제목에서 나타나는 상상력과 이미지다. 보통 우리가 시의 제목을 정할 때는 "울음을 태우다"로 하는 게 일반적인데, 현상연 시인은 그렇게 하지 않고 "울음, 태우다"로 시 제목을 사용하였다. 시인은 왜 그렇게 하였을까?

몇 가지 추론을 해볼 수 있는데, 가장 먼저 떠오르는 것은 울음과 태우다를 별개의 것으로 구분하지 않고 오직 대상에 대한 애정과 회한을 지속적으로 유지하여 대상에게서 보이지 않는 속박으로부터 벗어나려는 자성과 성찰의 계기를 갖는 반면에 다른 하나는 "울음을 태우다"라는 단순한 표면적인 방식을 선택하여 기억을 울음으로 태워버림으로써 기억이 기억을 소거하는 형태로 존재하게 한다는 것이다.

현상연 시인에게 "화구에 들어간 그녀"는 잿빛 바람 또는 숯이 된 새의 파편들이 부추기는 울음이 아니라 불이 된 울음이었고, "울음을 토하지 못하는 울음"으로 태워도 울음이 멈추지 않는 영원한 시적 대상자로서 여전히 "까맣게 뚫린 심장 사이로 들락거리"고 있다. 이러한 일면의 서정이 나타나는 작품이 참으로 많은데, 그 시들을 나열해 보면 다음과 같다. "숫돌에 물 먹이며/ 녹슨 기억 벗겨"(「날을 세우다」)보는 장면이나 "제 본분"(「못의 담론」)을 잃지 않고 항상 곧게 펴져 있어야 하는 못의 기능을 지적하거나 "조상의 내력"에서 "파도의 묘지가 된 방파제"(「테트라포드」)를 기억해내기도 한다. 또 "밀착된 낡은 기억, 대기권 밖에서 깜박거리는 행성, 기억의 균열"(「치매」)로 잘 탐색해낸 "치매" 또한 오랜 서정을 소환하는 기억의 한 부류로 작용한다. 이 외에도 「폐차」나 「간판」, 「1시와 3시 사이」 등에서도 현대문명의 이기나 정당하지 않은 노동의 환경을 적나라하게 지적하는 작품도 모두 오랜 서정을 추동하며 이미지를 시작품에 잘 적용시켜낸다.

불편한 서정을 깨우는 기억

　시에서 기억은 상상력을 추동하여 이미지를 획득해내는 중요한 요소 중 하나이다. 부연하자면 상상력은 시에서 이미지를 만들어내는데 그 밑바탕이 되는 상상은 항상 기억에 의존한다. 이런 기억은 긍정적이거나 기쁨의 기억만 존재하는 게 아니라 부정적이고 불편한 기억을 바탕으로 하여 서정을 깨우는 경우도 있다. 후진하는 차에 치여 사라진 백구(「백구가 사라졌다」), 바다 이야기같이 "한바탕 파도타기"를 하며 한탕을 노리는 「얼굴 없는 고래」에서 과학

문명이 갖다준 폐해나 자본시장을 부정하게 잠식하려는 "코인 가격이나 바다의 흐름"(「얼굴 없는 고래」)을 통해 "고래싸움에 새우 등 터"지는 그릇된 "시장을 컨트롤"하는 이기적인 자본의 불편한 장면도 담담하게 잘 포착해낸다.

건물 모퉁이
앉은뱅이 노파의 냉이 한 움큼과
비닐 속 무말랭이가 전부인 반나절
마수걸이 없는 막혀버린 눈물샘에 허기가 흔들린다

무말랭이처럼 비틀어진 노인 손가락
얼마나 많은 마른 길을 지나왔는지
손가락 마디가 휜 갈퀴 같다
좌판 노파의 밥그릇이 햇살에 말라 간다
- 「송북 오일장」 부분

　현상연 시인은 장이 서는 송북에서 가까운 곳에 살고 있다. 그래서 "송북 오일장"의 정서나 애환을 잘 파악하고 있다 하겠다. 그에게 축적된 송북 오일장의 기억은 "그늘조차 드리우지 못한 오늘"이고 "무말랭이처럼 비틀어진 노인 손가락"으로 불편하게 각인되는 기억의 공간이자 시간이기도 하다. 다양한 가게에서 마수걸이의 허기가 흔들리고 다양한 사람들이 목청 돋우며, "밀려난 햇살들"을 "건물 모퉁이"에서 "날개 단 오후"를 "주름진 노을에 하나둘 흩어” 보낸다. “닷새 되면 다시 열리는 송북 오일장”은 삶의 치열한 모습이 “비닐 속 무말랭이가 전부인 반나절”이나 “햇살에 말라가는 좌판 노파의 밥그릇”같이 처연하고 불편한 기억으로 서정을 불러일으킨다.

농익은 상처에 흐르는 고름
씨앗 빠진 자리 붉은 허공 하나 생겼다

아버지 안마당 한 바퀴 휘돌아
울 너머로 날아가고

아버지만큼 생을 건너온 나도
단단한 복숭아 하나 품고 건너왔다
ㅡ「아버지 텃밭」부분

　시인에게 아버지는 어찌할 수 없는 많은 아버지 중의 한 분의 아버지로 언제나 시적 대상이 될 수 있고 타자의 입장에서 기억을 부추기는 육친 너머의 기억의 대상이다. 그런 아버지 텃밭의 울타리에는 “딸애 등록금, 썩고 진 무른 곳에 알을 슬기 시작”한 벌레들, “농익은 상처에 흐르는 고름, 울 너머로 날아간 아버지” 등의 이미지가 아버지로 향한 회한으로 둘러쳐져 있다. 화자를 사랑하는 부성애가 “분홍빛으로 굽어 있”는 이 작품은 오롯이 아버지 자신이 감내하며 “붉은 근심 주워 삼”키고 “씨앗 빠진 자리 붉은 허공 하나” 만드는 것으로 여기고, 울 너머로 날아간 아버지를 화자는 “단단한 복숭아 하나 품고 건너” 온 것으로 동참하고 있다. 이 동참의 행위는 일상적인 관습에서 나타나는 편린이나 후회가 아닌 기억 너머로 날아간 아버지의 모습 뒤로 화자 자신이 아버지 같은 삶을 살겠다는 다짐이나 각오를 하고 있다는 사실에서 작품이 남다르게 보인다.

현상연 시인의 시에 나타나는 특징은 크게 두 부류로 나눌 수 있다. 하나는 문명의 이기나 현대인의 그릇된 정신적인 측면을 오랜 기억을 통해 응집된 정서로 짚어낸다는 것이고, 다른 하나는 동물이나 식물적인 대상에서 자연재해나 이상기후 조짐에 대한 경계를 하고 있다는 것이다. 이러한 시도는 앞으로 그의 시가 나아갈 방향이나 그가 이끌어갈 그 자신의 시 세계를 엿보는 것 같아 고무적이다.

“삐걱거리며 부서지는「전기밥솥」, 소의 생애나 내력이 계산되지 않는「가벼운 계산법」, 꽃 핀 자리와 꽃 진 자리를 기피하는「도미노 게임」, 쌓아 놓은 풀더미에 조문 행렬 이어지는「풀과 전쟁」, 과수 화상병으로 봉분 없는 무덤이 생긴 사과밭을 지적한「사과나무 장례」, 속 시원히 털어놓지 않는 검은 비닐의「은밀한 속내」” 등은 모두 한결같이 불편한 서정을 깨우는 기억의 방식을 취한다.

기억을 더듬는 기억 속의 기억

소꿉친구 병실을 찾았다

그녀의 아픈 기억이 단내로 훅 풍긴다

수없이 찔러대는 주사 바늘

병명의 취조가 끝난 후 그녀를 석방하기로 한다

들숨과 날숨의 파동이 일파만파로 번져

혈관 어딘가에 꼭꼭 숨어 핀

붉은 꽃

은밀한 병명이 술래잡기하는 가운데

그녀의 내력을 되짚어 본다

집안 한 켠

그녀 살을 발라 먹으며 제 키를 늘리는

앉은뱅이 꽃들

그녀는 육신을 조금씩 덜어내며

부러진 나뭇가지처럼 시들어 간다

삶이란 제 곪은 곳을 드러내는 법

단단히 채워진 그녀의 자물쇠가

무성한 소문에도 열리지 않는다

병명은 여전히 링거액처럼 흐르고

붉은 꽃만

저녁이 오는 병실에서 시들어간다

- 「저녁이 오는 병실」 전문

　시에서 저녁이나 어둠은 죽음을 뜻하는 원형의 이미지를 지닌
다. 저녁은 한밤 이전의 단계로 서서히 시들어가거나 어떤 특수한
상황을 설정해줌으로써 시에서 밝고 어두운 것을 조절해주며 이
미지와 깊은 관계를 맺는다. 현상연 시인에게 저녁은 "그녀의 아
픈 기억이 단내로 훅 풍기"는 시간이며, "병명의 취조가 끝난 후
그녀를 석방하"는 행위이기도 하다. 화자에게 저녁이라는 시간은
"그녀 살을 발라 먹으며 제 키를 늘리는/ 앉은뱅이 꽃들"을 바라보
는 안타까운 시간이고, "단단히 채워진 그녀의 자물쇠가/ 무성한
소문에도 열리지 않는" 것에 대해 "곪은 곳을 드러내는" 행위의 시
간이기도 하다. 그러나 저녁이라는 시간과 그녀를 바라보며 채워
진 그녀의 자물쇠를 풀려는 행위에도 그녀는 "저녁이 오는 병실에
서 시들어간다". 그녀의 "아픈 기억"과 "삶이란 제 곪은 곳을 드러
내는" 화자의 기억은 기억 속의 기억을 더듬어 그녀가 시들어가는
것을 "붉은 꽃만/ 저녁이 오는 병실"로 시간과 공간을 초월해서 잘
짚어낸다.

　현상연 시인에게 기억은 일상적인 하나의 기억이 아니라 기억
속의 기억을 더듬어내는 시작법으로 사용한다. 일례로 「돼지의
꿈」에서 전반부에서는 "옆집 여자 깨진 사랑이 취기에 엎질러진"
장면으로 나타났다가 후반부에서는 "오물에 발 담그고 엉덩이 똥
칠하며 살던 돼지의 꿈은/ 결국 술안주밖에 되지 못했다"라고 표

출하며 전반부와 후반부가 대치 또는 병립되는 기억 속에서 기억을 더듬어 작품으로 잘 주조해낸다는 것이다. 이와 같은 작품으로는 「갈매기 날다」가 있다. "세탁기에 바다를 넣는다"는 신선한 이미지와 도저한 시상의 전개는 "얼룩의 끝자락"이나 "물고 있던 불순물"을 뱉어내는 세탁의 과정을 묘사해내다가 "잔잔한 바다 위로 갈매기 날아오른다"로 매듭짓고 있는 장면에서도 전면부와 후면부가 서로 비슷한 이미지의 기억을 중첩시킨다. 이 또한 기억 속의 기억을 탐색하는 방식을 취하고 있음을 알 수 있다.

이 외에도 「골목의 호흡」에서 노을이 지는 골목의 모습을 기억 속의 기억으로 "체납된 고지서 같은 어둠"을 "죽음에 길들어진 시간"으로 바라보는 화자가 골목길에서 맞닥트리게 되는 존재의 기억을 더듬어 "반복된 습관"에 갇힌 기억을 획득해낸다. 또 「법고」에서는 "가죽을 보시하고/ 불가에 귀의한 짐승"을 소로 기억해냈다가 "탑 주변을 배회하는 뭇 사내"로 전이시켜 귀착해내기도 한다. 이러한 기억은 죽은 소의 가죽이라는 기억에서 "북채 잡은 손"으로 "번민을 다독"이는 "뭇 사내"의 기억에 맞닿아 기억 속의 기억을 추적해내는 화자의 집요함이 엿보인다.

기억을 잃은 기억 속의 기억들

약이 밥 되어버린 구순의 아버지
폐암, 고혈압, 심장질환, 전립선 비대증

약 보따리는 항상 문갑에 대기 중이고

약은 약 먹은 기억조차 먹는 건지

기억 잃은 기억이 또다시 약을 먹고

뜨락에 올라선 햇살이

무릎 치며 중복된 사실을 확인하고

점심 약 굶지만

약은 저녁 식전에 꼭 가출 한다

아버지 약의 행방 찾아 구석구석 살피지만

알약이 가는 곳은 문갑 밑이나 장롱 밑

먼저 숨어버린 그 곳

손이 닿지 않는다

행방을 수소문하다 포기한 기억은 청소기에서 발견되고

아버지 어두운 알약만 더듬거린다

흐린 생각은 여전히 침대 밑이나 윗목으로 가출하고

밥보다 약이 먼저인 아버지의 간절한 바람

한 주먹 남은 생을 다시 삼킨다

- 「가출」 전문

    화자에게 기억은 기억 속에만 존재하지 않고 다른 양상으로 나
타나기도 한다. 기억을 잃은 상태에서 기억을 헤집어 다시 기억을

들춰내는 형태도 있다는 것이다. 그 대표적인 작품이 「가출」이다. "폐암, 고혈압, 심장질환" 등의 지병을 앓고 있는 구순의 아버지에게 약은 매번 먹는 밥이나 다름없다. 그래서 "약 보따리는 항상 문갑에 대기 중이고", 약을 수시로 복용하는 탓에 "약은 약 먹은 기억조차 먹는 건지/ 기억 잃은 기억이 또다시 약을 먹"는지 "중복된 사실을 확인"까지 하게 된다.

현상연 시인이 구순의 아버지에게서 획득한 서정은 기억을 잃은 기억에서 비롯되고 있음을 인식해낸다. 그 인식은 안타깝게도 "문갑 밑이나 장롱 밑"에 숨어버린 아버지의 알약을 찾는 장면에서 기억을 서정으로 변주하는 지극한 시상으로 전개한다. "손이 닿지 않는" 곳에 숨어버린 알약은 결국 "청소기에서 발견"되어 아버지의 잃은 기억은 여전히 "침대 밑이나 윗목으로 가출"을 하지만 화자는 그런 아버지에게 잃은 기억을 찾아주듯이 "한 주먹 남은 생을 다시 삼"켜 드리기 위해 기억을 "뜨락에 올라선 햇살"같이 아버지의 문갑에다 귀가시켜 놓는다. 이렇게 아버지로 향한 애틋한 기억을 불러오는 또 다른 작품에는 「아버지의 섬」도 있다.

현상연 시인은 아버지의 잃은 기억뿐만 아니라 어머니의 잃은 기억을 잘 포착해 비린내만 풍기는 바다에서 "오래전 염장해둔 기억만 잔뼈 주위를 떠도"는 편린을 잘 표현해내기도 한다. 화자에게 잃은 기억은 주로 가족이 그 대상이 되나 여기에서는 "매미, 모기, 산수유, 비, 포도주, 쌍둥이 손자" 등 다양한 대상들을 등장시켜 내밀한 서정의 기억으로 엮어낸다. 여기서 잃은 기억을 들춰내는 특이한 몇 작품을 거론해보면 「착각」, 「환청」, 「비의 수다」,

「코골이」 등이 있다. 그 중에서 「착각」은 "기억을 흘린 사내"가 "기억 사이를 더듬으며" 달빛 아래서 "걸어온 길 되짚"는 것을, 착각으로 보는 시적 감각은 실존 의식과 잇닿아 있는 듯하다. 또 「환청」에서도 "지상의 속도를 놓친 바퀴"에서 추동하는 "빛의 행방과 속도를 흥정하던 시간"이나 "이미 회전해버린 방향"에서 몽환적인 "환청"을 견고한 사유로 잘 표출하고, "방향 잃은 길 바라보며 밤을 추격"하는 자세로 잃은 기억을 재확인하려는 화자의 강한 의지를 엿보게 해준다. 현상연 시인은 기억 잃은 대상들에게 기억 속의 기억을 되찾아주거나 찾아냄으로써 그의 시심이 본연적으로 시인을 시인답게 해주는 묘한 매력을 지닌다. 그에게 기억이 영원하듯 시도 영원히 그의 곁에 머물 것으로 믿는다.

우리가 주지하듯이 시는 오랜 기억에서 서정이나 이미지를 추동하여 발화되거나 존재와 실존이 내포된 사유의 세계를 언어로 획득해낸 결과물이다. 그것은 현재까지 변함없는 사실이며 과거의 기억을 현재나 미래의 기억으로 소환하여 형식이나 내용을 바꿔 놓기도 한다. 이러한 다양성으로 인해 과거의 기억과 현재의 기억이 상충하는 면도 없지 않아 있으나 분명한 것은 기억을 통해 서정이나 이미지를 추동하여 시를 이루어 낸다는 사실이다. 그래서 서정은 서사나 서경과는 다른 시의 세계를 구축하는 원리를 갖고 있다.

현상연 시인은 오래전 기억을 불러오면서도 그 기억 안에 가득 차 있는 서정이나 이미지를 한 방향으로 일관되게 잘 이끌어 왔다. 그 과정은 기억이 스크린에 비추는 것처럼 사실적이고 구체적이어서 때론 안타깝고, 때론 참담한 모습을 보여 주기도 한다. 이러한 그의 시 세계는 기억을 통해 추동하는 많은 이미지를 언어의 미학으로 힘겹게 추적해가는 시작詩作의 결과이기도 할 것이다. 현상연 시인의 시집『울음, 태우다』는 서정이나 이미지를 추동하는 기억이 산재해 있던 언어의 결집으로 다가와 우리로 하여금 기억에 대한 새로운 시적 전환을 되새기게 해준다.

플라워카페 케이(K)를 위한 순수 서정의 애가愛歌
– 김선자의 시집 『흔들리면서 쏟아 놓는 말들』을 읽고

■

시에 있어서 대상이 지니는 의미는 시를 창조하고 삶을 역동적으로 고무시키는 일종의 대상이 지니는 절대적 가치이며, 시에 대한 필연적 요소라고 할 수 있다. 특히 시가 어떤 대상에 대한 정확한 것을 표현하려는 느낌을 포착하고 그것을 시로 획득해내려고 할 때, 시의 대상은 시를 절대적으로 재현해내는 유일한 통로가 되기도 한다. 시에서 대상은 그 자체로 물리적으로 결합되는 사실적인 실체가 되고 대상의 존재성 이상의 대상이 된다. 시는 언제나 대상의 다양한 존재성을 파악하여 문체나 형식으로 탐색해내면서, 대상에 대한 모든 형식을 시로 획득해내기 때문이다. 때때로 시는 대상의 사실적인 형식을 역설이나 역동성으로 빚어내기도 한다. 다양한 유형의 시는 다양한 대상에서 빚어진 사유의 존재를 시에서 어떤 형식으로든 발화해내려고 한다.

일상의 많은 행위 속에서 또는 대상들의 많은 만남 속에서 시의 본질을 유지하고 시를 쓰는 것은 여간 쉽지가 않다. 시는 사건이나 행위에서 작위적이지 않은 삶을 습득하면서 나타내는 다양한 사유체계를 어떤 형식 속에 넣어서 대상의 본질을 정확히 짚어낸

다. 이는 시가 가진 대상이나 삶에 대한 강한 욕구가 되기도 하며, 시가 인간이 존재하는 방식을 증명해내는 기회를 얻을 수 있기 때문이다. 대상의 존재성, 대상의 유형을 표현의 방식과 삶이 진정성 있는 다른 하나의 시로 표현하는 시도를 할 때, 시는 현실에서 대상들을 각각 존재성과 상대성에 대한 예의를 갖추고 실현 가능한 것으로 인식하게 된다.

　금번 상재한 김선자의 첫 시집『흔들리면서 쏟아 놓는 말들』은 이러한 대상의 존재성이나 유형들을 감각적인 여러 방식으로 하여 시로 잘 발화해내었다. 대상과 대상, 분리와 분리, 결합과 결합, 아니면 분리와 결합, 결합과 분리의 여러 형식적 기교로서 작품을 완성해내고, 삶의 방식이 지닌 희망과 꿈, 그리고 꽃의 세계를 삶 자체의 생활 속에서 구축하는 시적 양식을 펼쳐 놓는다.

붉은 꽃 한 송이
가슴에 꽂혀 아프다

주름 가득한
잃어버린 시간 속
보고픈 얼굴

꽃은 피고 지고
다시 피어나도
흐르는 아픔은

눈물로도 씻기지 않는다

오월이면
생인손 앓듯
가슴이 짙은 핏물로
물든다
-「카네이션」 전문

　해마다 오월이면 "붉은 꽃 한 송이/ 가슴에 꽂혀 아프다"고 한
다. 여기서 화자는 가슴에 붉은 꽃 한 송이를 꽂는 것은 화자의 자
식으로서 그 꽂힌 꽃으로부터 화자는 꽃을 꽂아 줄 수 없는 어머
니를 떠올리며 애틋한 회한으로 가슴이 아프다고 한다. 그러면서
"주름 가득한/ 잃어버린 시간 속"에서 "보고픈 얼굴"을 떠올린다.
시간은 "꽃은 피고 지고/ 다시 피어"날 정도로 많이 경과하였음에
도 어머니에 대한 정한이나 회한은 "눈물로도 씻기지 않는다"하
며 여전히 아파한다. 그래서 화자는 "오월이면/ 생인손 앓듯" 가슴
에 붉은 꽃 한 송이를 꽂을 때마다 "가슴이 짙은 핏물로/ 물든다".
김선자가 시를 전개해나가는 서사의 방식은 붉은 꽃 한 송이 – 가
슴 – 잃어버린 시간 – 보고픈 얼굴 – 흐르는 아픔 – 씻기지 않는
눈물 – 오월 – 생인손 – 핏물 – 물든다 등의 순서로 진행되어 "카네
이션"의 본질적인 서정을 잘 획득해낸다. 그러나 시의 전반에 나
타나야 할 "보고픈 얼굴"에 대한 주체는 명확하게 드러나지 않는
다. 여기서 김선자가 가진 시의 특징이 숨어 있다. 김선자의 시에

는 풍경과 서정이 적절한 조화가 잘 이루어져 시에 대한 "가슴이 짙은" 환기를 불러일으킬 뿐만 아니라 서정과 사사가 적절한 융합을 하여 시작품이 지닌 시적 울림과 한 방향으로 귀결하는 힘을 가지고 있음을 알 수 있다. 그러나 좀 더 자세히 시 속의 사이나 행간을 더듬어보면 시를 끌고가는 주체가 없다. 그의 시작품에 대개가 주체가 소거되어 시 밖의 주체가 되어 시를 쓰고 있다. 또는 "눈물을 닦는다"(「친정어머니」), "듣는다"(「곧 봄이 오려나 봐요」), "기다린다"(「반가운 기척」), "배웅한다"(「거목」) 등에서 나타나듯 행위를 강조하는 방법과 어법이나 문체의 한 유형으로서 시의 마지막 구절에 항상 동사를 쓰고 있다.

김선자에게 소거되는 주체는 "캔버스 밖에 서 있"(「일렁이는 수채화」)는 화자와 같은 인물로 실비 제르맹이 말한 것처럼 등장인물이면서 등장인물이 아닐 수도 있다. 김선자의 의식으로부터 생겨난 화자는 새로운 시어로 존재하기를, 시어로 전개가 되기를, 시어와 시어 사이에서 소통되기를 간절히 희망한다. 어쩌면 주체를 숨기거나 쉬게 하는 것이 김선자에게는 시가 사치로 여겨진다. 그에게 시는 단숨에 호흡하는 공기요, 피상적으로 둘러대지 않고 바로 뱉어 전달하는 직언처럼 느껴진다. 아마 이것은 일상생활에서 몸에 밴 그의 체질이자 품성에서 우러난 친절로 다가온다. 김선자의 시는 김선자 자신의 주체가 된 시로 가득하다. 즉 김선자 자신이 그의 시를 이루고 있다. 그의 시는 작위적이지 않고 억지스러움이 없이 눈에 보이는 꽃, 코를 스치는 커피 향기, 호암지의 풍경 등 시간에 머무는 서정이나 서사들을 잡채같은 인생으로 잘 버무려내어 맛있는 음식으로 차려낸다.

■

　여성학자 우켈레스에 의하면 현대의 복잡미묘한 문명과 더욱 진화된 문화예술의 결과에도 불구하고 지금보다 더 우세한 문학은 탄생하지 않는다고 내다보았다. 다만 그는 앞으로의 새로운 문학은 담론이 있거나 거창한 것이 아닌 우리 일상생활에서 빚어지는 사소한 풍경, 사건, 행위 등의 하찮은 것에서 비롯된다고 예측했다. 시는 이미 일기나 편지 같은 산문 형식으로 진화된 지 오래되었고, 전통 서정시와 그렇지 않은 서정시로 구분되었다. 그리하여 감동 있고 잘 읽히는 시와 무미건조하고 읽혀지지 않은 시로 양분되어 독자와 시대마저 갈라놓았다. 이러한 시대에 전통 서정성을 가지고 감동과 잘 읽히는 시를 쓰는 시인이 있다. 그가 바로 김선자 시인이다. 김선자의 시는 균형의 힘을 갖고 있다. 들어갈 때와 멈출 때를 잘 안다. 그의 시는 경박하지도 건조하지도 않고, 항상 꿈틀대는 생명력이 있다. 그 생명력에는 "길 위에 떠나질 않는 미소가"(「광릉수목원」) 있고 "눈물이 땀처럼/ 쏟아"(「비렁길을 넘어가요」)지는 인생길 같은 비렁길이 있고, "가마솥과 마주 앉아 애기꽃을 피우시는 어머니"(「어머니의 오래된 친구」)가 있고 , "희미한 빛은 벽너머로/ 숨어버"(「앞집」)리는 대상들이 든든한 배경을 이룬다.

한낮의 햇볕은

그림자도 숨는다

길가에 바늘꽃들이
땅속으로 들어가려고 눕고

하늘은 사라지면서
소나기를 쏟아내고

그래도 세상은 살아 있다고
꿈틀거리고

소나기는 짧은 순간에 긴 여운을
남기고 떠난다
 ─「한바탕 쏟아지는 소란」전문

　김선자의 시에는 생명의 소중함을 역동적으로 지적해낸 시작품
들이 많이 산재해 있다. 위 시는 소나기가 오기 전의 모습과 소나
기가 오고 난 후의 모습을 "한바탕 쏟아지는 소란"으로 잘 주조해
낸다. 구름에 가려지는 "한낮의 햇볕은/ 그림자도 숨는다"로 표현
하여 소나기가 내릴 조짐에 대한 모습을 전면에 배채해 둔다. 이를
감지한 "길가에 바늘꽃들"은 "땅속으로 들어가려고 눕"자 마침내
소나기는 하늘이 사라질 정도로 "소나기를 쏟아"낸다. 한바탕 쏟
아지는 소나기를 맞은 "세상은 살아 있다고/ 꿈틀거"리며 생명의

소중함을 전폭적으로 감지하여 서사의 양상과 서정을 함축하는 시적 효과를 거두고 있다. 그러면서 "소나기는 짧은 순간에 긴 여운을 남기고 떠난다"고 하며 생명에 대한 진지함을 역동적으로 암시한다. "숨는다, 눕고, 쏟아내고, 꿈틀거리고, 남기고 떠난다" 등의 동사의 쓰임이나 동사로 끝을 맺는 종결어미에서 나타나는 역동성은 비록 한바탕 쏟아진 소나기로 인한 생명의 시작됨과 동시에 존귀함을 암시해준다.

또 그의 시에 많이 나타나는 종결어미는 맛이나 상태를 알게 해주는 동사나 형용사가 자주 사용되고 있다. 이를테면 "개운하다, 상쾌하다, 시원하다, 삼킨다, 맛있다, 환하다, 짧다, 묻는다, 담는다, 온다, 덮는다, 머문다" 등의 종결어미가 쓰여 생명들의 상태나 행위의 모습을 눈치챌 수 있게 해준다. 김선자의 시는 생명을 확대하거나 축소하지도 않고 있는 그대로 보이는 대상을 풍부한 서정성을 바탕으로 현실의 단면을 조명하는데, 그 능가하는 모습을 보여준다. 어설픈 관념이나 작위를 원천적으로 차단하면서 소나기를 통해 생명에 대한 고귀함을 노래한다. 이것이 서사와 서정으로 단순함을 극복하고 대상에 대한 집요한 긴장을 견지하는 김선자 시인만이 할 수 있는 시창작 방식이라 하겠다.

■

김선자의 시는 일상에서 마주치는 대상의 서정이나 정한을 추적하여 인간의 희노애락을 탐색해내는 특색을 지닌다. 「여기는 동백이 지천입니다」에서 빨간 동백꽃에서 "열병 나 몸서리치게/ 콜콜/ 앓아버린" 사실에서 "나의 운명 같은" 것을 느끼게 된다는 결말은 베토벤 교향곡보다는 더 운명적으로 다가온다고 직시한다. 또 「어느새 사라지는 것들」에서는 첫눈이 내리는 것을 보며 "소리 없이 내리고/ 소리 없이 사라진다"며, "내 삶도/ 첫눈처럼 짧은/ 하룻밤 꿈일까"하고 미덥지 않게 생각하는듯하지만 기실은 하룻밤 꿈 너머의 불멸하는 꿈으로 존재하길 바라는 욕망이 더 크게 작용하고 있다.

김선자에게 동백꽃이나 첫눈은 "자연에서 자연으로"(「폭포」) 마주치는 일상의 대상물에서 인간의 희노애락을 추동하는 서정이나 정한을 내포하고 있다. 그에게 이런 대상물들은 어느 특정 사물이나 대상에 국한되지 않고 다양한 존재의 대상들로부터 사유를 확장하는 계기가 되기도 한다. 이를테면 "텃밭, 폭포, 꽃집, 멍이 녀석, 길을 걷는 사람들, 겨울 단상, 순천만 갈대, 테라스 정원에 있는 꽃들, 라벤더" 등에서 기인한 정한을 통해 인간의 삶을 되짚어내는 계기를 마련하는 시의 힘을 가지고 있다는 것이다.

김선자 시의 또 다른 특색으로는 시를 전개하여 나가는 과정에서 주체가 불분명하다는 것이다. 그래서 시가 시 안에서 빙빙 돌면서 끝을 맺지 못하는 것처럼 보이는 경우가 종종 있다는 사실이다. 단적인 예로 「그녀들의 정원」을 한번 살펴보기로 하자. "테라스 정원에/ 꽃구경하러 온다"는 구절에서 "꽃"이라는 객체는 있는데, 누가 오는지, 누가 있는지 주체가 없다. 물론 그 뒤의 구절에서 "소녀"들이 모여든다는 표현으로 주체가 드러나나, 이전의 상황으로는 주체가 없이 생경하게 전개가 된다. 그러나 이것은 시에서 주체를 숨기는 김선자가 장치를 설치해 놓은 시작품에서 화자는 투명인간처럼 사라지고 그 자리를 "다알리아꽃, 에시다꽃, 접시꽃, 삭스로움꽃"으로 대치된다. 이러한 형태의 시는 「폭포」에서도 여실히 드러난다. "환호하는 소리"와 "빨갛게 달아오른 발"의 시적 대상은 있으나 그것이 누구로부터 들리는 소리인지, 누구의 달아오른 발인지 주체가 없는 소리와 발만 "자연에서 지연으로/ 다시/ 태어난다"고 화자를 생략한 채로 매듭짓는다.

아픔을 감추려고
눈 피해 숨는 아이

다시 볼 수 없을까 봐
찾고 또 찾으면서
목놓아 부르는 이름
허공 속에 메아리친다

야옹야옹

내 품으로 돌아와
쉴 수 있게
숨죽이면서 기다린다

술래가 찾지 못하는 슬픔

인제 그만

숨바꼭질 멈추고 싶다

-「숨바꼭질」「전문」

　한번 아픔이나 버림을 받은 동물은 사람에게 다시 다가가기까지 이전에 자기가 당한 트라우마를 사랑으로 극복해야 가능하다고 한다. 그런데 그것을 극복하는 과정이 참으로 더 어렵다 한다. 한번 당해 본 동물은 본능적으로 그 사실을 복기하고 학습되어 있을 것이다. 그래서 한번이라도 트라우마에 갇혀 있는 동물은 사람에게 가까이 다가가거나 사람의 길을 함부로 잘 다니지 않는다. "숨바꼭질"에서 보이는 길냥이와 숨바꼭질하는 화자와의 관계도 "술래가 찾지 못하는 슬픔"으로 "허공 속에 메아리"친다. "아픔을 감추려고/ 눈 피해 숨는 아이"는 언젠가 사람으로부터 고통을 받았거나 버림을 당한 고양이이다. 그런 고양이를 김선자는 "목놓아 부르는 이름"으로 "찾고 또 찾으면서" "내 품으로 돌아와/ 쉴 수 있게/ 숨죽이면서 기다린다".

　그러나 쉽사리 돌아오지 않은 고양이는 화자와 어느 시점의 거리에서 "야옹야옹" 소리만 낼뿐, 실질적으로 다가오지 않는다. 그 거리의 간극의 폭에 따라 화자의 슬픔도 길어졌다 짧아졌다 했을 것이다. 닿을 듯 말듯한 거리에 있는 고양이와 화자의 숨바꼭질은 결국 다가서지도 찾지도 못하는 애틋한 슬픔만 탄식으로 쏟아져 내려 "인제 그만/ 숨바꼭질 멈추고 싶다"고 한다. 그러나 김선자의 멈춤은 행위의 멈춤이 아닌 고양이와 만나 숨바꼭질을 종결하는

 제2부 기억으로 추동하는

희망적인 마음의 멈춤에 있다. 김선자는 꽃을 가꾸듯 시를 쓴다. 그래서 그의 시는 밝고 환하다. 투명하고 희망적인 꽃냄새가 분분하다. 하늘을 올려다보는 꽃잎처럼 거짓이 없고 꾸밈이 없다. 그의 시는 항상 꽃처럼 생기발랄하고 꽃향기가 난다. 그에게 시는 꽃이고 그 자신 스스로가 시가 되는 심성에 닿아서 그의 플라워카페에는 "자유로운 영혼들이 살고" 있는 것이다.

■

푸른 하늘과
구름과

무슨 대화를 나누었을까
소녀처럼 웃는

바람의 질투에도
벌 나비 끌어모아
길을 간다

가방을 메고
코스모스를 따라
길 아닌 길을 걷다 보면

흔들면서

흔들리면서

쏟아 놓는 말들

모두

길이 된다

-「바람길 따라 걷는 코스모스」 전문

　김선자의 시를 관통하는 주된 특징은 앞에서 언급한 바와 같이 주체가 누구인지 알 수 없다는 사실이다. 김선자 자신이 시적 기교를 부리거나 실수로 주체를 내세우지 못했다 하더라도 너무 자연스러워서 전혀 어색하지가 않다. 화자를 뒷배로 숨기고 서사를 시의 전면에 내세워도 이미지가 어긋나거나 전개가 크게 달라지지도 않는다. 김선자가 시를 통해 이루고자 하는 사실은 우주의 섭리나 철학이나 사랑의 감각들이 아니다. 그가 주체를 내세우지 않고, 시를 수평적으로 균형 있게 이끌어가는 것은 "질서"의 개념을 염두에 두고 있다는 사실이다. 그에게 질서는 하나의 약속이다. 약속이 무너지면 질서가 무너지고, 질서가 무너지면 사회가 무너지고, 사회가 무너지면 인간이 무너지는 법이다. 인간이 무너지면 시도 무너지게 된다. 시가 무너지면 "코스모스의 길"도 무너진다. 그래서 그의 코스모스는 하나의 길을 갖고 있다. 그러나 "길 아닌 길을 걷다 보면// 흔들면서/ 흔들리면서/ 쏟아 놓는 말들"이 있는데, 이 말들은 "모두/ 길이 된다"고 한다. 길은 곧 질서와 동일선상에 있는 대상으로 "푸른 하늘과 구름"이 있고 "벌나비"와 "가방을 메고 코스모스를 따라 걷는 소녀"가 있다. 결국 길은 시적 대상으로 정서와 정한을 추동하여 사람의 정한을 노래하는 대상으로 존재한다.

　김선자의 시에 많이 내재하는 또 다른 시의 특색은 인간의 존재론적 관점에서 대상이나 자아를 서정성과 능숙하게 결부시키고 있다는 점이다. 이를테면「안마의자」에서 안마의자에 기대어 안마를 받다가 잠깐 잠이 든 사이 "코 골다 놀라서/ 실눈 뜨고 두리번거린다"에서 자기 존재의 방식에 문제제기를 하는 장면에서 그 일면을 엿볼 수 있다. 김선자는 대상의 개념이나 희석화된 시대에서 고통으로부터 회피하거나 또는 절망이나 원망을 하지 않고 누구보다도 삶을 진실하게 살아오면서 진솔한 시를 써왔음을 잘 증명해낸다. 그래서 김선자는 시를 시로 만드는 것이 어떤 것인가를 하는 탐색을 그치지 않고, 흔적이 없는 주체를 내세워 시를 써왔다. 그는 과장되지 않은 주제와 제재로서의 시와 각각의 고유한 유기적 관계를 지닌 삶들의 내력에 대한 과정을 들춰내기도 한다. 이러한 모습을 견지하는 자세나 시선에서 김선자의 시가 작금의 서정시의 한 전형으로 여겨지는 중요한 이유가 된다.

　이제껏 살펴본 김선자 시인의 시들은 순간적인 충동이나 일시적인 욕망으로 쓰인 작품들이 아님을 알 수 있다. 그의 시 안에는 시인 김선자 그 자체가 있고, 주체가 되는 그의 자아도 함께 들어 있다. 김선자의 시들은 과장이나 지나친 묘사가 없이 대상에 대한 솔직한 애정과 심정을 통해 자연스럽게 표출해내었다는 점에서 시적 진실은 항상 밝고 온화하게 느껴진다. 특히 시적 주체의 부재라는 면에서 별다른 이질감 없이 시를 생성하고 있는데, 이는 김선자 시인의 품성이 시적 대상을 모두 다 포용하고 있기 때문이다. 우리가 살아가면서 시와 삶 사이에 있는 간극을 조절할 수 있다면 그것은 삶에 대한 어떤 경이로움이나 절대적인 삶을 체험한 특이한 경우의 일이며, 또 반대로 상대적인 삶에 대해서도 그 의미를 되짚게 된다.

지난한 내력의 통점으로 되짚어내는 사모곡思母曲,
또 사모곡思慕曲
– 이명자의 시집 『누가 내 안에서 자꾸 꽃을 심는다』를 읽고

■

　금번 상재한 이명자 시인의 첫 시집 『누가 내 안에서 자꾸 꽃을 심는다』는 유년 시절부터 지금까지 그간 살아온 신산한 내력이 엿보이고 그 자신에게는 통점을 되짚는 존재의 시간들로 가득차 있다. 시세계를 이끌고 버티는 몇 개의 중심축이 있는데, 그 중에서 가장 큰 축을 이루고 있는 하나는 부모를 향한 애틋한 회한이나 사모곡으로 주제를 이루고 있다는 사실이다. 특히 어머니를 그리워하는 이명자 시인은 스스로 "엄마의 엄마가 되어가는 나"(「간절곶」)라고 하여 병든 엄마를 "아기가 되어가는 엄마"로 대비시켜 어머니를 향한 사랑을 극적으로 확장시켜 놓는다. 두 번째 축으로는 삶의 방식과 환경에 적응해나가는 노마드의 형식을 취하고 있는 작품이 나타난다는 것이다. 이것은 이명자 시인이 부군의 직업 특성상 일본에서 5년, 미국에서 3년간 외국 출장 생활에서 기인한 외로움이나 유목민처럼 떠돌며 새로운 환경에 적응해나가는 형식을 자기 존재의 탐색으로 받아들인 결과이기도 하다. 마지막 축으로는 있으면서 없다는 것이나 없으면서 있다는 철학적인 사유를 자기 존재 확인과

결부시켜 화자를 페르소나로 승화시키고 있다는 점이다.

　이명자 시인은 부모를 향한 사모곡을 밑바탕으로 하여 여러 가지 크고 작은 서사를 첨가하여 그만의 서정을 구축해내었다. 많은 서사의 근원지는 이명자 시인이 삶을 살아온 지난한 내력의 흔적에 있다. 이러한 내력의 흔적은 서로 유기적으로 작용하여 이명자 시인에게는 자성과 통찰을 갖게 해줄 뿐만 아니라 통점을 되짚게 하는 고통을 동시에 주기도 한다. 이를테면 "간절곳, 민들레, 황사, 노인 병동, 고욤, 휘청거리는 길, 불두화, 전화, 기장 부산미용실, 두드러기" 등의 대상에서 사유를 확장하여 애틋하고 신산한 정한으로 통점을 짚어낸다. 그의 시는 상처받은 과거의 사건이나 한 장소에 국한되지 않고 현실에서의 과거를 부정하거나 서사에 등장하는 인물들을 원망하는 것이 아닌, 항상 그것들로부터 극복하여 희망으로 나가려는 강한 의지를 지닌다. 그러면서 다른 일면으로는 그의 시작업은 그에게서 시작하여 결국은 그에게로 회귀하여 스스로를 성찰하려는 강한 태도를 견지한다.

그냥 살아라

남보다

잘하지도 말고

못하지도 말고

중간만 해라

아홉 남매의 장남인

아버지가

자주 들려준 말

잘 자라지 못한

고욤처럼

무심한 듯

나에게 던져두고 떠난

바람 같은 말

있는 듯 없는 듯

그냥 살아라

-「고욤처럼」 전문

　위 시에서 나타나듯 "그냥 살아라/ 남보다/ 잘하지도 말고/ 못하지도 말고/ 중간만 해라"며 "아홉 남매의 장남인/ 아버지가" 자주 들려준 말은 아버지로부터 비롯되나 의식의 흐름은 이명자 시인에게서 시작되고 있음을 알 수 있다. 아버지의 말과 화자 자신의 사이에 고욤이 등장하는데, 고욤은 서정과 서사의 등가성을 동시에 갖춘 매개체로서 시적 효과를 잘 나타낸 대상물이다. 고욤은 감나무과에 속하는 식물로 열매는 감에 비해 애처로울 정도로 작고 추위를 많이 탄다. 제대로 익은 고욤 열매는 심하게 떫지 않고 먹을만하지만 그렇지 않은 고욤은 떫고 작아서 눈에 잘 띄지 않는다. 늦가을날 바람에 흔들리며 나뭇가지에 붙어 있는 고욤은 있는 듯 없는 듯 보이기도 한다.

　아버지가 화자에게 자주 들려준 말은 있는 듯 없는 듯 보이는 고욤 같은 처지의 삶과 다를 바 없다. "잘하지도 말고/ 못하지도 말고”, “있는 듯 없는 듯/ 그냥 살아라”는 아버지의 고욤 나뭇가지 흔드는 “바람 같은 말”은 이명자 시인에게는 자성에서 성찰을 유도하는 촉매로 작용한다. 또 「두드러기」에서는 “누가 내 안에 있다/ 사랑한다고/ 너 밖에 없다고/ 나 몰래 자꾸자꾸/ 꽃을 심는다”로 끝을 맺는 장면에서 화자가 “두드러기”를 통해 파악해내는 존재론적 모습도 볼 수 있다. 그러나 사실 이것은 두드러기의 특징인 외형적인 장면을 지적했을 뿐, 그 내면의 시적 진실은 “나 몰래 자꾸자꾸/ 꽃을 심는다”거나 “누가 내 안에서/ 자꾸 꽃을 심는다”에서 보이는 사유의 폭을 획득해낸 점에 주목할 필요가 있다는 것이다.

이명자 시인의 시가 지니는 특징 중의 하나가 시의 전개 과정에 나타나는 서사의 방식이 능동에 있지 않고 수동에 있다는 점이다. 이것은 파울 첼란이 말한 주체적 능동성이 아닌 극한의 수동성으로 기꺼이 자신을 자학하고 학대하면서 과거의 고통을 분출해내는 형식을 취한다는 점에서 고무적이다. 작품 「전화」가 그 좋은 예가 된다. “안 그러면 나 죽는다/ 너 지금 여기 와라/ 안 오면 후회한다”고 병든 어머니가 외치는 목소리는 부드럽지 않고 분노로 가득하다. “혼자 말하고 혼자 분노하”는 어머니에 비해 화자는 자학할 정도로 냉철하게 “엄마는 거짓말을 하지 않는다/ 내가 알지 못하는 세계에 있을 뿐”이라고 말한다. 울음 없는 침묵의 자학이 더 모질고 고통스러움을 이명자 시인은 잘 알고 있으면서도 스스로 그 길을 선택하여 자신이 알지 못하는 세계를 받아들인다. 그는 환경을 탓하거나 누구를 원망하거나 대상을 부정하지 않고 혼자 자학함으로써 상황을 과거분사로 표출해낸다. 그래서 그에게 시는 쓴 게 아니라 쓰

이는 것이고 읽는 게 아니라 읽히는 것이다. "엄마는 거짓말을 하지
않는다"와 "엄마는 참말을 한다"로 읽혀지듯 말이다.

쉬 쉬 쉬 쉬

네발로 걸어가는 엄마

오줌을 뉘이고

토닥토닥 한숨도 받고

가까스로 허리를 세워

목욕도 하고

간절곶 어느 바닷가에서

기도를 하는 밤

아기가 되어가는 엄마

엄마의 엄마가 되어가는 나

쓸쓸한 어둠 속

파도가 문 앞까지 몸을 밀고 들어와

쉬 쉬 쉬 쉬

다정하게 보살펴주었다

산골에서 바다까지 흘러온 엄마

바다는 무덤덤하게 토닥거리고

간절곶은

밤새 엄마와 울먹거렸다

슬퍼서 울고 기뻐서 울었던

하룻밤 사이

엄마의 몸은 동그랗게 있었다

-「간절곶」전문

　위 시는『누가 내 안에서 자꾸 꽃을 심는다』시집을 이루는 작품 중에서 대표작이라 할 만큼 뛰어난 작품세계를 나타낸다. 그래서 시집을 여는 프롤로그의 작품일 수도 이명자 시인의 안타깝고 간절한 것이 응축되어 고스란히 드러난 작품일 수도 있다. 간절곶은 기장군에 있는 일출을 볼 수 있는 명소이다. 그러면서 이명자 시인의 어머니가 계신 요양원이 있는 곳이기도 하다. 아마 화자도 일출을 보면서 어머니의 건강회복과 가족의 안녕에 대해 기도를 한 번쯤 했을 거라고 여겨진다. 그런 기도를 애틋하게 바라는 곳에 몸이 불편한 어머니가 있다. "네발로 기어가는 엄마"가 "아기가 되어가는" 반면에 화자는 "엄마의 엄마가 되어"간다. 엄마의 완쾌를 위해 "간절곶 어느 바닷가에서/ 기도를 하는 밤"에 "파도가 문 앞까지 몸을 밀고 들어와/ 쉬 쉬 쉬 쉬" 파도 소리를 내며 생리현상을 잠재우고 "무덤덤하게" 토닥거린다. 너무 간절하면 다 이루어질 것 같은 "간절곶"에서 화자는 "밤새 엄마와 울먹"거린다. 하동군 악양면 산골에서 간절곶 바다까지 흘러온 엄마의 내력은 "하룻밤 사이"에 "몸은 동그랗게" 말려 있다. 시간이 단절된 것 같은 엄마와 화자의 간절곶은 간절함만 간절히 남아 있는 곳으로 "아기가 되어가는 엄마"와 "엄마의 엄마가 되어가는" 화자가 "산골에서 바다까지" 이르게 된 내력을 되짚어 보는 "간절곶"이기도 하다. 이 외에도「노인 병동」,「전화」,「기장 부산미용실」,「수국」,「고마운 사이」 등에서도 엄마를 향한 그리움이나 회한이 잘 드러난다.

■

　이제 본격적으로 이명자 시인의 시를 이루고 있는 어머니와 아버지에 대한 그리움이나 회한을 지적해내는 작품들을 살펴보자. 이명자 시인에게 어머니는 단순히 화자를 낳고 길러준 대상이 아니다. 어머니는 "사람이 돌아오고/ 온기가 돌아오"(「도배를 마치고」)게 하는 절대적인 사랑의 힘을 가진 존재자요, 용서하고 포용하는 사람인 것이다. "꽃으로/ 바람으로/ 구름으로/ 어둠으로" "어디에도 있다"가 "어디에도 없"(「빈 자리」)는 애틋한 사모곡으로만 "빈 자리"를 지키고 있는 어머니라는 대상. 이명자는 그런 어머니를 "바람 든 무도 쓸모있는/ 그런 두루뭉술한 생"(「무」)을 살다간 가슴 아픈 어머니로, 또는 "보이지 않는 것은 보이는 것이라고 믿기도" 하는 대상으로 여기면서 "부모가 걸어간 길을 순순히 따르기로"(「엄마가 왔다」) 하며 어머니에 대한 그리움을 솔직하고 일관되게 유지한다. 그러면서 더 나아가 "엄마가 돌아왔다" 하면서 "수국"으로 현신한 어머니를 "나를 만나기 이전의 모습으로/ 돌아간 것이 분명하다"고 단정 짓는다. 여기서 이명자 시인이 어머니를 그리워하는 진정한 정서나 애끓는 서정을 잘 엿볼 수 있다. "어디에도 없다"가 "어디에도 있다"라고 하며 불현듯 떠오르는 어머니에 대한 하염없는 그리움은 「춘삼월」의 "쑥냄새"나 「신목」의 "살아나는 믿음"에서도 잘 드러난다.

　어쩔 수 없이 어머니로 향한 회한은 "상상을 하며 현실에 당도해 있는"(「우연한 생각」) 우연한 생각이거나 "생의 마지막 풍경처럼/ 붉은 허공/ 생애가 온통"(「악양 대봉감, 내 동생 선난이」) 떫은 맛 또는 서러운 일들을 마주할 때마다 자주 떠올라 섬진강가에 앉아 가만히 회상하기도 한다. 화자에게 각인된 어머니의 이미지들은 화자를 환기시키고 자성과 통찰하게 하여 어머니에 대한 육화된 감정이나 정서를 여과지로 맑게 걸러내는 작용을 해준다. 이를테면 어머니로 대체되는 "수국"이나 "빈 자리" 또는 "찔레꽃, 망할 꽃, 텃밭, 무, 견인" 등에서 화자는 과거만 보지 않고 미래지향적인 시선으로 긍정과 희망적인 요소를 더 많이 지니고 있음을 짐작하게 해준다. 이명자 시인이 자서에서 "나는 엄마가 산 그 길을 순순히 따라가며 엄마가 가르쳐 준 인생을 살고 있다"라고 밝혔듯이 시작품 「텃밭 일기」에서도 "다시/ 생을 시작한다/ 흙에서 배운 것들로/ 일생을 살아가고 있다"는 그 자신의 각오와 희망이 고스란히 녹아 있음을 알 수 있다.

온몸에 피멍이 돋아

밥을 먹지 못하는 엄마

꼭꼭 닫아놓은 방문을

낮달이 지켜주었다

찔레꽃 흐드러지게 피어서

말없이 병구완을 하고 있다

표정을 잃은 엄마처럼

 제2부 기억으로 추동하는

밝지도 어둡지도 않은 모습으로

은은한 향기로

엄마 곁에 머물고 있다

퇴행의 걸음은 점점 빨라진다

새들의 인기척에도 놀라고

엄마는 자주 넘어진다

걸핏하면 피를 철철 흘리고

몸과 마음이 어긋나버린 날들

찔레꽃 가시를 벗겨내고

연둣빛 속살을 건네주던

다정했던 엄마

어둠 속에서 울고 있다

하얗게 번지는 찔레 가시를 늘리며

밤을 지키고 있다

-「찔레꽃」 전문

위 작품은 이명자 시인이 아픈 어머니를 사실적으로 바라보는 심정을 잘 나타낸 작품이다. "온몸에 돋은 피멍, 표정을 잃은 엄마, 빨라지는 퇴행의 걸음, 자주 넘어지는 엄마" 등에서 어머니의 상태가 심각하다는 것을 느끼게 해준다. 몸이 불편한 엄마와 화자 사이에는 찔레꽃이 흐드러지게 피어 있다. "밥을 먹지 못하는 엄마"를 말없이 병구완을 하는 화자는 "밝지도 어둡지도 않은 모습으로/ 은은한 향기로" 엄마 곁에서 병구완을 한다. 주위의 인기척에 놀라 자주 넘어지는 엄마를 위해 "몸과 마음이 어긋나버린 날들"
을 대신해서 "찔레꽃 가시를 벗겨내고/ 연둣빛 속살을 건네주던/
다정했던 엄마"를 떠올린다. 예전의 화사하게 웃던 엄마는 이제는
없다. 젊으면서 고운 찔레꽃 같은 예쁜 엄마는 "퇴행의 걸음"으로
자주 넘어지고 온몸에 피멍이 들어 "어둠 속에서 울고 있다." "찔
레꽃 벗겨내고/ 연둣빛 속살을 건네주던/ 다정했던 엄마"는 "꼭꼭
닫아놓은 방문"에 갇혀 "몸과 마음이 어긋나버린 날들"로 보낸다.
그런 엄마를 화자는 "찔레꽃 흐드러지게 피어서/ 말없이 병구완
을" 해주고 찔레꽃 가시를 벗겨 속살을 건네주던 다정한 "엄마"를
그리워 한다. 찔레꽃에서 다정한 엄마를 등가시키는 이명자 시인
의 시적 기교는 아픈 엄마에 대한 서정과 서사를 동시에 교직적으
로 엮어낸다는 점에서 참신함이 있어 보인다.「망할 꽃」,「수국」,
「견인」도 유사한 내용으로 엄마에 대한 그리움이나 안타까움을
사실적으로 잘 획득해낸다.

　이명자 시인에게 어머니는 "수제비를 끓여놓고/ 엄마를 일으켜
세우는데/ 엄마가/ 스르르 흘러내"(「수제비」)리는 대상자로 표현하
여 미끌미끌한 "수제비"와 "엄마"를 등가성을 이루는 대상으로 추
적하여 생사를 넘나든 엄마를 애처롭게 그려낸다. 이런 반면에 아
버지는 "아버지의 인생길"이 "푸른 통증들"로 가득 차 있고 "고방
에 쟁여놓은 술"로 대변되거나 언제나 논일 볼 때 마시는 "논두렁
술병들"로도 변주되기도 한다. 아버지의 부재는 "어둠과 허공/ 어
느 곳에도/ 보이지 않는다"(「아버지」). 그럼에도 화자는 아버지의
부재에 대해 극도로 불안해하거나 염려하지 않는다. 아버지의 부

재는 어둠도 허공도 아닌 어느 곳에도 보이지 않는다고 하면서 논두렁과 고방 사이에 있는 아버지의 인생길 속에 있다고 짐작하기 때문에 크게 걱정하지 않는 것이다. 아버지의 울퉁불퉁한 인생길 어느 한 지점에서 삶의 고단함을 잊고자 술을 마시고 있음을 화자는 많이 보아왔기 때문에 아버지를 걱정하지 않는다. 이명자 시인에게 엄마나 아버지는 그의 눈 속에 있는 것이 아니라 항상 마음 속에 있다. 그래서 부모를 대하는 이명자 시인의 심성은 부정적이지 않고 원망적이지 않게 시작품을 이루어내는 데 있어 그의 따뜻한 면모를 볼 수 있다.

아버지의 부재가 명확해졌다
새벽을 좋아한 아버지
밥보다 술을 더 사랑하고
허허로움을 달래고 살았던

새벽을 여는 발자국
고방 어둠 속 웅크리고 앉아
소리 없이 술을 마시고
다시 방문을 여는
아버지의 발걸음이 사라졌다

고요한 새벽
아버지 안부가 궁금하다

대숲 허공만 바라보던 뒷모습
무릉도원으로 들어가셨을까
-「새벽 의식」 전문

　위 시는 실제로 아버지의 부재를 실감하며 아버지에 대한 회한을 안쓰럽게 드러낸 작품이다. 이명자 시인은 그의 시「아버지, 화개」나「절골」에서 "매화가 눈뜰 때/ 화개의 땅으로" 아버지가 소리 없이 들어가자 절골은 "태산보다 큰 아버지를 가볍게 받아 안았다"고 하여 아버지가 세상을 버리고 화개의 땅으로 들어갔다고 실질적으로 표현한 바가 있다. 그래서 여기서도 그것을 증명이라도 하듯이 "아버지의 부재가 명확해졌다"고 하며 단정을 한다. 새벽을 좋아하는 것보다는 새벽일을 좋아하셨던 아버지. 그런 아버지가 술을 사랑하고 새벽을 여는 발자국으로 고방 어둠 속에 웅크리고 앉아 술을 마시고 방문을 여는 아버지였는데, 그런 아버지의 발걸음이 사라졌다 한다.

　새벽을 좋아하는 아버지가 헤쳐대는 부산한 새벽은 아버지의 부재에 더욱 고요한 새벽이 된다. 그 고요한 새벽이 주는 정적의 순간에 화자는 아버지의 안부가 궁금하다고 한다. 논두렁이나 밭두렁으로 점철된 아버지의 불편한 인생길이 아닌 어둠과 허공이 없는 아버지의 부재로 인해 새벽이 더욱 고요한 정적 속에서 무릉도원으로 들어갔을까 하는 경건한 새벽 의식을 이명자 시인은 아버지를 대신하여 안부 겸 의식으로 정중히 하고 있다.

　이 외에도 이명자 시인에 대한 감각이나 도저한 다른 일면을 볼 수 있는 작품들이 많다. 「산행」에서 "식물적인 향기를 찾아가는 획기적인 사랑법인가"라는 부분과 "폐경의 여인을 싣고/ 관광차는 산으로 들어간다"는 도저한 표현에서 이명자 시인의 다른 면목을 발견할 수 있다. 또 「벽」이라는 시에서는 "벽"은 대상들이 들어오는 벽이 아니라 화자 스스로 세워놓은 심리적 저지선으로 "벽은 모두 받는다" 하여 모두를 수용하는 것으로 표현하기도 한다. 이러한 데에는 "솥단지를 가져와라"해서 "뜨거운 밥을/ 모두/ 소에게 주"(「유년」)는 아버지의 담대함이나 "네가 있어서 참 고맙다고/ 그렁그렁 붉어지던" 엄마의 여성성을 밑바탕으로 시의 층위를 이루어낸 결과의 산물일 것이다.

■

이명자 시인은 일본 나고야에서 5년, 미국 비치우드 쪽에서 3년간의 외국 생활을 한다. "예고도 없이 들이닥치"(「일본살이 2」)는 지진 상황에서 "지병처럼 안고 살아가는 현지인들"의 생생한 모습을 직접 목격하기도 하고 "미국 낯선 땅에서 만난/ 꽃 한 송이 없는 허허로운 집"에서는 "김환기 에세이를"(「비치우드」) 읽으며 적막한 화자에게 오는 꽃들을 바라본다. 이명자 시인에게 거듭된 이사는 번거롭고 불편한 일거리가 아니라 "새것과 헌것이 끈질기게 나를/ 먹여 살리고 미래를 데려다"주는 일상적인 자연현상으로 희망과 꿈이 내재 되어있는 실제의 생활양식의 한 부분이자 체형을 바꾸는 행위에 불과하다. 그래서 이명자 시인 스스로도 "이사를 한다는 것은/ 그곳으로 바람이 불고 있다는 것"(「이사, 유감」)으로 인식하여 "바람"에 대한 희망적인 기대를 기저에 깔아놓고 있다.

질 들뢰즈에 의하면 노마드는 특정한 가치와 삶의 방식에 얽매이지 않고 끊임없이 자기자신을 바꾸어 나가며 창조적으로 사는 인간형을 의미한다고 하였다. 이명자 시인이 질 들뢰즈의 말을 의식했든 안했든 간에 그의 작품 몇몇에서 보이는 노마드는 "꽃으로/ 바람으로/ 구름으로/ 어둠으로// 명징하고 때론 부드럽게"(「빈자리」) "쓸쓸해지지 않으려고/ 타인에게 기대"어 자기 존재와 부재에 대한 물음을 계속하여 왔다. 안으로 파고드는 곳과 밖으로 나가는 것에 대한 기준을 세울 때, 이명자 시인의 시는 "한 순간의 눈물이 생을 밀고 나"(「한 순간에도」)가듯 대상의 존재를 파악하고 인식해낸 존재에 대한 시를 획득해낸다. 그 대표적인 작품이 「누구도 다녀가지 않은 것처럼」이다.

구름을 만나는 일

쓸쓸함에 기대는 일

바람에 실려 가는 일

생각을 흘려보내는 일

앉았다 떠난 자리

서늘한 감촉

꽃길을 서성거리는 일

누군가

떠난

그 자리를 배회하는

누구도 다녀가지 않은 것처럼
-「누구도 다녀가지 않은 것처럼」 전문

　실비 제르맹의 『페르소나주』에 의하면 대상들은 누군가이면서
도 누구도 아닐 수가 있다고 한다. 그 대상들은 어디에 있는지, 왜
오는지, 어떻게 해서 오는지 아무도 모른다고 한다. 우리가 시를
쓸 때, 시를 제대로 쓰지 못하는 것은 시라고 하는 것이 시가 되지
못하고 쉴새 없이 망각되고 재생되어 내려온 시어들을 미리 예측
하기 때문이다. 그러나 이 시어와 대상들을 다시 챙겨 인내심을 가
지고 시를 창작하게 되면 비로소 시는 발화된다고 한다. 이명자 시
인의 시도 실비 제르맹이 말한 것처럼 시의 대상들이 대상이면서
대상이 아닐 때가 있다. 시에서는 분명 "구름, 쓸쓸함, 바람, 생각,
자리, 꽃길" 등 대상이 나타나는데, "누군가"의 주체가 "누구도 데
려가지 않은 것"으로 자기부정을 한다. 그러나 이명자 시인의 시의
장치나 덫은 교묘하거나 어렵지 않게 "누군가/ 떠난/ 그 자리를 배
회"하는 데서 덜미를 잡히고 만다. 그 배회의 페르소나주는 앞에서
지적한 "구름, 쓸쓸함, 바람, 생각, 꽃길" 등이다. 화자는 단순히 그
런 페르소나주를 스치듯 보는 게 아니라 일종의 의식적으로 목도
하게 되는 "일"이라고 본다. 그 "일"과 "일" 사이에 존재의 흐름은
"누군가/ 떠난/ 그 자리를 배회하는" 화자 자신의 존재의 시간이고
"일"을 하게 되는 행위의 주체이기도 하다. 이명자 시인에게 이런

일련의 행위는 망각되고 재생을 거듭하면서 "누구도 다녀가지 않은 것처럼" 자연스럽게 지나간 시간 속에 존재하는 자기 존재의 한 흐름을 시를 배태해내는 자양분이 되었다고 본다. 또 그의 시의 특이한 사항이 있는데, 그것은 철학적인 사유를 존재 확인으로 결부시켜 페르소나로 승화시키는 경향이 있다는 것이다. 이를테면 「사막의 끝에 강물이 흐른다」에서 "풀잎처럼 살아나는/ 유목민들"을 "춤을 추는/ 찬란한 극빈자들"로 대치시키거나 「빈 자리」에서는 "어디에도 있다/ 어디에도 없다"라고 대조적으로 파악하여 시의 전개와 사유에 대한 확장을 페르소나에 닿게 하고 있다.

이제 이명자 시인은 8년간의 외국 생활을 마치고 고국으로 돌아와 평택에서 다시 살고 있다. 그러나 그가 외국으로 전전하는 동안 "배밭이 헐렸"고 "구부러진 길들은/ 찾기 힘들어졌"다. "견고한 빌딩 사이로/ 낯선 고독이 몰려다"니는 "건조한 도시를살아가"(「평택에 다시 왔다」)려고 그는 평택에 다시 돌아왔다. 그가 외국으로 떠돌며 감내해야 할 시간들은 간절곶에서부터 미국의 비치우드 또는 백두산 천지까지 광범위하게 포진하여 이명자 시인이 담대하게 견뎌 온 삶의 내력과 어머니와 아버지에 대한 그리움이나 회한을 통점으로 짚어내는 존재의 시간이기도 하다. 이러한 배경에는 그의 애틋하고 간절한 서정과 하동군 악양면 평촌에서부터 멀고 먼 미국의 비치우드까지의 서사가 교집합으로 잘 섞여 이명자 시인만의 육화된 시를 주조해낸 통점을 갖고 있어서이다.

이명자 시인의 시세계는 유화도 아니고 수채화도 아니다. 거친 파도도 아니고 바람도 아니다. 그의 시는 민물과 바닷물이 만나는 섬진강을 닮은 시다. 그래서 그의 시는 어떤 폭거성이나 거친 면이 없다. 누구를 원망하거나 부정하거나 자책도 하지 않는다. 다만 "잘못 배운 말을 거두고 싶을 때가"(「말」) 있는 자성과 통찰의 시간만 있을 뿐이다. 그 시간 속에 "우연한 생각"이 있다면 시로 획득해내는 부단한 시심을 유지하길 바라며, 다른 "우연한 생각"이 또 떠오른 날에 그의 설레는 시를 은근히 기대해 보는 여운을 남겨둘까 한다.

자기 존재를 확인하는 발랄한 독백들
– 이정옥의 시집 『간월도 물수제비』를 읽고

1.

　이번에 상재한 이정옥의 첫 시집 『간월도 물수제비』는 치열하게 자신의 시세계를 구축해가며 관찰의 세밀함, 표현의 세련함과 더불어 발랄한 시상의 전개로 생동감 있는 시적 영역을 넓혀내고 있음을 알 수 있다. 일상의 평범한 풍경 속에서 삶의 깊이와 대상에 대한 관찰의 세밀함으로 드러나는 타자에게로 향한 이타의 정서에서 그 자신의 성찰과 정직한 언어로 이정옥만의 시적 세계를 튼실하게 구축하여 왔다. 그의 시세계는 가벼우면서도 가볍지 않고, 무거우면서도 무겁지 않고, 슬프면서도 슬프지 않고, 고독하면서도 고독하지 않는 그 자신의 시적 가치를 형성하는 특징을 지닌다.

　시를 대하는 그의 자세는 일상에서 마주치는 것들로부터 한 자리에 안주하지 않고, 대상에 대한 세밀한 관찰을 통해 자기 존재에 대한 자문에 자답을 하며 시의 미학적 의미를 추구하는 열정도 놓지 않는 모습을 보여준다. 대상에서 사유를 분리해내고 구체적인 시선으로 대상을 다시 시로 결합해냄으로써 버려지는 사유와 은유를 경계하며, 이정옥의 시는 삶을 향해 문을 열어 두고 항상 그

쪽으로 향한다. 그래서 그의 작품 속에는 대상과의 관계에서 비롯
되는 내면의 고독과 외면의 사랑이 상충하는 다층적인 모습을 내
포하면서 관계를 차분히 해소하는 치유와 존재의 방식이 언제나
결합되어 있다.

바다약국에 가면 그리움의 처방이 있을까

바다에 가면 짭짜름한 처방이 있을 거야

오징어 배 신진도에 도착하는 날은
갈매기 수다가 하늘에서 와글와글 거리고
비린내는 닻을 걸어 놓고 팔딱팔딱거렸지

파도 한 점 꺼내어 바다를 마시고
얼큰해진 초승달에게 배를 태워 주면

돌아누운 파도는 뒤척이고
바다를 재워주던 바람은
찰싹찰싹 새벽을 낳아 놓았지

넋두리 처방은
바다 한 재 파도 한 줌이라지만
바다로도 잴 수 없는

마음 처방은 어디에 있을까

-「바다 약국」 전문

이정옥 시인의 시적 세계를 세련되게 시사하는 이 작품은 시인의 독특한 시의 전개에 의해 그가 내면세계를 독백으로 쏟아내고, 바다라는 물리적인 공간을 지배하는 내면의 그리움의 상황이나 비유적으로 맞닿아 있는 시적 기교에 능가하는 것을 보여준다. 시인이 가진 고도의 정서가 배가된 전략에 독자도 경험한 정서와 그리움의 존재에 확장하는 시 속으로 여지없이 동참하게 만든다. 이정옥 시인은 "바다 약국에 가면 그리움의 처방이 있을까" 하는 그리움의 대상과 자신의 존재를 동시에 내면 깊숙이 끌어와 존재에 대한 확신을 갖는 독백을 한다. 그 확신에는 어떤 내적 갈등이나 상처, 심리적인 복잡함도 없이 단순하게 나타난다. 그에게 내적 갈등은 "넋두리 처방"일 뿐, 상호관계를 배제하거나 소거하지 않고 처방전에 서로 연대하는 "그리움"에 대한 "처방전"을 내어주는 바다의 근본적인 의미를 모색한다.

그러면서 시인의 그리움에 대한 인식을 바다로부터 마음까지 점점 심화시켜 간다. "비린내는 닻을 걸어 놓고 팔딱팔딱거렸지" 하는 이미지를 통해 시인은 그리움의 내적 존재 양상이 동적이고 감정의 진폭이 유기적으로 작용하고 있음을 형상화해낸다. 애초 시인은 말할 수 없는 그리움으로 가슴 답답해하며 "바다 약국에 그리움의 처방이 있을까" 하며, 자기 그리움과 사랑에 대한 처방을 바다에서 찾는다. 다행히도 바다는 파도 한 점을 꺼내어 바다를 마시게 하고, 처방전을 내어주지만 바다를 재워주던 바람과 바다도 잴 수 없는 그리움의 양을 담을 수 있는 "마음 처방은 어디에 있을까" 하고 희망하는 시인의 자문은, 결국 바다 약국이 처방해준 "바다 한 재"의 약으로 화자 자신의 존재 확인을 위해 매개체로 말하는 독백의 형태임을 암시해준다.

이정옥 시인은 스스로 자문을 하면서 그 자문 속에 어떠한 원망이나 자탄, 그리고 남을 탓하거나 비난하지 않고 온전히 그 자신이 감내하는 그리움이나 사랑으로 받아들인다. 어떠한 방어기제나 기표를 드러내지 않고, "넋두리 처방" 같은 독백을 하며, 자기 존재나 대상으로 향한 이타의 자세를 취한다. 이것은 오래도록 시를 써오면서 그의 몸에 익은 타자에 대한 겸손한 태도이며, 그로 인해 자기 존재 또는 시를 명확하게 할 수 있는 시적 자세를 보여준다. 이를테면 2024년도 애지 작품상을 수상한 「간월도」에서 나타나는 "그에게 물수제비 한 그릇 먹고 싶다고 말할걸"의 독백이 그러하고, 「그리움」에서도 마지막 행 "그래도 아프다"의 여운도, 「백지」의 "차마 열지 못한 마음 적어 두는 거야"의 애틋한 속삭임도, 「청벚꽃 피거든」의 "기다리다 기다리다 뛰어간 푸른 심장인 줄 아셔요"의 개심사 청벚꽃 피는 모습을 보며 하는 독백도 그러하다. 또 「나는 하얀색」에서 여러 색에서 "내가 없어요"라고 소외된 자신을 말하다가 "활짝 웃어봐 벙그러진 하얀이 나는 하얀색이었어요"라고 본래의 자아 확인을 하는 독백의 모습에서 시가 세밀하고 세련된 미학적 세계를 견고하게 구축하고 있음을 알 수 있다.

2.

마음이 바스락거렸다

물기가 마르고

가을이다

외곽의 가로수

메타세쿼이아는 이주민처럼 검은 얼굴을 하고

승용차는 각자의 이름으로 질주를 하고

나는 도로에서 합승하는 일행이 된다

신호등의 눈짓을 읽고

승용차들은 망설임 없이 직진 우회전 좌회전 거침이 없다

우회전

눈치를 획득하는 일

눈이 맑아진다

콩나물 공장이 보인다

수 없이 살아나는 악보들

화살표 아틀리에 이정표이다

구름 아틀리에

구름이 보내는 문자를 읽다가 '보고 싶다' 쓰고

그냥 구름을 깨물어 버렸다

구름이 울고 있다

- 「구름이 울고 있다」 전문

 존 스타이너는 시의 출발은 빚진 사랑에서 비롯된다고 하였다. 시에서 사랑은 자기 존재에 확신을 보여주는 대상으로, 변화무쌍하지만 그것은 무형의 것이어서 감정의 기복이나 정서의 상태로 존재한다. 이정옥 시인에게 사랑은 강제의 것이나 일방적인 사랑보다는 좀 더 내밀하고 진중한 사랑에 가치를 둔다. 그에게 사랑은 화려하지도 들뜨지도 않고, 언제나 변함이 없는 자세로 일관된 정서나 감각을 유지한다. 그래서 그에게 사랑은 더욱 숭고하고 가볍지가 않다.

 마음이 바스락거리는 가을에 외곽의 가로수 메타세쿼이아는 검은 얼굴의 이주민처럼 서 있고, 질주하는 승용차를 보면서 신호등의 눈짓에서 우회전 눈치를 읽어내고, 시인의 마음 한구석에서도 사랑이 바스락거린다고 한다. 이정옥 시인을 추동하는 사랑의 형태는 눈이 맑아지고 마음이 바스락거린다. 물기 마른 가을은 그에게 동정심과는 다른, 분명 사랑의 이름으로 질주하는 승용차 같은 것으로 빚진 그의 가슴을 메우는 또 하나의 사랑을 가져다준다. 저무는 가을에서 다가온 사랑은 "아틀리에 이정표"를 쓸쓸히 보고, 구름이 보내는 "보고 싶다"라는 문자에서 "그냥 구름을 깨물 버리"는 행위를 함으로써 자기 존재의 확인을 함과 동시에 타자에 대한 자답을 요구하는 독백을 한다. 그의 독백에 "우는 구름"으로 시를 매듭짓지만 구름의 울음은 그치지 않고, 계속되어 화자의 가슴에 여운을 길고 깊게 남겨 두는 것으로 나타난다. 이정옥 시인에게 "우는 구름"은 조용하고 조심스러운 사랑의 대상물로 나타나, 밖으로 터져 오르는 사랑을 안으로 조심히 끌어들여 조금씩 가라앉혀 자신의 것으로 승화시키는 여력을 지닌다는 데 의미를 갖게 해준다.

「보셔요」의 작품에서는 실질적으로 기다리는 대상에게 "보셔요"라고 말하지만 그 "보셔요"의 독백은 독백이면서 독백이 아닌 자신만의 긴 기다림이나 오지 않을 수도 있는 대상에게로 향한 독백을 하고 있다. 「건널목 묵시」에서는 가수 유심초나 해바라기의 노래를 인용해 "그대를 사랑하오"나 "사랑하고 있다는 것을" 간접적으로 독백을 하는 모습을 안타깝게도 "횡단보도에서 주머니 속 사탕 한 알 바스락"거리는 행위로 나타낸다. 「봄바람, 우편함에 넣어두고 간다」에서는 "붉은 오토바이는/ 우편함에 봄바람만 수북이 넣어두고 가는 거야"하는 아쉬움으로 나타내는 독백의 형식을 취한다. 그러나 "전류가 흘러"의 잔상을 남겨둠으로써 시인의 독백에 대한 새로운 희망을 암시해주기도 한다.

이정옥 시인에게 사랑은 호수처럼 잔잔하고 코스모스처럼 옷 갈아입고 마중 나가고, 가슴 뜨거운 사람으로 굽이굽이 그리움이 진산으로 가며, 새로운 길을 찾는 사랑의 방식들로 가득하다. 한편, 다른 시들에서는 이정옥 시인의 시상의 전개가 발랄하고 생동감 있는 시세계를 이루고 있는 일면을 엿볼 수도 있다. 「텃밭 일기」에서 보이는 바와 같이 농사일을 비유적으로 발랄하게 표현해낸다. 이는 그가 어릴 때부터 직접 경험한 농사일을 톡톡 튀는 시작법으로 잘 주조해낸 것으로 보인다. 「시월에」, 「볍씨 뿌리는 날」, 「가을 한 뼘 늘리고」 등도 이와 유사한 작품이라 할 수 있다.

3.

일 년에 한 번 찾아올까 말까 하는 애인처럼

갓 구워낸 따끈따끈한 빵처럼

봄이

눈길 닿는 곳곳에 겹겹이 움트는 어린 봄이

좁은 오솔길 나무꼭대기에 그리움 걸어 놓아

어질어질할 때

봄이

나무들의 성화로 피고 터지고

그 성화에 기대어 내 눈물이 터져

봄 눈물 훔치고 있을 때

무논에 물꼬 좀 봐달라고 동생에게서 전화가 왔다

물꼬?

무논 물꼬를 터야 하는데 갑자기 장거리 일 보러 나왔다고

논 끄트머리 쪽으로 가면 흙 담아 놓은 비료 포대 두 개로

물꼬를 막아 놓았으니 치워 달란다

나는 농막으로 가서 연장 챙겨 논으로 갔다

개울에서 콸콸콸 빠져나가는 물을 쳐다만 보고

나는 개울에 빠진 햇살만 데리고 첨벙거렸다

봄의 치맛폭 같은 하늘 깔아 놓고
철퍼덕 두 팔 벌려
햇살이랑 바람에게 나를 다 내주고

물꼬는
보고만 왔다
-「물꼬는 보고만 왔다」 전문

　이정옥 시인의 사랑은 점점 심화가 되고 그 경계를 망라하지 않
는다. 그에게 사랑의 시는 진지하고, 슬프면 보상을 받는 것으로
나타나기도 하지만, 이 작품과 같이 희화적인 경우의 모습으로 획
득해내기도 한다. 화자는 봄이 와서 나무들이 피고 터지는 모습에
서 자신의 눈물도 터져 봄 눈물을 훔치고 있을 때, 물꼬를 좀 봐달
라는 동생으로부터의 전화를 받는다. '물꼬'는 물이 드나드는 물길
을 물막이로 막거나 트는 것을 말한다. 벼농사를 지을 때는 물 조
절을 잘해야 하므로 물꼬를 수시로 살펴야 한다. 그런 물꼬 단속의
부탁을 받은 화자는 농막으로 가서 연장을 챙겨 들고 논으로 간다.
그러나 빠져나가는 물을 쳐다만 보고 개울에 빠진 햇살만 데리고
첨벙거린다. 더 나아가 봄의 치맛폭 같은 하늘을 깔아 놓고 철퍼
덕 두 팔 벌려 바람에게 자신을 다 내주고 물꼬만 보고 왔다고 한
다. 여기서 이정옥 시인은 시를 마무리 짓지 않고 시의 중간에 "물

꼬?”라는 의문의 장치를 설치해두고 사랑에 대한 금단의 비약적인 상상력을 불러 일으킨다. 그것은 여성성일 수도 시의 경계를 짓는 오브제일 수도 있다. 이정옥 시인이 이 기법을 의도를 했든, 의도를 안했든 간에 전반적인 시에 나타나는 에로틱한 묘사는 “봄의 치맛폭, 철퍼덕 두 팔 벌려, 나를 다 내주고 물꼬만 보고 왔다”는 표현에서 아슬아슬한 장면을 감지하게 해준다. 이정옥 시인은 시를 통해 나타내는 사랑은 밀고 당기는 밀당이 아니며, “나비에게 안부(「안부」)”를 묻거나 “연둣빛 꼬물꼬물 느티나무 탄성(「느티나무 탄성」)”으로 나오거나 “가마솥 밀죽처럼 끓어오르(「연모」)”거나 “한 옥타브씩 올라가는 시루 안의 이분음표(「호기심의 눈빛들」)” 같이 소리를 지르는 행위들로 가득하다. 그러나 그 저변에는 이정옥 시인이 감내해야 할 사랑에 대한 방향과 온도가 내재되어 있는 것을 알아야 한다. 그는 언제나 사랑에 대해 관대하지만 한번 잘못 든 사랑의 방향이나 온도 차이에 맞지 않는 사랑에 대해서는 “모두 깨끗이 쓸어 버린(「시샘」)”다고 다짐한다.

4.

어둠이 공간을 메워 놓은 시간

고요를 촘촘히 박음질하며

재깍재깍 노루발소리 걸어간다

뚜두둑 뚜두둑 집안의 집기들이 아귀를 맞추는지

정수기는 갈증을 느끼는지 생쥐 이빨 가는 소리를 낸다

동짓밤 천리향이 우주와 내통을 하는지 향기를 뿜어내고 있다
꽃잎은 제 몸의 살갗을 비벼 향기를 뽑아 놓는다

긴긴밤 발 시린 별이 있어 시간이 박음질하고 있나 보다
- 「시간이 박음질한다」 전문

　이정옥 시인의 사랑은 선유도에서 토론토까지 그 영역을 방대하
게 넓히고 그 사랑의 양 또한 해인사에서 간월암까지 빼곡하게 채
워 놓는다. 그에게 사랑은 물리적으로 존재하거나 공간성에서 시
간성으로, 또는 시간성에서 공간성으로 존재하기 때문에 항상 다
양하게 진화를 거듭해 왔다. 이정옥 시인에게 사랑은 그리움의 양
상으로 여러 층위를 형성하여 나타나거나 자세를 취하기도 한다.
시인은 그런 사랑의 형태에 "아귀를 맞춰" 놓고 박음질하는 것으
로 그 자신에게 영원히 존재하길 바란다. 그런 차원에서 "어둠이
공간을 메워 놓은 시간"을 "촘촘히 박음질하며" 시인 자신의 내면
이든, 밖이든 시로 엮어두려고 한다. 거기에는 사랑의 시간이 개입
하고 "집안의 집기들"과 "우주와 내통을 하는 천리향"들이 "살갗
을 비벼" "발 시린 별"을 데려다 박음질을 하고 있다. 이때 시간은
고정된 개념의 시간이 아니라 수많은 고난과 삶의 역경을 지나온
사랑이 깃든 시간으로, 사랑하는 대상자로부터 나온 귀중한 시간
들이다. 높고 존귀한 사랑과 시간으로 충만한 삶에서 화자의 존재

를 확인하는 시간도 재인식하여 박음질하는 모습은 삶의 새로운
모습에 다름이 아니다.

시는 항상 동적이다. 그 역동성을 잘 보조해주는 것이 시에서 중
요한 요소인 이미지이다. 이정옥 시인의 시에서 잘 나타나는 것이
이미지의 전개들이다. 하나의 이미지에서 다음의 이미지를 만들어
내서 시를 전체적으로 이미지화시키고 있다. 대표적인 것이 「선인
장」이나 「갈치」, 또는 「이쁜꽃」들이다. 이 「이쁜꽃」은 며느리가
될 사람에 대한 비유가 이미지로 잘 나타낸 작품이다.

5.

붉은 악마들이 쏟아 내렸던 그때
오후의 나른함을 깔고 깜박 졸다 전화벨 소리에 놀란 나는
얼떨결에 수화기를 들었지

목소리를 가다듬을 여유도 없이 여보세요? 하는데
정옥 씨? 종옥 씨?? 재차 묻는 거야

묻는 목소리는 청정지역의 폭포처럼 깊고
분명 우리 말인데 발음은 세련된 이국 언어처럼 들렸어

분명 나를 아는 사람이었어
내 이름을 묻는 목소리가 다정했어 아니 다정보다 찬란했어

프린터에 그 목소리가 복사되었다면

그 찬란한 빛에 나는 아마 눈이 멀었을지도 몰라

정신을 가다듬고 수화기를 귀에 바짝 갖다 대는데

지지직거리더니 끊겼어

그 목소리 누굴까

문득문득 어느 봄날을 떠올리게 하는

나비 같은 그 목소리

다시 들을 수 있을까

-「그 목소리」 전문

　　이정옥의 이번 시집은 독백을 통해 자아를 확인하는 발랄한 방식과 인간 존재에 대한 깊고 넓은 사유가 곳곳에 산재해 있다. 이러한 양상은 사르트르의 "존재가 실존을 규정한다"는 명제에 닿아 있는 듯하기도 하다. 그러나 존재로서의 철학적인 사유가 이정옥 시인이 내지르는 독백에 젖어 쓸쓸히 배어 나오는 경향도 주목할 만하다. 그의 시작품 중에서 아마도 이러한 양상을 가장 잘 소화해내고 있는 것이「그 목소리」가 아닌가 싶다. 깜박 졸다 얼떨결에 받은 전화기 너머로 들려온 그 목소리. "정옥씨? 종옥씨??" 하고 재차 묻는 그 목소리는 "청정지역의 폭포처럼 깊고" "세련된 이국 언어처럼 들려”왔다고 화자는 말한다. 그 목소리에서 문득, 정옥씨? 종옥씨? 하고 재차 묻는 타자의 목소리에서 자기 존재의 확인을 차츰 하게 시작한다. “내 이름을 묻는 목소리가 다정했어”라는 부분에서 비로소 자기를 확인하는 독백에서 자기 존재에 안도한다.

그러나 “그 목소리가 복사되었다면” 화자는 “눈이 멀었을지도” 모른다고 의구심을 갖게 된다. 거기에다 전화기는 지지직거리며 끊어져 자기 존재에 불확실성을 더욱 부채질한다. 이정옥 시인은 “그 목소리”를 추적하여 누굴까 하는 존재 인식을 폭넓게 하려고 하지만 “나비 같은 그 목소리”는 끝내 듣지를 못한다. 타자로 하여금 깨닫게 되는 존재 의식은 불안하고 불편하다. 시에서 존재의 결핍과 대상의 소거는 슬프고 쓸쓸한 운명적인 작품으로 흐르는 경향이 잦다. 그러나 이정옥 시인은 그것을 쉽게 포기하지 않고, “그 목소리 누굴까” 하는 사유로 의문을 제기하며, 답을 찾으려고 노력을 한다. 그러면서도 “다시 들을 수 있을까” 하는 여운을 남기거나 다시 기회를 잡아 만나려는 강한 독백으로 기대를 놓지 않는다.

이정옥 시인의 시가 만들어지는 과정이 이러하다. 그는 주위의 사소한 것도 쉽게 놓치지 않고 시로 끌어와 사유를 하거나 존재 인식의 문제로 자문을 한다. 그의 시에는 항상 독백과 자문이 있다. 독백은 그 자신의 독백이자 타자에게로 향한 독백이고, 자문 또한 그 자신의 자문이자 타자나 자신에게로 던지는 자문이다. 이러한 데에는 일상의 생활에서 마주했던 사소한 대상에 대한 집요한 관찰과 스스로 대상과 나누는 대화 또는 독백에서 빚어지는 결과라 할 수 있다. 그리고 그의 시에 나타나는 다른 특징으로는 「텃밭 일기」, 「안부」, 「숲에 갇히다」 등의 작품에서 동시와 유사한 형식을 지닌 사실을 발견할 수 있다는 것이다. 이정옥 시인에게 동시 같이 배경으로 한 시들은 경쾌하고 발랄하게 그의 시를 전반적으로 구축해내는 원동력이 된다. 사물을 본질적으로 잘 들여다보거나 순수한 눈빛이나 목소리로 타자를 동심으로 지적해내는 것은 시인이 태생적으로 지닌 본래의 성격에서 비롯된다. 시인이 이러한 것을 바탕으로 시를 엮어내는 데 있어 조금도 거칠지 않고, 풀잎을 흔드는 바람처럼 하늘거리는 가운데, "내가 없어요" 하며 시와 자신에 대해 집요한 질문을 내던진다. 이러한 일련의 행위는 존재 탐색을 위한 서사와 독백으로 자아 인식을 함으로써 상처를 치유하는 상호관계를 비상 신호같이 구성해 놓은 이정옥 시의 힘이 여기에 있다 하겠다. 타자나 자아의 존재로부터 사랑이나 그리움에 대한 인식을 획득해내고 새로운 시를 모색하고 쇄신하는 그가 바로 이정옥 시인이다.

6.

이정옥 시인의 시세계는 자아 확인을 위한 독백의 형식을 취하고 있다. 그 독백은 자신에게 향한 독백이면서 타자로 향한 독백들로 가득하다. 그 독백을 통해 이정옥 시인이 뱉어내는 사랑이나 그리움의 대상은 타자로 향하는 것도 있지만 대부분 자신에게 회귀하여 자신으로부터 자문하고 자답하는 독백을 함으로써 자아의 확인을 위한 방식으로 취하고 있음을 알 수 있다. 그래서 그에게 독백은 그 자신의 독백이 아니고, 그의 사랑도 그 자신의 사랑이 아니고, 그가 행하는 행위도 그 자신의 행위가 아닌 대상자로부터 삼투압 되는 이타적인 현상으로 나타난다. 다시 말해서 독백 이전의 독백, 사랑 이전의 사랑, 시간 이전의 시간, 색깔 이전의 색깔 등이 모두 이정옥 이전의 이정옥의 시로 가로지르고 있다는 것이다.

이제 이정옥 시인의 첫 시집『간월도 물수제비』출간을 축하하며, "목울대에서 머뭇거리던 말 말 말"들이 "간월도에서 물수제비"를 통통 띄워 다음에 올 시집도 "한 대접 후루루" 잘 마시게 해 달라는 차원에서 그의 수작인「간월도」를 아래에 첨부해 놓는다.

그는 물수제비를 잘 뜬다고 하였다

간월도에서 걸어 나오며

그에게 물수제비 한 그릇 먹고 싶다고 말할 걸

아직도 입덧처럼 허하다

목울대에서 머뭇거리던 말 말

한 삽 그 섬에 심어 놓는다

얼마만큼을 배워야 모국어를 반짝이게 빚을까

간월도에서 물수제비 한 그릇 탁발한다

바다에 뜬 간월도

한 대접 후루루 마신다

-「간월도」 전문

고독과 존재와 은유의 언어들
-김용식의 시집 『꽃도 아닌 것이, 하물며』를 읽고

고독과 존재에 있어서 시가 지니는 형식이나 내용의 가치는, 시를 창조하고 삶을 유지시키는 일종의 사유나 고독이 주는 필연적 의미이며, 삶에서 시를 창조하는 상대적 가치라고 할 수 있다. 특히 고독과 존재가 어떤 분명한 시적 표현을 획득하고 그것을 창작물로 완성하려고 할 때, 고독과 존재의 형식은 시를 절대적으로 나타내는 독특한 방식이 된다. 시에서 고독과 존재는 그 자체가 하나의 사유의 체계로 집결되면서 시를 만드는 매체가 되고, 삶을 추동하는 대상 이상의 대상이 되기도 한다. 시는 언제나 삶의 다양한 은유의 언어들을 활용하여 삶의 풍부한 모습을 그려내기 때문이다. 사유에서 빚어진 시들은 은유로 표현되는 형식을 취하기도 한다. 다양한 방법의 시작법은 변하지 않은 존재와 영속성에서 가치를 포착하고 그 속에서 고독과 존재에 대한 진정한 사유를 할 수 있으며, 어떤 형식이나 방법으로 존재하게 할 수 있다. 그것이 시를 쓰는 힘이고 시 쓰기의 즐거움이다.

존재 속에서 또는 삶의 많은 굴곡 속에서 시의 본질이나 기능을 유지하기란 결코 쉽지 않다. 본래의 취지하고는 상관없이 시는 의도하지 않는 방향으로 빗나가, 보이는 다른 면의 국면을 시 속에

담아내기도 한다. 이는 잘못 짚은 결과나 대가가 아니라 시가 가진 궁극적인 삶에 대한 강렬한 고독을 잘 짚어낸 것으로 보인다. 고독과 삶, 현실과 비현실성, 존재와 부재, 삶과 시가 어느 지점에서 다른 지점으로 이동되면서 결합이 되고 서로에게 맞는 공통점을 찾아내거나 그것을 분리해낼 때, 시는 고독을 존재에서 발현할 수 있는 가능한 절대적인 것으로 완성되거나 그 준비를 하게 된다.

김용식 시인은 이러한 시와 삶의 비의를 감각적으로 인식하고 있는 시인이다. 존재와 고독, 은유와 존재의 실제적 결합으로써 시 작품을 구축하고, 삶이 지닌 희노애락과 존재의 부재를 삶과 시라는 동일한 선상에서 구축하고자 부단히도 노력한 모습이 역력하다. 이번 두 번째 시집인 『꽃도 아닌 것이, 하물며』도 인간 존재에 대한 고독의 방식을 은유의 언어들로 어떻게 시적으로 획득할 수 있는지에 대한 그의 시를 탐색하는 노정이 잘 드러내고 있다고 할 수 있다.

생의 허리를 건넜다

짧아져 가는 나이에

예의를 표하기로 한다

성글게 올라서는 흰머리를

자연 갈색으로 감추어도

이내 들이미는 세월의 반란

나의 청춘은 진행 중이다

흰머리쯤이야 적당히 따돌리고

가늘게 자리 잡는 주름쯤이야

무시하면 그만이다

낭창거리는 허리로 나만의 스텝을 밟고

뭉툭해지는 목소리로 세상의 음표들을 평정하리

짙푸른 잎들보다 아름다운 건 단풍이다

뿌리로 깊어지며

나만의 삶을 들어 올리는 중이다

가끔은 폭풍우도 만나겠지만

그쯤이야 거뜬하다

하나의 문장으로

하나의 시어로

중년의 시간을 꽃피우련다

아직 싱싱하잖은가

-「청춘, 아직은」 전문

　"생의 허리, 짧아져 가는 나이, 들이미는 세월의 반란, 가늘게 자리 잡는 주름쯤" 등에서 늙지 않음을 "청춘, 아직은", "아직 싱싱하잖은가"라는 은유의 슬픈 독백을 하는 화자. "성글게 올라서는 흰 머리를/ 자연 갈색으로 감추어도" 세월의 반란은 "청춘, 아직은"에 정체되어 있고 무시하면 그만인 "주름쯤"도 "낭창거리는 허리로 나만의 스텝을 밟고/ 뭉툭해지는 목소리로 세상의 음표들을 평정하리"라고 바람 아닌 바람으로 화자만의 삶을 들어 올리고 있는 중이다. 이 작품은 아이러니한 서정성을 내재로 한 시적 매체와 화자와의 청춘에 대한 서글픔의 국면을 슬프게 보여준다.

"짧아져 가는 나이에/ 예의를 표하기로 한다"의 시어에 대구를 맞추는 "이내 들이미는 세월의 반란/ 나의 청춘은 진행 중이다"라는 표현이나 "낭창거리는 허리로 나만의 스텝을 밟고/ 뭉툭해지는 목소리로 세상의 음표들을 평정하리"라는 표현은 서정을 바탕으로 청춘에 대한 비극적 상상력이 어떻게 변이되어 다뤄져야 하는지 잘 보여주는 전범이 된다. "하나의 문장으로/ 하나의 시어로/ 중년의 시간을 꽃피우련다"는 화자가 청춘을 바라보는 기대감을 시라는 문학적 효용성에는 김용식 시인이 성취하려는 친화성이 존재한다. 늙어가는 시점에서 아직은 청춘이라고 항변하는 듯 "하나의 시어로/ 중년의 시간을 꽃피우"는 화자의 반어적이며 생기 있는 감각으로 엮어내는데, 특히 이 작품은 김용식 시인의 기량이 충분히 발휘된 작품으로 여겨진다.

훌러덩 벗어젖히고 세세히 씻어 내었으나
미처 벗어내지 못한 빈 껍질
산자락 굽어진 길목들을 읽어내며
숱하게 오르내린 생의 한복판이 뜨겁다
발바닥의 미세한 촉수는
심장의 말을 눈치챘는지
중년의 한편에서 숨 고르기를 하고 있다
온갖 길을 다 꿰찬 바닥

냉혹한 흔적까지 고스란히 지나와서야

순응하는 발을 본다

지나온 길마다

부서져 내린 각질의 읍소

골골이 파여 있는 자국들이

촉촉한 싹을 틔우고

바닥은 언제나 단단한 자국이다

- 「발바닥」 전문

　화자의 고독과 존재가 발바닥을 매개로 하여 잘 드러나고 있다. 이 시를 통해 김용식 시인은 시의 의미와 정서의 함축을 잘 적용해 시작품을 활달하게 생성해낸다. 물론 발바닥에 대한 한계로 전체적인 삶을 지적해낼 수는 없겠지만 발바닥이 주는 서정적 요소와 함께 내적 변용을 거친 시작업에 들어가면 발바닥에 굴곡진 껍질에서 화자의 삶을 통찰해내고 있음을 눈여겨 보아야 할 부분이다. 특히 "산자락 굽어진 길목들을 읽어내며/ 숱하게 오르내린 생의 한복판이 뜨겁다"라는 서정적 표현은 보이지 않거나 작은 길목에서 마주한 생의 뜨거움도 전폭적으로 감지하는 서사적 확장과 시적 함축의 효과를 감지하게 해준다. 김용식 시인은 자신의 지나온 길에 연연하거나 연민으로 후회하지 않고 오히려 "골골이 파여 있는 자국들이/ 촉촉한 싹을 틔우고/ 바닥은 언제나 단단한 자국"이라고 희망적으로 시를 구현한다. 즉 화자는 한 장면에서 급변하는 모습을 지적하기보다는 절대적 단층으로서 장면을 전체적으로 조망하고 있는 것이다.

이때 김용식 시인은 현실의 치열했던 심정이나 고충을 토로하지 않고, 다만 "고스란히 지나와서야/ 순응하는 발을" 보는 긍정의 각도에서 삶을 조명한다. 김용식 시인은 이렇게 희망과 긍정의 서정성을 바탕으로 놓인 상황을 제시하는데 능한 모습을 보여준다.

이 외에도 김용식 시인이 생을 대하며 자신 있게 시로 꾸려내는 몇 작품이 있는데, 이 역시 삶을 경계하고 삶의 근거를 극복하거나 긴장을 유지하는 시편들이다. 「태엽을 감다」에서는 "분침과 초침 사이의" 쏟아지는 갈등에서 "소문을 걸러내"거나 "이별의 방식을 기록"하는 "바람의 내력"으로 보고 있고, 「백수의 어느 하루」에서도 "시곗바늘"을 매개로 하여 일어나는 백수의 하루를 서정적 장면으로 그려내고 있다.

내 몸에 구덩이가 있어

상실된 기억이 서서히 쌓인다

기억을 훔쳐내는 혼돈이

빈처의 안갯속으로 흘러든다

빠르면서도 허술한 속도로

불시착한 날개가 관자놀이에 붙었다가

시간이 후려친 듯 빠져나가고 있다

서서히 적립되어 가는 기억

서로 응집된 편린들은

제멋대로 왔다 제멋대로 간다

순간순간 적립되는 망각이 있다

냉장고 앞에서 화장실 앞에서

시도 때도 없이 조여 오는 기억의 올가미들

외출하려 현관문을 닫는다, . . .

열었다 . . , 다시 닫는다

빈처의 안갯속을 들락거리며

비밀 아닌 비밀을 적립하고 있다

-「비밀을 적립하다」전문

　"상실된 기억"은 잊혀진 존재이고, "빈처의 안갯속으로 흘러"드는 고독은 시를 추동하는 서사나 서정으로 화자가 적립하는 비밀의 응집된 편린들이 보여주는 비극적 고독과 존재의 부재를 지닌다. 김용식 시인은 서정시의 근본을 정서의 생물적인 사실감에 두고 있는 듯하다. 정서의 사실감은 화자의 "순간순간 적립되는 망각"에 대한 혼돈을 압축하여 "기억의 올가미들"을 현관문으로 여닫는 모습을 통해 정점에 이르고 있다.

　여러 장르 중에서 시는 정서 혹은 감각이나 감정의 발로와 깊은 관계를 맺는다. 따라서 시의 양상에서 서정적 시와 서사적 시는 정도의 차이뿐만 아니라 그 둘의 전후 관계에 따른 여러 현상을 마주치게 마련이다. 시인은 이때 의도하든 의도하지 않든 간에 과장된 표현이 있다면 그 과장된 시를 경계하면서도 재현과 반영이라는 요소를 두고 고민하게 될 것이다. 그러나 대개의 시인일 경우 재현보다는 반영에 더 무게를 두는 경우가 많을 때가 있다. 시인은

"상실된 기억이 서서히 쌓이는" 화자의 삶과 그런 화자의 마음에 스며든 "기억의 올가미들"에 대한 특수성을 통해 형상화된 "응집된 편린"들을 현실적으로 드러낸다. 화자에게 "기억의 올가미들"이라는 시적 대상은 시인이 만든 결과일 수 있지만 이는 일종의 한 은유라고 할 수 있다. 그리고 또한 "비밀 아닌 비밀을 적립하고 있다"는 마지막 행은 시적 주체의 진심이 진정한 삶과 기억에 긴밀하게 연관되어 있음을 시사해준다. 온몸에 구덩이가 있는데 상실된 기억이 쌓이고, 응집된 편린과 적립되는 망각이 되는 기억의 올가미들은 비밀 아닌 비밀을 적립하고 있다. 김용식 시인은 서서히 적립되어 가는 기억으로 응집된 편린과 기억을 훔쳐내는 혼돈을 내면세계로 직접 표현하지 않고 은유적 표현에 주력하면서 고독과 존재의 문제에 강렬한 시쓰기를 시도한다.

아이의 울음 받는 할매

어린 숨결이 손끝에 닿는다

봉 씨 가문의 한 가계가 뭉클하다

먼저 간 할배의 흐뭇함인지

요람에 감싸인 듯한 구름

빌고 빌었던 기도발에 화답하듯

아이의 울음소리가 우렁차다

숨결을 몰아쉬는 아이의 얼굴에서

한 세기의 가계가 고스란히 드러나고

할매는 안도의 숨을 토해낸다

고운 숨결이 햇살처럼 안긴다

-「숨결」 전문

　김용식 시인은 "숨결"을 통해 한 세기의 한 가계가 어린아이의 숨결에 의해 보전되는 중요한 역할을 하는 숨결을 잘 지적해낸다. 시인은 시적 자아에 과중한 비중을 부여하지 않는다. 다만 시인의 모든 결핍과 만족에 걸러지고 감각적 혹은 세계관으로 집약되는 "숨결"의 풍경은 시인의 삶에서 체득한 사실을 자연스럽게 시적 주체로 노출하는 장면으로 연결될 수밖에 없다. 시적 주체를 확보한 시인은, 시적 주체를 무난히 감당해내는 자세를 취하게 된다.

　"아이의 울음 받는 할매"는 시적 화자와 현실 사이의 사회관계를 나타내주는 하나의 단편적인 모습이다. 시인은 시적 주체인 "할매"가 지닌 주체나 정서의 일관적인 흐름을 차단하고 철저하게 현실에 대한 창작적 대상으로 "할매"와 "아이"가 마주 보고 있는 햇살처럼 고운 현실을 보여준다. 따라서 "할매"를 시적 주체로 전면에 나타내기보다는 명암의 농도를 조절해가면서 작품세계와 현실과의 상관관계를 형성해낸다. 이러한 상관관계에서 조성된 긴장 구도는 시구에 스며들어 있는 호흡이나 리듬으로 배출하기 마련인데, "할매는 안도의 숨을 토해내고, 고운 숨결이 햇살처럼 안긴다"라고 끝을 맺는 부분에서 "할매"는 시적 주체로서 역할을 완벽하게 소화해낸다. 즉 현실과의 상관관계를 더욱 친밀하고 긴밀하게 유지하는 가교역할을 형성해내며 보여주는 것이다. 이때 김용식 시인은 "할매"의 숨결을 아이의 숨결로 전이시키고 아이의 호흡을 성급하게 또는 세차게 강제하지 않는다. 바로 이러한 점이 김용식 시인의 시적 심미성의 근거를 확보하고 있다 하겠다.

이 외에도 사람과 사람, 또는 사람 사는 이야기를 다룬 사람과의 관계성을 다룬 시로 「해무」가 있는데, 인생의 헛배만 부르다는 "해무"와 같은 사실적인 시가 있는 반면에 「능력자」라는 시에서는 "현재가 과거이고 미래가 과거"가 되는 대리만족을 위해 사는 교훈적인 시도 있다.

팜므파탈은 뜨겁다

농익은 속내를 물들이는

탱글한 오후가 붉다

냉소에 길든 능글맞은 알들

가벼운 혀끝에서 쉽게 갈라지고

치명적인 호흡이 사내를 휘감는다

영악스러운 어둠은 농염의 어디쯤일까

여자는 벗은 허물을 꾸역꾸역 개어 놓는다

천 년쯤 묵은 똬리를 풀자

사내의 눈빛이 일시에 허물어지고

신열을 품은 여자,

밤은 차가운 종족의 적멸이다

자지러지는 어둠을 베어 물며

구불구불한 여자의 길이 뜨겁다

스윽스윽

열매가 붉디붉다

-「뱀딸기」전문

　김용식 시집의 전편에서 시인의 시선이 사라지는 기억이나 청
춘의 소멸에 국한되어 있는 것은 아니다. 김용식 시인은 「꽃의 별
곡」 시리즈에서 비단풀꽃, 바늘꽃, 데이지, 석곡, 목백일홍, 동백
꽃, 에키나시아, 메밀꽃 등을 통해 "잘못 날아온 아픔(「꽃의 별곡-데
이지」)"이나 "구불구불한 여자의 길이 뜨겁다(「뱀딸기」)"는 여성성
을 포착해내는 모습도 놓치지 않는다. 뜨거운 팜므파탈에 농익은
속내를 물들이는 붉은 오후의 풍경과 함께, 팜므파탈의 일관적인
분위기의 모습, 그리고 벗은 허물을 개어 놓는 천 년쯤 묵은 똬리
를 푸는 뱀딸기의 속성에서 "종족의 적멸"이나 "여자의 길이 뜨겁
다"는 원초적인 본능을 덧대어 놓는다. 이때 시인은 "농익은 속내"
를 직접적으로 표출하지 않는다. 작품 속에서 시인은 타자의 입장
으로 물러서서 시적 대상에 대한 간극을 충분히 유지하며 시적 이
미지나 시적 현실을 그려내는 데 집중한다. 이는 앞에서 밝힌 청춘
을 역설적으로 대하거나 사라지는 기억에 대한 여러 가지 유형들
을 구축해낼 때와 동일한 전략인데, 독자에게 작품의 행간에 숨겨
져 있는 현실에 대한 심각한 정감이나 시적 주체의 행위 여부를 쉽
게 감지하게 해준다.

　김용식 시인의 시작법 특징은 시적 주체와 시적 대상이 서로 길
항하여 주체가 한 걸음 더 다가섬으로써 오히려 대상을 적극적으
로 끌어안아 시를 보다 더 중심으로 이끌어낸다는 사실이다. "농

익은 속내”와 “여자의 길이 뜨겁다”를 매개로 하여 “뱀딸기”를 구체적 실감으로 포착해내는 풍경은 시적 주체의 서정이나 사유를 충분히 드러내기보다는 “치명적인 호흡”에 허물어지는 사내의 자세를 간결하게 함축한다. 비관적 현실을 수용하지 않는 신열을 품은 여자의 고독함을 팜므파탈의 정조로 치부하면서 김용식 시인은 이것을 최대한 객관적으로 형상화하기 위해 미학적 수단으로 활용하고 있는 것이다. 이러한 형상화의 작품을 통해 알 수 있듯이 김용식 시인은 “뱀딸기”를 전면에 노출시키지 않고 뒤로 한참 물린 다음, 시적 주체를 통해 확장된 현실을 표출해내는 최대의 효과를 만들어 내는 데 능숙해 보인다.

화병의 꽃 한 송이
거울이 먼저 알아봅니다
긴 밤 꿈꾸는지
어둠 속에서도 붉은 그림자 일렁이고
겹겹의 사연들이 흔들립니다

거울의 안과 밖
답가와 화답처럼
흠칫 숨 고르는 꽃송이들
돋아나는 이슬에
하루가 피어나고 있습니다

거울 속의 나를 먼저

사랑하기로 합니다

눈부신 아침이 분주해지고

하루 종일 거울 속 내가 따라옵니다

–「거울 꽃」전문

　"거울 꽃"의 주인은 누구일까. 김용식 시인은 "거울 속의 나를 먼저/ 사랑하기로 합니다"고 하면서 "하루 종일 거울 속 내가 따라옵니다"라고 독백처럼 말한다. "거울 꽃"은 화자 자신의 나르시시 즘였을까. 시인이 상상해내는 비극성이 이번 시집에서 시적 주체와 시인이 동일시된다는 의미에서 다소 특별해 보이기도 하는 까닭은 무엇 때문일까. "겹겹의 사연들이 흔들"리는 삶의 무게와 "겹겹의 사연"으로 진실을 찾기 위한 열망이 "거울의 안과 밖"으로 다가오는 좌절의 상징이 "거울 꽃"이기 때문이다. 시인은 시를 통해 현실의 부조리와 불행을 극복해야 하는데, 거울 꽃에 비친 화자 자신의 모습과 순조롭게 화해하는 모습이 시가 궁극적으로 지닌 내면의 심화 장면도 시적으로 인식할 수 있다는 것을 보여주고 있다. 이때 시의 서정은 "눈부신 아침이 분주"한 것으로 또는 "거울 속 나를 먼저 사랑"하기로 한다. 소박하거나 단면으로 보이는 이 작품에서 정서화된 시어들은 전통적 시의 방식에 의해 배치되어 있다는 생각마저 든다. 이러한 단면성은 화자가 "거울의 안과 밖/ 답가와 화답처럼" "돋아나는 이슬에/ 하루가 피어나고 있"듯이 자기 상실에 대한 어떤 비극이나 불행보다는 화합이나 희망으로 일관

되게 "거울 속의 나를 먼저 사랑"하는 마음에 잇닿아 있는 여러 층
위의 개체들로 포진하고 있기 때문이다.

　이 외에도 「밤공기가 붉다」나 「꽃의 별곡 – 메밀꽃」에서 드러나
는 여성성은 화자의 잠재의식 속에 내재한 에고(ego)로 언젠가 서
서히 "아득한 깊이에서 튀어" 올라 "허우룩한 빛으로 부서"지는
메밀꽃의 근원적인 속성을 잘 지적해내기도 하였다.

밥이나 먹자

둥근 상에 숟가락을 올린다

가끔 한 번씩 손맛을 건네고

몸속 그 맛을 기억해 내는

적당한 간격

밥상머리에 마주 앉는다

속내 들키지 않으려

허기를 채워주는 말

밥이나 먹자

씹는 소리까지 익숙해지는

밥상의 둘레

내 안의 경련까지 잦아드는

담백한 맛과 말이다

그래, 먹자

– 「밥상머리」전문

사람이 세상을 살아가는 방식에는 많은 수단과 방법이 있지만 사람 노릇 제대로 하고 사는 데에는 예의와 인사가 있다. 어쩌다 만난 안면 있는 사람에게는 "밥 한번 먹자"가 일반적이고 부담 없는 인사말이 되었다. 김용식 시인이 내다보는 일상의 행위에서, "밥상머리"에서 "밥이나 먹자"라는 말의 뜻이 인간의 이중성이나 현대인의 허상을 정확하게 짚어내는 역할을 해준다. "속내 들키지 않으려/ 허기를 채워주는 말/ 밥이나 먹자" 등이 시인과 세계와의 갈등을 조장하고 또한 깊고 치열한 사랑과 생명을 이야기한다. 감춘 상처와 눈빛에 젖은 절망을 시로 극복하고자 김용식 시인은 그 열망을 시로 펼쳐낸다.

시에서 시적 화자는 집단의 다수성에서 자아를 잃고 모호하게 존재하는 것이 아니라 사회 구성원이나 가족의 한 구성원으로서 그 존재가치를 확인하고 또 확인받고 싶어한다. 사랑을 내재한 "밥이나 먹자"는 따뜻한 목소리가 불화 속에서 더 이상 고독한 존재로, 존재하지 않기를 바라는 뜻에서 손을 내밀기도 하면, "그래, 먹자"하고 불화 너머의 불화를 깨쳐버리고 열망의 저편으로 손을 짚어 넣는다. 시인은 저편의 이상을 위해 척박한 이쪽의 이상도 사랑으로 갈구하게 된다. 단절된 대화와 현실을 초극하는 시인의 운명이 사랑을 환대하고 혁신하는 게 아닐까 하는 추측을 조심스럽게 해본다.

터를 잡는다는 건
나를 녹이는 일

 제2부 기억으로 추동하는

관념에 굳어져 가는 것에

텃세에 지불되는 에너지는 버겁다

끈적함에 익숙지 않으며 쉬이 계산되지 않으니

계산 방식이 다름을 이해하여야 한다

그것은 시간만으로 해결되는 것은 아니다

생소한 무리 속에서 날갯짓이 필요한 건

텃새에게 당하는 공격이나

둥지의 경계가 보이기 때문이다

텃새가 주인 행세하던 시절은 끝났다

쪼아대는 부리마다 갈고리를 물지 마라

뿔 달린 언어들이 주는 상처와 툭툭 뱉어내는 말은

서로의 일상에 그늘만 만들 뿐이다

부딪히는 건 양방향이 되어 강하게 새겨진다

텃새의 텃세는 눈앞에 내놓지 않은 계산법

끼리끼리 펴는 날개도 때론 덫이다

위험은 늘 도사리고 있다

내게 주어진 먹이를 찾아

텃, 세를

텃새로 옮기는 중이다

- 「텃,세」 전문

이제까지 살펴본 김용식 시인의 작품 중에서 제일 건조하고, 제일 삭막한 작품으로 현대인들의 삶의 환경을 잘 드러내고 있다. 생존경쟁이 치열한 현대사회의 구조와 제도적인 환경에서 생존을 가늠하기란 말 그대로 약육강식, 적자생존의 처절한 동물 세계나 다름없다. 일찍이 토마스 피케트의 급격한 불평등 사회에 대한 경고를 담은 보고서가 한국 사회 전체를 뒤흔들고 있는 오늘의 현실에서 보면 경제야말로 우리 사회의 강력한 관심사라는 것을 부인할 길이 없다. 이러한 양상은 거대한 자본이 지역 자본을 밀어내는 결과에서 짐작할 수 있다. 말 그대로 "텃세에 지불되는 버거운 에너지"는 "텃새에게 공격"을 당하거나 "텃새가 주인 행세하던 시절은 끝"이 난 것이다.

"텃새"와 "텃세"는 갑과 을의 관계로, 회사와 노동자의 관계로, 거대 자본과 지역 소자본의 관계로, 토착민과 이주민의 관계로, 자본을 서서히 잠식하거나 인권을 유린하는 "버거운 에너지"와 "보이지 않는 둥지의 경계"로 터를 잡거나 계산 방식이 다른 부류의 대상들이다. 그들은 너무 경제적이어서 "관념에 굳어져 가는 것"에 너무 약삭빠르다. 그래서 서로간에는 "눈 앞에 내놓지 않은 계산법"이 있어 그들은 그들만의 계산법으로 산다. "때론 덫"을 놓거나 새로운 먹이를 찾아 "텃,세를/ 텃새로 옮기는 중"이기도 하다. 작금의 경제구조는 텃새와 텃세로 이루어져 있다고 해도 과언이 아니다.

앞에서 살펴본 김용식 시인의 시작품들은 순간의 충동이나 의욕으로 쓰여지지 않았다. 김용식 시인의 시에는 시인으로서의 김용식이 있고, 그의 시는 사라지는 기억과 존재에 대한 철학적인 사유가 단편적인 일반론에 수준의 것이 아니라 생경하고 참신하게 형상화된 작품성을 확보하고 있다. 김용식의 시들이 돌발적인 작위가 아니고 대상물에 대한 집착과 포용을 통해 오랜 시간 속에서 숙성된 작품이라는 점에서도 시적 자아의 확립은 독보적이라 할 수 있다. 특히 시적 자아의 핍진성이라는 측면에서 별다른 거부감을 내포하지 않는 사실에서 김용식 시인의 시에 대한 외연이 시적 진실을 아우르고 있다 하겠다.

김용식 시인의 시집 『꽃도 아닌 것이, 하물며』는 고독과 존재와 은유의 언어들이 빚은 존재론적 관점에서 상실과 파괴를 넘나들며, 다시 생성되는 기억이나 생명을 서정적 경치와 잘 배치시켜낸다. 시인은 삶의 불확실성이 도래하는 시점에서 도피하거나 회피하지 않고, 오히려 그 고난을 통해 삶을 시로 재조명해내는데 시인으로서 역할을 꾸준히 해왔다. 그래서 시인은, 시를 시로 만드는데, 인생을 인생으로 만드는 것이 무엇인가 하는 사유를 항상 멈추지 않는다. 김용식 시인은 시적인 것을 초월하는 사랑과 인생의 비전을 냉철하게 확인하려고 노력한다. 이러한 모습과 자세가 바로 김용식의 시가 우리 시대의 자아와 세계의 대결에서 이긴 서정시의 모범으로 다시 올려다봐야 하는 중요한 까닭이며, 우리가 앞으로 계속 그의 행보를 주시해야 할 이유이기도 하다.

부재한 서정을 되찾는 방식들
– 구연분의 시집 『섬돌』을 읽고

1. 봄과 봄(혹은 보는 것)을 가로지르는 계절들

이번 출간한 구연분의 첫 시집 『섬돌』은 그가 일상적으로 대하고 있는 삶의 자세에서 기인하고 있는 것으로 읽힌다. 그가 지닌 삶의 자세는 언제나 위가 아닌 아래를 읽는 데 있다. 그만큼 그는 겸손하고 낮은 편에서 생명의 소중함과 사랑의 숭고함을 동시에 깨닫기도 한다. 그의 이런 깨달음이 시를 이루고, 자아를 이루고, 세계를 이루어 낸다. 그것에 대한 중요한 요인으로는 봄과 봄을 가로지르는 계절들, 길과 길 사이에서 만나는 길들, 일상 너머의 일상 그 분주한 일상들, 사랑과 사랑으로 견뎌낸 사랑들이 내재한다. 이를테면 "땅속 깊은숨이 밀어 올린/ 초록 실눈과의 이음줄"(「꽃불」)이 숨고르기를 한다는 이른 봄이나 "새하얀 눈으로 온갖 허물 다 덮어주고도, 꽃소식 희망 신고 오는 길"(「길」)은 "작별의 인사도 없이 떠나버린 어머니가 오는 닳고 닳은 길"이 된다는 희망의 꽃소식으로 나타난다. 또 "지천으로 널려 있는 이 여름을/ 치맛자락 같은 호박잎으로 한 입 싸 먹으니"(「여름 밥상」) 여름날의 일상적인 풍경이 분주하기도 하다. 그러나 더 깊이 들여다볼수록 "무릎 연골이 삐거덕거리며 신음하고, 팽팽하던 세월의 실밥이 터져 늘어진 눈가, 홀로 가슴앓이를 하는데, 한순간의 머묾도 없이 시간은 흐르는"(「늘그막의 쉼표」) 안타까움은 자신만의 아픔으로 견뎌온 한 평생, 생의 사랑이 신산하게 묻어난다.

  구연분이 시를 대하는 자세는 「꽃불」, 「봄을 사다」, 「봄날 소묘」, 「길」, 「가승」, 「늙은 얼굴」, 「늘그막의 쉼표」, 「은행나무」, 「삼치 한 마리, 우리 그이」 등에서 잘 나타나 있다. 돌이켜보면 생명이나 사랑만큼 시의 주제를 확실하게 구축해내는 것은 없다. 그래서 구연분도 생명이나 사랑을 가지고 근원적인 아래쪽을 읽어낸 것이 아닌가 싶다. 아래를 살피면서 아래부터 살아왔고, 그 아래에 앉아 아래와 함께 한 시간들이 많기 때문에 어쩌면 그가 아래를 잘 보는 시인이자 위를 잘 보는 시인인지도 모른다. 구연분이 시를 쓰면서 시를 대하는 자세를 아래로 집중하는 까닭은 부재한 서정을 되찾아 밀도 있는 시를 탐색해내어 서정적 자아 성찰을 하는 데 있다. 서정성을 갖춘 시가 점차 사라지는 요즘에 구연분의 시 같이 서정을 고집하는 작품도 드물어 보인다. 그의 시에는 서정이 있어 읽기만 해도 이야기가 느껴지고 그림으로도 잘 그려진다. 「까치밥」같은 작품이 그 대표적인 일례라 하겠다.

고추잠자리 날갯짓에도 스스럼없이 옷을 벗는다

지난 이른 봄
매화꽃 기지개 켜는 소리 듣고 한껏 꿈에 부풀어

푸른 날 발 돋우는 날들을 애타게 기다렸다

이제는
다 벗은 알몸으로 늘 그냥 그 자리에 서서
머리에 이고 있는 빠알간 감 하나
머리 위를 맴돌며 밀어를 속삭이는 한 쌍의 까치

한 개의 감을 두고
사랑 나누는 서로의 애틋한 마음 나는 듣는다

잎 진 가지 끝에 붙은 겨울바람
지금은 비록 알몸
마지막 남은 까치밥 하나에 모든 정열 되돌리고
작은 잎눈 하나에 나는 비늘을 떨구면서
슬픈 눈망울로 봄을 감춘다
-「까치밥」 전문

　　감나무에 남은 한 개의 감을 보면서 애틋한 사랑의 마음을 갖은 화자의 가슴으로 매화꽃 부푼 봄날의 바람이 불어간다. 화자의 마음 같은 까치밥이 마지막 남은 정열을 되돌리고 "고추잠자리 날갯짓에도 스스럼없이 옷을" 벗는데, 봄은 작은 잎눈 하나 떨구며 슬픈 눈망울로 봄을 감추고 만다. 빨간 감이 매달린 아래의 나무와 감 주위를 맴도는 위의 한 쌍의 까치를 대조적으로 드러내면서 까치밥에 대한 인정과 서정을 감추는 봄의 슬픈 눈망울로 잘 그려내고 있다. 가을과 겨울에 "다 벗은 알몸으로 늘 그냥 그 자리에 서서" "까치밥 하나에 모든 정열 되돌리고" 봄날의 떨군 잎눈 하나에 화자는 봄과 봄(혹은 보는 것) 사이에서 가로지르는 계절을 슬픈 눈망울로 보고 있지만 사실은 슬픈 눈망울이 아닌 생명의 태동에서 오는 기쁨의 눈물인 것이다. 까치밥이 보일 정도로 낙엽이 진 휑한 나무 속은 "밀어를 속삭이는 한 쌍의 까치" 울음만이 맴돌며 화자의 마음을 쓸쓸하게 하지만 "마지막 남은 까치밥 하나"가 "작은 잎눈 하나"를 틔우는 희망에 봄을 감추는 희열에 떨고 있다. 여기서 화자는 봄을 단순히 계절의 한 절서로 보지 않고 눈과 마음으로 목도하는 봄의 의미로 봄을 가로질러 보고 있는 것이다.

　이러한 예로는 "제 몸 갈피에 촘촘히 새긴/ 묵묵히 늙어간 시간들"(「목각 시계」), "지금은 삐걱거리는/ 관절을 동행한 할미꽃이 한 자리에 앉아/ 새로운 세상을 열어가는 기쁨이 충만하다"(「차를 마시며」)는 봄의 이미지를 추억과 현실을 일치시켜 내는 시간과 드라마 같은 것으로 나타내기도 한다. 또 「온몸으로 쓰는 봄」에서는 "봄날의 간절한 부름에/ 세상과 소통을 시작하려는/ 아주 작은 초록들/ 덩달아 죽은 풀섶 걷어낸 후에야/ 봄을 삼킨다"는 표현을 함으로써 봄을 화자와 일체화시키고 있다. 「봄을 사다」에서도 "뼈마디마디에서 부서져 내리는 얼음 알갱이 엄동설한 치열한 바람 속에서 말라버린 잎사귀, 그 속에서 연둣빛을 본다 이파리와 몸통의 희생, 한 시대의 드러눕는 소리가 들린다"는 부분에서는 환절하는 봄의 모습을 극명하게 잘 드러내 이미지로 이미 심급에 닿아 있다 하겠다.

구연분은 봄을 통해 생명과 성장의 과정을 짚어낼 뿐만 아니라 「고장 난 시계」로 비유가 된 화자의 "다람쥐 쳇바퀴 도는 삶"도 춥고 배고프게 잘 주조해낸다. 여기서 더 나아가 「상림에 고인 가을」에서는 상림 숲속에 불을 피운 꽃무릇을 "금방이라도 터져 버릴 것만 같은 붉은 입술", "살아온 시간들이 머리 위로 쏟아져 내린다"는 이미지의 형상화는 구연분의 사유에 의해 체득된 한 부류의 사유가 이미지로 전이되면서 「상림에 고인 가을」을 가로지르고 있음을 알 수 있다. 이와 유사한 작품으로는 「봄날 소묘」가 있는데, 찬찬히 읽어가면 구연분이 어떻게 아래쪽을 살피면서 위를 보게 되는 삶의 자세와 시를 대하는 자세를 동시에 갖게 되는지 알게 될 것이다.

꽁꽁 얼어붙은 허공에 쩌억 금 가는 소리

지난봄의 생사를 확인해 본다

간밤에 핀 설화를 책갈피에 잠재우고

슬그머니 빠져나갔던 계절이 서둘러 돌아오는 길

설원을 뚫고 봄을 밀어 올리는

강아지 혓바닥 같은 용설란

실눈 뜬 매화가

햇살을 훔쳐보며 빨랫줄에 걸린 구름을 거두어 간다

-「봄날 소묘」 부분

2. 길과 길 사이에서 만나는 길들

　세상에는 많은 길들이 있다. 차들이 다니는 길, 배와 비행기가 다니는 길, 사람과 짐승이 다니는 길 등 수많은 길이 있다. 그러나 이러한 길들은 성격상이나 용도상의 길일 뿐, 인간 내면의 정신적인 측면을 의미하는 길은 아니다. 구연분의「길」은 길과 길 사이에서 만나는 인간의 제도적인 길들과 삶의 길로 교차가 되는 길들이다. 그래서 길과 길 사이에서 만나는 길들이지만 인간의 서열과 계층에 따른 의미상의 길이다. 어머니의 길, 아버지의 길, 자식의 길로 구분을 하고 있으나 구연분의「길」은 길에서 어머니를 만나는 길로 나타난다.

가슴에 어머니를 품고

닳고 닳은 길이 날마다 온다

얼마나 많은 사람의 눈물과 웃음으로

짓밟히고 묻히며 오는 것인가

해가 지면 달을 지고 달이 지면 해를 지고

한 걸음 또 한 걸음 걸어오는 길

삶에 짓눌려도 꽃소식 희망 싣고 오는 길

불타는 열정과 싱그러운 젊음으로

당당하고 풍성한 수확의 기쁨

오색찬란한 나비 춤추는 길 따라

새하얀 눈으로 온갖 허물 다 덮어주고도

침묵하며 온다
작별의 인사도 없이 떠나버린 사계절에
마침표 찍은 종점이지만
끝남이 없는 길은 오늘도 내게로 온다
- 「길」 전문

"닳고 닳은 길 …… 삶에 짓눌려도 꽃소식 희망 신고 오는 길"이
자 "새하얀 눈으로 온갖 허물 다 덮어주고도/ 침묵하며" 오는 용도
상의 길이면서 "오색찬란한 나비 춤추는 길 따라" 오는 어머니의
길인 것이다. 이러한 의미와 같은 시로는 「산다는 것은」이 있다.

지금은
하나둘 떨어져 나가는 내 가지들을 보면서
고목보다는 버팀목으로 제 자리를 지킨다
물그림자에 비친
종잇장처럼 구겨진 얼굴
불타버린 숯 더미로 남은 가슴
마음고름 풀어놓고 뒤돌아보니
좋은 날은 좋은 대로 궂은날은 궂은 대로
감출 수 없는 세월의 무게를 저울질한다
- 「산다는 것은」 부분

「산다는 것은」 "내 인생은 내 것이라며 내 고집 씹으며/ 부모님

맘 헤아리지 못한 무지랭이/ 생각만 해도 가슴이 저려"오지만 부모님 마음을 헤아리지 못한 때늦은 부모에 대한 아픈 가슴이 저려오고 회한에 뼈를 깎는다. 부모는 자식을 이끌어 줄 길이 있고 자식은 부모의 마음을 헤아려 고집을 꺾어줄 자식의 길이 있는 것이다. 부모의 길과 자식의 길이 서로 소통이 되지 않거나 교착상태에 있을 때는 그 두 길은 반드시 불화로 상충하게 된다. 어느 한쪽으로만 치우치다 세월이 흘러 자식이 커서 부모가 되어 부모의 길을 들어 서보면 비로소 부모가 되어 겪어보는 부모의 심정을 때늦게 후회하게 된다. 마치 "물그림자에 비친/ 종잇장처럼 구겨진 얼굴/ 불타버린 숯 더미로 남은 가슴"처럼 "세월의 무게를 저울질"하게 된다. 「늦은 얼굴」 작품에서도 자식의 처지에서 부모에게 못해 드린 것을 후회하는 회한이 잘 드러나고 있다.

바깥 공기의 기척에

누가 왔을까

중은 염불을 멈추려고 했는지

마주앉은 부처를 바라보곤

살며시 눈을 감는다

인생은 그저 아랫목과 마당

밤사이 다녀간 하객인 듯하다

그래도

영창映窓엔 성애가 맺혔고

망울은 외짝 고무신이 놓인

섬돌 위로 떨어진다

　　　　　　　　　　　　　　　　　　　　　－「가승假僧」 부분

　이 시는 특이하게도 구도자의 길을 지적해내어 그 길의 세계를 "영창"을 통해 들여다보는 신비로운 성계聖界를 그려낸다. "영창엔 성애가 맺혔고/ 아침 염불에는 목탁 속이 비었다"는 표현을 빌려 "가승"을 직접적으로 지적하면서 스님의 길과 부처가 되고자 하는 길 사이에 성애가 맺혀 가리고 있음으로써 "바깥 공기의 기척에" 장애의 요인이 있음을 암시한다. 그러면서 "인생은 그저 아랫목과 마당/ 밤사이 다녀간 하객인 듯하다" 하면서 의미심장한 여운을 남기며 "영창엔 성애가 맺혔고/ 망울은 외짝 고무신이 놓인/ 섬돌 위로 떨어진다"로 결구를 맺는다. "성애가 맺힌 영창"은 "밤새 뜨겁던 아궁이"와 병치를 이루며 "가승"에 대한 상상력을 더욱 부추기고 "외짝 고무신이 놓인 섬돌"은 "가승"의 태연하지 못한 행동을 뒷받침해주면서 또 다른 상상을 유도해내고 있다. 그러면서 망울을 섬돌 위로 떨어지게 만든다. 구연분의 「가승」은 성계를 표현한 작품이지만 속계俗界를 동시에 표현한 작품으로 고도의 상상력을 이미지로 감춘 의미가 많이 분분한 작품임에는 분명하다. 어떻게 보면 그만큼 구연분만의 「가승」이 여러 갈래의 길을 만들어내면서 성애가 맺힌 영창을 밝히고 있다는 뜻일 것이다.

　이 외에 「대나무 2」, 「골목길에서 희망을」, 「때를 놓치다」 등 작품에서도 부모에게로 향한 자식의 길을 놓친 때늦은 회한을 잘 드러내고 있다. 이렇듯 구연분은 "골목길, 대나무, 얼굴, 발, 느티나무” 등의 대상에서 부모의 길이나 자식의 길을 비유적으로 사용하여 심급에 닿는 화자의 분명한 메시지를 잘 포착해낸다.

3. 일상 너머의 일상, 그 분주한 일상들

시에서 일상은 시로 획득되는 주요 대상들이자 인물들로 구성되어 있다. 따라서 일상은 시의 주된 제재이자 소재가 되기도 한다. 일상은 시의 씨줄이자 날줄이 되는 게 이런 까닭에서다. 일상에서 은연중에 하는 말이나 행동이 시로 옮겨질 때 시가 되는 것이다. 구연분에게 일상은 사람의 일생이고 하루 나절의 삶으로 나타난다. 시인의 사유 세계나 행동유형을 알려면 일상으로 빚어진 작품들을 읽어보면 대략적으로 그 시인의 심리상태를 파악할 수 있다.

<전략>

시어머니 한 끼도 거르시지 않는

찐된장의 유별난 사랑이

여전히 된장 그릇 앞에 앉아 계신다

금쪽같은 손주, 자궁에 품는 입덧이

솥뚜껑 열 때마다 진동하는 냄새

이 굴레만 벗어나면 난 진실로

천 리 밖 줄행랑하리라 했다

<중략>

시집살이 때 절대로 가까이하지 않겠다고
다짐했던 밥 위에 찐된장
시어머님 옆구리 끼고 살았던 것의 대물림

아아, 시어머님 발자국을 뒤따라가는
나를 발견한 내가
잠시 붉어지는 눈시울을 하고 있다
-「솥뚜껑을 열다 말고」 부분

　한 번도 거르시지 않는 시어머니의 유별난 찐된장 사랑이 솥뚜껑 열 때마다 화자는 자궁에 품는 입덧을 부추기고 천 리 밖 줄행랑으로 벗어나려고 결심했지만 화자가 다시 시어머님 따라가는 모습을 발견하고는 결국은 눈시울을 붉히고 있다. 구연분이 이 시를 통해 밝히는 것은 한 일상이 다른 일상을 견뎌내게 하거나 변혁시키기도 한다는 사실이다. 그리고 "절대로 가까이하지 않겠다고/ 다짐했던 밥 위에 찐된장"을 다시 대물림의 길로 시어머니를 뒤따라가는 자신을 발견한다. 일상은 습관적으로 파급되는 효과를 가지고 있지만 잘못된 정보를 전달하는 오류를 동시에 지닌다. 구연분에게 일상은 장을 보거나 밥상을 차리거나 김치를 담그는 여성

의 일반적인 생활에 시를 덧씌우면서 일상 너머의 일상으로 변주
시키는 서정적 자아 성찰이 있는 곳이다.

달구어진 무쇠솥에서 부대끼며 덖이는 아픔
거친 멍석 위에서 비벼대는 고통을 견뎌낸 후
서늘한 곳에 깐 돗자리에 지친 몸을 누이고
사소한 바람 소리에도 아득히 정신을 놓는다
지금은 멀리 달아나버린
뼈저린 아픔 승화 시키며 가파른 숨을 고른다
- 「한 잔의 절기」 부분

꽃샘추위에 깜짝 놀라
빼던 목을 움츠리며
원망하는 성급한 용술란
아지랑이 오는 양지에
기약 없는 기다림으로 주저앉은

대자연은 봄날의 기다림을 아직도 시험 중이다
- 「기다리는 봄날」 부분

해마다 오는 봄
처마 끝에 고드름 녹아내리고
일찌감치 봄날을 마중 나온 바람은 앞마당에서 서성인다

간밤에 뱉어놓은 무서리에 고개를 떨구면서

길 떠나는 나그네의 먼발치에서 머뭇거린다

-「세월」 부분

「한 잔의 절기」는 차가 만들어지는 일상의 과정을, 「기다리는 봄날」은 봄을 기다리는 일상 또는 기다림을, 「세월」은 "길 떠나는 나그네의 먼발치에서 머뭇"거리는 "세월"을 잘 획득해내고 있다. 그러나 구연분에게 이러한 일상의 특징은 삶의 욕구를 부채질하거나 다른 사람의 일상과 비교를 하거나 스스로 비하하지 않는다는 것이다. 이는 지금의 일상에 만족하고 "끝 가도록 동행"하는 믿음을 가지고 있으며 "우리는 알고 있지"라는 긍정적인 자세로 삶을 살고 시를 쓰고 있음을 간접적으로 드러내고 있다는 사실이다. 그만큼 일상이 주는 행복감에서 시를 쓰고 있는 구연분의 "봄날"은 "어디쯤에서 머무르고 있을까 생각을 하니" 그의 끝없는 시세계가 궁금하다.

4. 사랑과 사랑으로 견뎌낸 사랑들

사랑 시를 잘 쓰는 시인이 좋은 시를 짓는다는 말이 있다. 그러나 이것은 어디까지나 모든 시인이 동의하는 대답이 아닌 필자의 주관적인 주장이니 반신반의하길 바란다. 그 대신 시는 빚진 사랑에서 비롯된다는 존 스타이너의 말을 해주고 싶다. 시뿐만 아니라 모든 예술의 출발은 빚진 사랑에서 출발한다는 사실은 누구도 부정할 수 없을 것이다. 시의 근간을 이루는 서정이나 정서도 사랑에서 기인하여 빚진 사랑에 대해 빚을 덜어주려는 행위에서 출발한다. 앞에서 지적해온 봄과 계절, 길과 길, 일상과 일상, 그리고 이제 사랑과 사랑을 쓰려고 텍스트 작품을 읽어보니 사랑에 대한 시에 빼어난 작품이 많다. 생경한 비유도 좋고, 예상치 못한 결말도 참으로 신선해 보인다. 사랑은 서정의 주류를 이루고 살아남으려는 사람들의 솔직한 모습을 담대하게 묘사하게 해주기도 한다. 사랑은 근원적인 정서의 시작이기 때문에 시의 첫 문장이자 마지막 문장이 될 때가 있다. 구연분에게 사랑은 여러 대상을 내포하고 외연으로 감싸고 있는 것으로 드러난다. 그 일례로 들춰낸 작품이 「부부 싸움」이다.

방 안의 냉기가 소름 끼친다

한 몸을 이룬 날들이 불혹을 바라보지만

아직도 거꾸로 매달린 박쥐 같은 내 꿈들

생각하면 할수록 내 머릿속은

흔들어 놓은 맥주병 뚜껑을 따는 것 같다

마음이 둥근 사람은 우주도 끌어안는다던데

간밤의 냉기를 글썽글썽 녹여본다

죄끔도 미안해하는 기색 없이

벽을 밀고 잠자는 남편의 얼굴에서

선명하게 드러난 살아온 날의 흔적들

마음 한구석이 저려 온다

날마다 늙어가는 내 본래의 모습이기도 하지만

나에게 이 남자는 세상에서 가장 가깝고도 먼 화상

아침나절 빨래를 하면서 내내 마음을 헹구고 또 헹구었지만

내 가슴은 자꾸 손사래를 친다

오늘 저녁은 보글보글 끓인 된장 뚝배기 앞에 놓고

서로가 기대어 사는 소박함을 숟가락으로 부딪혀 보자

-「부부 싸움」 전문

  부부 싸움을 마치 바로 앞에서 보는 것처럼 사실적으로 잘 묘사
하였고, 심리적인 상태도 적절히 잘 구사하였다. 특히 마지막 연
두 행의 결구는 화해의 제스처를 암시하면서 소박한 "부부 싸움"
으로 잘 주조해낸다. "방안의 냉기, 흔들어 놓은 맥주병, 벽을 밀
고 잠자는 남편의 얼굴, 세상에서 가장 가깝고도 먼 화상" 등의 표
현은 부부 싸움의 전형적인 모습으로 나타내었다. 그러나 부부 싸
움은 "오늘 저녁은 보글보글 끓인 된장 뚝배기 앞에 놓고/ 서로가
기대어 사는 소박함을 숟가락으로 부딪혀 보자"는 마지막 연의 희
화적인 장면에서 화자가 남편을 대하는 긍정적인 자세로 돌아서
면서 구수한 된장찌개 냄새가 가득 차오르는 것 같다. 이와 비슷한
작품으로는 「삼치 한 마리, 우리 그이」가 있다.

무릎 연골이 삐거덕거리며 신음한다
참 많이도 걸어온 긴 시간들이 가져다준 것들
하얀 서릿발 내려앉은 머리
팽팽하던 세월의 실밥이 터져 늘어진 눈가
넓고 좁은 도랑물 흐른 흔적 남은 얼굴은
숨길 것 하나 없는 있는 그대로 다 드러낸
아예 터져버린 나의 한평생
처연한 지금의 내 모습이 안타까워
홀로 가슴앓이를 한다
내가 지금 힘주어 밟고 선 이 자리에서도
한순간의 머묾도 없이 시간은 흐르고 있다
-「늘그막의 쉼표」부분

　자신만의 아픔으로 견뎌온 한평생 안타까운 화자의 모습에 가슴앓이를 하지만 한순간의 머묾도 없이 아쉽게도 시간이 흐르고 있는 늘그막의 화자의 모습을 "도랑물 흐른 흔적"으로 지적해낸다. 그러나 후반부에서 보이는 "가슴 뛰는 일, 여유로움으로 승화, 이별 연습, 폭포수 같은 열정으로 호수같이 살다 바다로 가자"는 담대한 다짐에서 "늘그막의 쉼표"를 재정립하여 방향 전환을 하는 화자의 새로운 생에 대한 희망이나 의지가 버킷리스트처럼 힘차게 다가온다.

이제 막 길목을 돌아선 봄날

지난여름 집 나갔던 딸년이 돌아왔다

문전 박대하며 내친 모진 아비

혀끝에 매달린 눈물을 질겅질겅 씹으며 에미는

잠든 아비 몰래 굳게 잠근 빗장 열었다

날이 갈수록 딸년의 치마 밑이 볼록해지는 낌새

낡은 감옥의 천정이 무너지는 듯한 시간들을 견디는

에미의 마음은 아랑곳없이

아침나절의 햇살 받으며 딸년은 몸을 풀었다

-「목련이 환하다」 부분

　앞의 시가 화자 자신이 갈구하는 희망적인 의지를 시로 나타냈다면 이 시는 딸의 불안한 귀가에서 몸을 푸는 과정을 "목련이 환하다"는 시제로 엮어내고 있다. 화자는 딸의 이야기만 할 뿐, 자신의 감정을 드러내지 않는다. 구연분에게 봄날은 딸이 돌아왔고, 날이 갈수록 딸의 치마 밑이 볼록해지고 아침나절의 햇살 받으며 딸은 몸을 풀었을 뿐이다. 그런 사건을 겪은 구연분은 "목련이 환하다"라고 한다. 짧은 시지만 구연분이 딸을 목련으로 전이시키는 시작법은 신선하고 전개도 군더더기가 없이 처리가 잘 되었다. 아마도 「호박 넝쿨」과 더불어 수작이라 할 수 있다. 「호박 넝쿨」은 사랑과 사랑으로 견뎌낸 사랑들에서 보기로 잘 맞아 들어가는 대표적인 작품이다. 호박 넝쿨과 대나무 가지 사이의 관계에서 다른 나뭇가지를 더듬는 대나무를 포착하여 현시대의 자주 바뀌는 사랑을 비꼬는 것으로 나타내고 있다. 이 외에도 「텃밭에서 늙은 오이를 만났다」와 「내가 쏘는 날」, 「은행나무」 등에서 경험한 사실을 사랑의 한 형태로 풀어낸 작품들이 있다.

이제 구연분의 첫 시집 출간을 축하하며 그가 부재한 서정을 되찾기 위해 부단히 노력해 온 시인으로서의 자세에도 경의를 표하지 않을 수 없다. 구연분의 시세계는 그가 일상적으로 대하고 있는 삶의 자세에서 기인하고 있다는 점이다. 그가 지닌 삶의 자세는 언제나 위가 아닌 아래쪽을 살피는 데에 있다. 그만큼 그는 겸손하고 낮은 편에서 생명의 소중함과 사랑의 숭고함을 자각하여 왔다. 그의 이런 깨달음이 시를 이루고, 자아를 이루고, 세계를 이루어 냈다. 아래를 살피면서 아래부터 살아왔고, 그 아래와 함께한 많은 세월들이 어쩌면 그가 아래를 잘 보는 시인이자 위를 잘 보는 시인인지도 모른다.

구연분의 길은 길과 길 사이에서 만나는 길들이지만 인간의 서열과 제도적인 길들과 삶의 길로 교차가 되는 길들이다. "골목길, 대나무, 얼굴, 발, 느티나무" 등의 대상에서 부모의 길이나 자식의 길을 비유적으로 사용하여 심급에 닿는 화자의 분명한 메시지를 잘 포착해낸다.

구연분에게 일상은 사람의 일생이고 하루 나절의 삶으로 나타난다. 장을 보거나 밥상을 차리거나 김치를 담그는 여성의 일반적인 생활에 시를 덧씌우면서 일상 너머의 일상으로 변주시키는 서정적 자아 성찰이 있는 곳이다. 구연분의 일상의 또 다른 특징은 삶의 욕구를 부채질하거나 다른 사람의 일상과 비교를 하거나 비하하지 않는다는 것이다. 그 스스로 일상에 만족하고 믿음을 가지고 있으며 긍정적인 자세로 삶을 살고 시를 쓰고 있다는 뜻이다.

　구연분은 본질적으로 사랑 시를 잘 쓰는 시인이다. 사랑에 대한 빼어난 작품이 많고 비유와 결말도 신선해 보인다. 사랑은 서정의 근간을 이루고 살아남으려는 사람들의 솔직한 모습을 담대하게 묘사하게 해준다. 구연분이 시를 대하는 자세를 아래로 집중하는 까닭은 서정이 희박해지는 요즘의 현상에 부재한 서정을 되찾아 서정적 자아 성찰을 이끌어내는 데에 있다 하겠다.

 제2부 기억으로 추동하는

구심력으로 빚은 이타적인 자의식

윤현의 시집『시베리안 허스키』를 읽고

■

윤현의 첫 시집인『시베리안 허스키』에는 그의 이타적인 자의식과 그 내면을 지배하는 여러 대상으로부터 발화되는 감각적인 서정의 스펙트럼이 교직적으로 조화를 이루고 있다는 사실을 알 수 있다. 이를테면 "바람, 파도, 우주, 꽃, 꿈, 키위, 달, 십자가, 나무, 로드킬, 시베리안 허스키, 곤충, 벌레, 지하도로, 번데기, 나비" 등이 윤현의 자의식을 추동하는 대상으로 나타나, 결국은 시로 발화하는 궁극적인 대상으로 시의 여러 방향을 교직적으로 제시를 한다.

시를 엮어내는 씨줄에는 윤현의 가슴 속을 헤치고 터져 오르는 타자에 대한 순결한 사랑이 깃들어 있고, 날줄에는 벗어날 듯하면서도 벗어나지 못하는 자의식이 빚은 이타의 방식들이 얽혀 있다. 그래서 윤현의 시세계는 타자와 대상들을 밖으로 밀어내지 않고, 안으로 끌어들이는 이타적인 강력한 자장을 형성하는 특징을 지닌다. 윤현이 바라보는 타자에 대한 대상들은 "수조 개의 은하"(「우주」)에 떠 있는 "수천억 개의 별"들이 있는 우주로 나타내기도 하고, "그 무엇도 가두고 싶지 않"(「바람」)는 바람으로 흐르기도 하고, "헐벗고 주린 몸으로" "그 누구도 옆에 없"(「십자가」)는 그곳

에서 "제발 좀/ 내려오시"라는 "십자가"로 나타내기도 한다. 그러
나 이러한 대상들은 궁극적으로 화자를 벗어나지 못하고 오히려
화자에게로 파고드는 구심력의 자의식을 자극하는 대상물로 존재
한다. 윤현은 이러한 것들로부터 비관하거나 나약한 모습을 드러
내지 않고, 한 단계씩 정리를 하며 제자리를 찾아 돌아가는 모습에
서 그 자신의 이타적인 자의식을 타자에게 향한 이타의 방식들로
잘 포용하고 있음을 엿볼 수 있다. 다음의 시 「바람」에서 그 예가
잘 드러나고 있다.

나는 그 무엇도 가두고 싶지 않다

사람도, 개와 고양이도

새도, 풀벌레와 물고기도

그 무엇도 가두고 싶지 않다

철창과 목줄로 유지되는 사랑과 우정은

바라지 않는다

나는 한 줄기 바람이고 싶다

태양을 나침반 삼아 하염없이 떠돌다가

땀 흘리는 농부의 등줄기를 훑고

숲속 아가 새의 솜털을 만지다

노을빛 파도와 함께 너울대며

곤히 잠든 섬집 아기의 머리칼을

부드러이 넘겨주는 바람

 제2부 기억으로 추동하는

그런 바람 한 줄기로

그렇게 흐르고 싶다

-「바람」 전문

　윤현에게 바람은 "그 무엇도 가두고 싶지 않"은 진실하고 간절한 것으로 나타난다. 그의 가슴에는 항상 "사람, 개, 고양이, 새, 풀벌레, 물고기" 등이 "사랑과 우정으로" 존재하고 "땀 흘리는 농부의 등줄기를 훑고/ 숲속 아가 새의 솜털을 만지"기도 하는 바람이 있기도 한다. 그러면서 "그 무엇도 가두고 싶지 않"은 그의 바람은 "한 줄기로 그렇게 흐르고 싶"은 것으로 작용한다. 그에게 바람은 바람風 이전의 바람希으로, 그 의미를 품고 있는 시적 대상이라 할 수 있다. 바람은 화자가 희망하는 대상들을 가두지 않고 "그런 바람 한 줄기로 그렇게 흐르"는 바람과 희망을 동시에 자의식 강한 인식으로 획득해낸다.

　윤현에게 자의식의 대상보다는 그 대상에서 자의식을 되새기면서 어떡하든지 주제에 닿고 마는 확실한 시의 전개와 끈기를 견지한다는 사실을 자주 엿보인다. 작품「꽃」에서 "길가에 핀 꽃 한 송이에서/ 당신의 모습을 보았습니다"에서 꽃에서 당신의 모습을 보는 소극적인 자의식을 "꽃을 꺾지 않는 사람이 되었습니다"라로 화자가 꽃에서 자각한 인식의 세계를 확장하여 주제의 결말로 매듭짓는 모습이 잘 나타난다. 또「우주」의 작품에서도 "수조 개의 은하"에서부터 "내게는 우주가 너 하나보다 작더라/ 내게는 너 하나가 우주보다 크더라"라로 "은하, 태양, 행성, 지구, 사람"이 하나의 우주로 그 넓이를 넓혀가나, 내게는 너 하나가 우주보다 크더라고 하는 이타적인 자의식의 귀착으로 위무를 주고받는다. 「파도」, 「검은 달 」, 「그곳으로」 등 모두 같은 예의 작품들이다.

■

　자의식은 어디에서 기인하는 것일까? 의식은 개인의 환경, 신체, 생활양식을 인식하고 있는 상태이지만, 자의식은 그러한 인식을 알아차리고 있는 것이다. 그래서 자의식은 개인이 의식적으로 자신의 성격이나 느낌, 또는 동기나 욕구를 잘 이해하는 방식이다. 윤현은 이러한 개념을 바탕으로 하여 철저하게 자신을 통제하고 통찰하여 온 것으로 작품에서 이미 다 드러낸다. 그에게 「십자가」는 저희는 그럴 가치가 없으니 제발 좀 내려오라고 도저한 말을 하는 대상으로, 「빈곤의 시대」에서는 굶주리고 헐벗고 떠도는 이들 역시 여전한데, 가질 줄만 알고 나눌 줄은 모르는 "빈곤의 시대"를 적나라하게 드러내거나, 또 「한때는」에서 씨앗 한 알부터 아가 새 한 마리까지 비루하고 보잘 것 없는 속에 숨어 있는 찬란함을 들추어 화자 자신의 처지와 다를 바 없는 한때의 자의식이 빚은 쓸쓸한 바람의 욕구를 지적해낸다. 그러나 「사계」에서 나타나는 자의식은 방에 갇힌 듯한 매 한 마리를 노출 시킴으로써 "방에는/ 장난감 매 한 마리"로 윤현 자신에 대한 자의식의 극점을 확실히 보여준다. "사계"에는 "움트는 새싹, 우는 뻐꾸기, 나는 제비, 춤추는 갈대, 피는 동백" 등의 대상이 나타난다. 이들 대상은 모두 다 "고요한 땅이나 안개 낀 산, 또는 흐르는 강, 빈 벌판"에서 타자의 공간으로 화자를 끌어들이는 공간으로 작용한다. 그러나 윤현은 계절이 사계로 바뀌어도 그가 있는 방에는 계절의 변화가 없다. 단지 방에는 매 한 마리가 있는데, 그 매 한 마리마저 구심력으로 빚은 장난감 매일 뿐이다. 진짜 매가 아닌 장난감 매 한 마리는 화자 자신의 장난감 매 한 마리로 화자가 사계로 떠도는 매 한 마리를 꿈꾸는 자의식 속의 매 한 마리인 것이다.

대체 언제까지 거기 계시렵니까?

헐벗고 주린 몸으로

피 흘리고 신음하며

그 높고 추운 곳에 홀로

그 누구도 옆에 없이 오직 홀로

대체 언제까지 그렇게 계시렵니까?

내려오시지요

저희는 그럴 가치가 없습니다

저희는 필요로 할 때만 당신을 찾습니다

저희는 저희의 머리에 왕관을 쓰기 위해

당신의 머리에 면류관을 씌우고

저희는 저희의 손발에 금을 두르기 위해

당신의 손발에 못을 박습니다

그러니

이제 내려오시지요

제발 좀

내려오시지요

-「십자가」 전문

　윤현에게 "십자가"는 마음의 안식처였을 것이다. 그러면서 동시에 자의식이 발로하는 불편한 대상이기도 하였을 것이다. 이 시는 윤현의 시를 관통하는 주제나 자의식의 일면을 잘 보여주는 작품이다. 첫 행에 나타나는 "대체 언제까지 거기 계시렵니까?" 이 도저하고 자조적인 표현은 윤현의 자의식을 극명하게 잘 드러낸 부분이다. 아직도 헐벗고 신음하며, 누구도 옆에 오지 않는 높은 그곳에 대체 언제까지 그렇게 마냥 계시렵니까?하고 저돌적이고 단도직입적으로 언성을 높인다. 필요할 때만 저희는 당신을 찾았으니 그럴 가치가 저희에게 없으니 내려 오라고 말한다. 저희가 힘들고 어려울 때만 당신을 찾아서 잘못을 했으니 그만하고 내려 오라고 한다. "저희는 저희의 머리에 왕관을 쓰기 위해" 또는 "저희는 저희의 손발에 금을 두르기 위해" 당신의 손발에 못을 박고 저희가 필요할 때만 당신을 찾았다고 이타의 그릇된 성토를 한다. 그러나 윤현은 이타의 그릇된 방식마저 강력한 자장으로 원죄의 구심으로 끌어들여 제발 좀 내려와 달라고 화자는 긍정의 자의식으로 말한다. 이러한 장면에서 나타나듯이 윤현에게 자의식은 부정적이거나 타나토스를 향한 일방적인 행위가 아닌 자의식 이후에 환기

되는 희망적인 요소나 방향 전환을 취하고 있다는 사실을 발견할
수 있다.

■

윤현의 작품을 받아 처음부터 읽어내려가는데, 명치끝을 누르며
가슴을 먹먹하게 하는 몇몇 작품이 눈에 띄었다. 그 중에서 단연코
눈에 들어 온 작품은 「로드킬」이었다. 시의 마지막 부분에서 씻겨
나가는 고양이의 피와 나의 것과 조금도 다를 바 없이 – 따뜻했더
랬다의 장면은 그가 생명에 대한 이타의 자의식을 내다보는 것 같
아 가슴이 더욱 참담하였다. 수전 손택에 의하면 문학 작품 속에
서 질병이나 죽음은 작품을 이끌어가는 일종의 은유라고 했다. 윤
현에게 이런 한 가지 애틋하고 절박한 은유가 있었다면 그것이 꼭
타자를 위한 이타의 순결한 한 방식이어야 했는지 궁금하기도 하
다. 그에게 고양이의 죽음은 "나의 것과 조금도 다를 바 없는"(「로
드킬」) 따뜻한 것으로, 혹은 "포옹처럼 다정히도 일렁이던 그 불
꽃"(「재」)인 것으로 타자를 위한 고귀한 이타의 한 방식으로 슬프
게 잘 획득해낸다.

그리고 다른 한편으로 자의식을 대하는 시선을 가지고 있는데,
그것은 삶에 대한 진지한 자세나 어떤 이치에 대한 사유의 세계를
외연 해내고 있다는 점이다. 작품 「라면」에서 삶의 참맛을 볼 수
있는 방법에 대해 희화적으로 나타내기도 하고, 「이치」라는 작품
에서는 인생과 인연에 대해 철학적인 단계로 끌어올려 사유를 확

장해주고 있다. 그런 반면에 「송곳니」에서는 토지나 황금에 얽매이지 않는 시대를 달라고 부르짖으며 송곳니를 드러내어 배금주의에 대해 경고를 하는 작품도 있다.

산책을 마치고 돌아오던 한여름의 밤
스치는 선선함 속에서, 나는 보았다
도로 위에 쥐포처럼 납작이 깔려 죽은 고양이 한 마리를
도로 위에 핏자국을 길게 흘리고 죽은 고양이 한 마리를

나는 목각인형처럼 우두커니 한참을 서 있다
짓이겨져 나온 고양이의 핏발 선 눈앞에 한참을 서 있다
고양이를 들고 걸었다
사람이 볼 수도 해칠 수도 없는 수풀을 향해
사람이 떠들 수도 놀릴 수도 없는 수풀을 향해
축 늘어진 고양이를 들고 걸었다

비척이는 발걸음으로 집에 돌아와 손을 씻는데
차가운 수돗물에 하늘하늘 씻겨 나가는 고양이의 피는
물줄기를 연붉은빛으로 물들이며 씻겨 나가는 고양이의 피는
나의 것과 조금도 다를 바 없이–따뜻했더랬다
– 「로드킬」 전문

　　며칠 전 산행을 마치고 내려오다 주차장 입구 가까이에서 조금

전 지나간 차에 로드킬을 당한 꽃뱀을 보았다. 배가 눌렀는지 배에 상처가 길게 나 있고, 입에는 채 먹지 못한 개구리가 물려 있었다. 차를 타고 다니다 보면 종종 로드킬을 당한 동물들을 보게 된다. 아마 윤현이 본 로드킬도 그러했을 것이다. 산책을 마치고 돌아오다 한 여름밤에 마주친 고양이의 로드킬에서 윤현은 사람이 해칠 수 없는 수풀을 향해 축 늘어진 고양이를 들고 걸어 들어간다. "비척이는 발걸음으로 집에 돌아와 손을 씻는데/ 차가운 수돗물에 하늘하늘 씻겨 나가는 고양이의 피"가 "나의 것과 조금도 다를 바 없이 – 따뜻했더랬다"라고 한다. 씻겨 나가는 고양이의 피가 물줄기를 물들이며 씻겨 나가는 고양이의 피가 나의 것과 조금도 다를 바 없이 느껴지는데, 고양이의 피와 나의 피가 조금도 다를 바 없이 따뜻했더랬다고 하면서 서로의 온기에 대한 생명의 존귀함을 감지해낸다. 마지막 행의 "따뜻했더랬다"의 부분이 시의 완성도를 높이는 역할을 잘 해내게 시어 선택을 한 그의 고민이 고양이 피같이 다가온다.

■

윤현, 그는 세상을 향해 하고 싶은 말들이 많으나 그가 바라보는 곳은 높은 곳이나 부의 축적이 아니라 주위의 사소한 "지하도로" 같은 곳이며, "벌레" 또는 "번데기" 같은 바닥부터 시작하는 생명들의 삶에 있다. 그에게 절실한 "어떤 기억"은 "두 눈 가득 고인 눈물로 보름달이 흐려"(「어떤 기억」)지는, 타자나 대상으로 "소중한 기

억을 묶고 있었다.” 그 소중한 기억이 구심력을 갖고 차츰 안으로
파고들 무렵, 윤현은 사막 속에서 토끼를 잡고, 그의 이타적인 바
람은 “거대한 해바라기를 묻고 열 개의 수수께끼를 풀어야 만날
수 있는 원주민”(「사막 나비」)을 만난다. 그러나 구심력 속에서의 윤
현은 “살을 에는 겨울”에 “지하도 화장실 변기 칸”(「지하도로부터의
수기 2」)에 앉아 있다. 그러면서 “개인적으로 저는 그런 점검은 하
지 않아 주었으면 합니다”라고 애원한다. 그 짧은 시간, 긴 추위에
지하도로 양철 벤치에 앉아 “햇살 받는 병아리처럼 꾸벅꾸벅 졸고
만”(지하도로부터의 수기 3」) 싶다는 사소한 바람을 진솔하게 토해낸
다. 젊은 나이에 비해 인생을 너무 많이 알아버린 윤현, 이러한 일
련의 삶의 과정이 그에게 시적으로나 철학적으로 사유하게 할 수
있는 밑바탕이 되지 않나 싶다.

　「지하도로부터의 수기 1」에서는 삼립 크림빵과 황석영의 소설
「삼포 가는 길」이 등장한다. 윤현은 삼립 크림빵을 먹을 때마다
황석영의 「삼포 가는 길」과 어머니가 떠오른다. 소설 끝부분에서
일행이 헤어질 때 극중인물 노영달이 백화에게 준 것이 삼립 크림
빵이고, 어머니가 좋아하는 빵이 삼립 크림빵이어서 어머니가 떠
오른다고 한다. 여기서 윤현이 평소에 어머니를 어떻게 대하고 있
는지 짐작하게 해준다. 그에게 어머니는 삼립 크림빵을 좋아하는
시인이자 억척스럽게 삶을 살아온 백화 같은 여자처럼 엄마의 엄
마로 존재하길 바라는 것이다. 그러면서 어쩌면 영원히 윤현의 곁
을 떠날 수 없이 자꾸만 안으로 파고드는 구심력을 추동하는 이타
의 대상인지도 모른다.

벌레 같은 놈? 벌레 같은 놈이라고요? 아니 잠시만, 잠시만요. 그 말을 쓴다는 건 당신은 벌레가 사람보다 못하다고 생각하는 겁니까? 당신은 사람이 벌레보다 낫다고 생각하는 겁니까? 진실로, 진실로 그렇게 생각하고 있는 겁니까?

－「벌레 같은 놈 1」 부분

그러니 부디 다시 생각해 주십시오 세상에 벌레 같은 놈이란 건 없습니다 '벌레 취급'을 해도 괜찮은 사람, 가지고 놀고 학대하고 짓밟아도 괜찮은 사람은 없습니다 '벌레 취급'을 해도 괜찮은 벌레 역시 없습니다 벌레 같은 놈이라는 말이 목구멍에서 울컥거릴 때는, 부디 떠올려주십시오 그 말에 끔찍하고도 잔혹한 혐오의 씨앗이 움트고 있음을, 벌레에게도 '벌레 취급'을 받는 사람에게도 당신에게도 고통과 슬픔만을 안겨줄 재앙의 씨앗이 움트고 있음을 부디

－「벌레 같은 놈 2」 부분

윤현에게 구심력의 자의식이 두드러지게 나타나는 작품은 「벌레 같은 놈 1」이나 「벌레 같은 놈 2」 작품에서 사실적으로 잘 드러난다. "벌레 같은 놈?" 이 단적인 표현은 화자에게는 타자화된 대상이라 하더라도 "벌레보다 낫다고 생각하는" 일반적인 사고와 마찬가지이므로 자신을 스스로 벌레로 비하하는 이타적인 자의식에서 기인하는 쓸쓸한 일면을 잘 드러낸다. 그리고 무엇보다도 화자는 자신의 처지를 비관하거나 남 탓을 하지 않고 이타의 자세로 온전히 받아들이는 자세를 취하고 있다는 사실에서 그의 일관성 있는

면모를 볼 수 있다는 것이다. 그러나 「벌레 같은 놈 2」에서는 "세상에 벌레 같은 놈이란 건 없습니다"고 항변한다. 그리고 더 나아가 "벌레 취급"에 대한 경계나 수위를 조절하며 오히려 벌레 취급을 하면 당신에게도 고통과 슬픔의 재앙이 움튼다고 경고를 한다.

…무서웠어요 너무 무서웠을 뿐이에요 같은 환경에서 사력을 다했는데도 누군가는 엉망진창으로 망가진 기형으로 태어날 수밖에 없다는 사실이, 그리고 그 기형을 평생 짊어지고 가야만 한다는 사실이 견딜 수 없도록 무서웠어요 번데기들이 우화한 사육통과 그 사실을 떠올리게 만드는 장수풍뎅이와 사슴벌레들이 있는 다른 모든 사육통까지, 그렇게 방치해버릴 수밖에 없었어요

우리 모두 카프카의 그레고르 잠자가 아닐까 생각해요
-「번데기 2」 부분

여기서 윤현은 한발 더 나아가 「번데기 2」에서는 프란츠 카프카의 「변신」의 주인공 고레고르 잠자를 인용해 "엉망진창으로 망가진 기형"의 사실과 그 기형을 평생 짊어지고 가야만 한다는 사실이 더 고통스럽고 무섭다고 말한다. 이는 잠자가 어느 날 아침에 한 마리 벌레의 모습으로 변신하게 되며, 가족과 주변 사람들에게 버림받은 채 고독한 죽음을 맞게 되는데, 여기서 영원히 벗어날 수 없는 현대인의 부조리한 삶의 현실과 조금도 다르지 않다는 것을 안으로 끌어들이는 타자들의 여러 형태로 반증해낸다.

 제2부 기억으로 추동하는

들판에 외로이 핀 너

나그네 가는 길 길동무 돼주는 너

풀벌레 노래할 때 들어주는 너

들에 구름 만드는 너

그런 너를 보러 갔을 때

넌 이미 가고 없더라.
- 「들국화」 전문

　윤현의 시에서 감내하기 큰 고통은 그가 스쳐온 지난한 내력에 대한 통점을 구석구석 짚어내는 슬프고 고독한 발자취를 추적하는 것이었다. 윤현은 이제 더 이상 들국화 핀 들판을 외로이 걷지 않을 것이며, 풀벌레 노래를 들어주거나 들에 구름이 만들어질 때, 구심력을 벗어나려는 자의식으로 발로하여 타자들의 삶에 대한 방식을 이타적으로 받아들일 준비를 하고 있다. 대상과 대상끼리 서로 맞닿아 다시 "환한 인연"으로 맺어지면 주지 스님은 말없이 비질을 하고, 동자승은 솔방울을 줍는 어느 겨울 날, "아이가 웃으면 세상이 환해"(「환한 인연」)지는 경계에서 또 만나는 타자들과의 고귀한 인연을 보게 될 것이다.

■

　윤현이 꿈꾸며 사유하고 경험한 모든 것들이 수사나 은유로 표현될 때, 그 자신의 구심력 축에 버티고 있던 유토피아가 있었을까? "고독한 자의 말"로 물든 그의 목소리와 눈빛도 이타로 가득한 구심에 맺혀 있었을까? 윤현의 시세계에서 유토피아는 낮이 와도 저물지 않는, 날이 지나도 기울지 않는 "검은 달"로 나타난다. 그의 시 속에 나타나는 은유는 하늘과 당신 사이에 있는 검은 달이다. 검은 달은 하얀 도화지를 더 하얗게 보여주기 때문이라고 윤현은 말한다. 윤현은 서로 다른 사물이나 명암을 대비하여 명확한 이미지를 들춰냄으로써 자의식의 명도를 스스로 제어하는 감각적인 시를 써 왔다. 그 대표적인 시가 「그곳으로」이다. "새를 가두지 않고 꽃을 꺾지 않는 그곳으로", "부유함이 가난에게 문을 닫지 않는 그곳으로" 등의 표현에서 자신의 감정을 통제하여 "그곳으로"에 대한 기대와 희망을 담담하게 표현한다. 또 「아저씨」의 작품에서는 "다른 사람들로부터 늘 구박을 받고 했던, 아저씨의 땀에 젖은 조그마한 등판을 바라보며" 자꾸만 서글퍼지는 윤현의 이타적인 솔직한 심정을 토로하는 장면도 눈에 띈다. 여기서 윤현이 대하는 사물이나 사람에 대한 인정이 두텁고 그 자신의 심성 또한 연민으로 가득 차 있음을 알 수 있다.

　"그 무엇도 가두고 싶지 않다"는 윤현의 기본적인 바람은 벌레 취급을 하는 사람들로부터 혐오의 씨앗으로 움트고, 너를 보러 갔을 때 넌 이미 가고 없는 장면에서는 자신의 "고독한 말"이 타자를 거쳐 이타의 노래가 될 것을 직감한다. 간절한 바람은 어긋나지 않게 오지 않고 평행선으로 마주할 때, 그 심리적인 저지선은 더 크게 무너지는 법이다. 「로드킬」에서 하늘하늘 씻겨 나가는 고양이의 피가, 물줄기를 연붉은빛으로 물들이며 씻겨 나가는 피가, 나의 것과 조금도 다를 바 없이 따뜻했더랬다의 표현에서도 그는 최선의 은유라고 타자를 구심력으로 끌어들일 것이다. 그러면 구심력 또한 최선의 이타적인 사유로, 윤현에게 담대하고 기억할 수 있는 이타의 은유로 대상을 제공해 줄 것이다.

윤현의 시세계는 "은하"와 "별"이 항상 존재하는 순결한 공간의 우주이자, "칼날처럼 매서운 눈보라가 몰아치는 날"을 견디며 달리고 또 달리는 "시베리안 허스키" 같은 삶에 대한 애착과 생명의 고귀함이 내재한 공간 등으로 가득 차 있다. 이러한 공간에서 윤현은 대상들을 밖으로 밀어내지 않고, 오히려 안으로 끌어들이는 이타의 행위를 취한다. 그 행위에서 원인과 결과에 상관없이 윤현은 그 대상들에게서 실망이나 좌절, 또는 비관이나 부정 등을 전혀 드러내지 않고 순백의 이타적인 방식으로 받아들인다. 여기에 윤현의 시세계를 이루고 있는 구심력이 빚은 이타의 방식들이 여러 층위로 존재하고 있음을 알 수 있다.

윤현이 진실로 바라던 그 무엇도 가둘 수 없는 지경과 동물과 곤충을 모두 치료할 수 있는 동물병원이 희망처럼 다가오길 바란다. 또한 "칼날처럼 매서운 눈보라가 몰아치는 날도 있을 것이고/ 주린 배를 움켜쥐고 잠 못 이루는 날도 있을 것이며/ 한밤중 들려오는 늑대들의 울음에 몸서리치는 날"(「시베리안 허스키」)들에서 잘 견디며, 타자의 힘으로 구심력에서 잘 적응해가기를 기원한다. 순록

을 치는 기운으로, 물범 가죽을 얻으러 달리고 또 달리는 윤현의
"시베리안 허스키" 같은 시를 다음에 또 볼 수 있도록 지침서가 되
어 달라는 뜻에서 아래에 부기를 해 놓는다.

이곳이 아닌 그곳에서라면

황금 따위를 받들며 매연과 소음만이 가득한 이곳이 아닌

광활한 순백의 대지에 눈과 바람이 속삭이는 그곳

그곳에서라면 나는 너와 함께 걷고 또 달렸을 것이다

세계의 아침을 밝히는 붉은 태양을 맞으며

여기저기 흩어져 풀을 뜯는 순록 떼를 치며

바닷가 이웃 마을에 물범 가죽을 얻으러 가며

그렇게 그곳에서 나는 너와 함께 걷고 또 달렸을 것이다

칼날처럼 매서운 눈보라가 몰아치는 날도 있을 것이고

주린 배를 움켜쥐고 잠 못 이루는 날도 있을 것이며

한밤중 들려오는 늑대들의 울음에 몸서리치는 날도 있겠지

그래도 그곳에서 나는 너와 함께 걷고 또 달렸을 것이다

그러나 이곳은 그곳이 아닌 이곳이기에

너는 분뇨조차 치워주지 않는 잔인한 주인의 앞마당에서

살갗을 파고드는 녹슨 사슬에 매여 짓무른 눈을 껌뻑이고 있고

나는 상념조차 허락되지 않는 각박한 사회의 한복판에서

심신을 갉아먹는 숫자놀음에 매여 무거운 등짐을 나르고 있구나

-「시베리안 허스키」전문

제3부
음영의 존재를 끌어안는

음영의 존재를 끌어안는 시선들

– 김정웅의 작품론

　김정웅의 시편에 나타나는 음영은 "바람의 행적, 목적지를 잃은 내비게이션, 둘로 포갤 수 없는 안과 밖, 초침이 멈춘 오후 세시의 기억, 바깥이 없는 안, 살던 곳의 주소가 낯설어지는 날, 습관처럼 주머니 속 동전을" 더듬는 것으로 나타나거나 "출석을 불러도 대답 없는 교실, 막연한 어딘가를 자주 본다는 것, 그리고 혼잣말 욕지거리는 듣는 이 없이 계속되고 있는" 존재와 부재 사이의 갈림길에 놓여 있기도 하다. 그에게 존재는 애초에 없는 시작에서 시작을 찾고 있지만 그 단서는 둘로 포개질 수 없는 안과 밖이 가지고 있다. 둘로 포개지려고 매번 시도는 해보지만 초침이 멈추고 타자의 질문에 시작 같지 않던 시작이 있을 수도 있다는 생각에 스스로 자전을 하게 된다. 자전은 안과 밖을 포개려는 시작이지만 오후 세시의 시간은 매번 멈추어 있고 화자는 바깥으로만 포개어진다. 안의 것이 존재이든 밖의 것이 부재이든 그 양자 간의 존재와 부재는 음영을 위한 존재로, 삶의 다양한 층위를 경험하면서 시적진실을 축적해나가는 과정이 아닌가 싶다.

1. 안의 존재와 밖의 부재

다섯 작품에서 보여준 김정웅의 시들은 음영의 존재를 끌어안고 있는 시선들로 꽉 채우고 있다. 시와 시어가 관계하는 다의성, 불안한 경험을 상상력이나 필연적인 관계로 "시작 같지 않던 시작일 수도 있"는 것으로 밝혀내려고 부단히도 노력하는 모습이 엿보인다. 오후 세시와 잘 풀리지 않는 나사가 불러일으키는 자의식에서 "세상 모든 조여지는 것들에 대하여 생각"하다가 자아의 존재와 타자들의 관계에 긴장하기도 한다. 음영에 대한 존재를 따뜻하게 끌어안는 시선은 자의식과 불안한 경험을 바탕으로 한 화자로부터 비롯된다. 과거의 경험을 이미지로 잘 재현해내는 시인이 좋은 작품을 짓는다.

초침이 멈추는 오후 세시의 기억

너무 고요해서 지독하게 소란스러웠던 시간

여기 뼈가 만져지지 않느냐고 말하던

당신의 물컹한 질문이

어쩌면 우리의 시작 같지 않던

시작일수도 있겠다는 생각만

안에서 자전해요

-「오후 세시」 부분

김정웅에게 경험은 존재를 적출해내거나 결합시켜내는 거대한

통로로 이용되고 있다. "애초에 시작이 없"는 것을 시작을 찾는다
며 "둘로 포개려고 한 시도"는 "오후 세시의 기억"의 시간에서 "시
작 같지 않던/ 시작일 수도 있겠다는 생각"으로 "자전"을 하고 있
다. 안과 밖을 둘로 포개려고 한 시도는 애초에 없는 시작이고 타
자를 찾는 시작이다. 그 시작의 시간은 오후 세시다. 오후 세시는
강물과 바닷물이 서로 마주치는 정수의 시간이고 비로소 존재와
존재를 둘로 포개려고 하는 시간이고, 시작 같지 않던 시작을 자전
으로 시작할 수 있는 오후 세시가 주는 존재의 시간이다. 오후 세
시에서 느끼는 화자의 존재에 대한 시간은 "뼈를 찾는 길, 거울 속
에 있는 식탁, 당신의 물컹한 질문"을 통해 존재의 사실을 현미경
처럼 확대시키고 있다.

공중전화 박스를 발견하고
습관처럼 주머니 속 동전을 더듬는다
지금은 사라졌을 옛 전화번호로
한 통 걸어볼까 하는 생각이
작은 옥상 장독대를 지나는 빨랫줄에
헛웃음처럼 걸리고
−「공화동 터키 행진곡」 부분

　　김정웅은 시에서 자기존재의 암시로 시간이나 공간을 분명하게
나타내고 있다. 이는 경험을 불러일으켜 시에 나타내는 전형적인
기법이며 독자와 관계를 허무는 가장 쉬운 방법이다. 그러나 그 전

개방식은 많은 이미지의 중첩이나 서사로 이루어져 있어 중요한 존재에 대한 단서를 놓치기가 쉽다. 그래서 김정웅이 잊지 않게 눈에 띄거나 귀에 익은 소리를 통해 "살던 곳의 주소가 낯설어 지는 날"의 존재를 각인시키기 위해 쓴 것이 공화동이라는 공간과 터키 행진곡이라는 음악적 요소를 선택하고 있다. "공화동 터키 행진곡"은 그에게 단순히 벚꽃이 지기 시작하는 "비좁은 골목동네"가 아닌 "습관처럼 주머니 속 동전을 더듬"으며 "지금은 사라졌을 옛 전화번호로 한 통 걸어볼까 하는" 자기 존재에 대한 실마리를 갖게 해준다. 이러한 실마리는 "출석을 불러도 대답 없는 교실에서/나만 홀로 먹다 만 도시락을 닫는" 모습으로 또는 "시끄럽게 울리는 교무실 다이얼 전화기" 소리나 "수취인 불명의 반송 편지처럼" 서러운 기색으로 나타나기도 한다. 이것은 과거 경험이 주는 존재에 대한 일반적인 특징으로 언제든 함께 도시락을 먹거나 군대 간 막내가 보낸 편지를 다시 받을 수 있는 여지에 대한 희망으로 "터키 행진곡" 같은 존재로 표출될 수 있음을 암시해준다.

지금은 사라졌을 옛 전화번호로 전화를 걸어 볼까 하는 생각에 습관처럼 주머니 속 동전을 더듬는 것은 출석을 불러도 대답 없는 교실에 다를 바가 아니며 수취인 불명으로 반송되어 오는 편지와 같으니, 이것은 존재가 의식을 규정한다는 사르트르의 명제를 수용하여 과거의 존재를 인식할 수 있는 모든 인간적 가치를 부재가 아닌 존재의 상태로서만이 가능하다는 인식에서 비롯되었다고 볼 수 있다.

눈 마주칠 일 없는

 제3부 음영의 존재를 끌어안는

막연한 어딘가를 자주 본다는 것,

불안한 눈길 놔둘 곳 하나 없이

무너지는 구석만을 바라봐야 하는 경험을

해 본 사람은 안다

-「기념사진」 부분

　앞의 시들이 존재의 음영에 대한 불편한 모습을 나타내고 있다면「기념사진」은 존재가 아닌 화자가 바라본 타자의 부재에 대한 시로 나타나고 있다. 복지시설에서 단체기념사진을 찍는 순진하게 웃고 있는 아이들에서 "무너지는 구석만을 바라봐야 하는 경험을 해 본 사람"까지 단체 사진을 찍는 모습에서 화자의 무너진 심경에 닿은 과정은 쉽게 응시를 피할 수 없는 경험이 있는 듯하다. 소녀의 자리에 하얀 목련이 피어 있는 것으로 대치가 되고 (기념사진은 안 찍을 일이다)로 부재의 상황을 불안하게 증명해내고 있다. 이러한 사실은 "금이 간 담장 밑 키 큰 해바라기는/ 하루 종일 뜨거운 하늘만 응시"하거나 "무너지는 구석만을 바라봐야 하는 경험을/ 해본 사람은 안다"는 부재의 노출에서 알 수 있다.

　김정웅에게 "기념사진"은 "막연한 어딘가를 자주 본다는 것"이고 "해도 먼 산만 쳐다보는 날"로 (기념사진은 안 찍을 일이다)라고 부재에 대한 회의의 심정이 단적으로 잘 드러나 있다. 여기서 문장부호 (　)는 부재에 대한 거리이자 화자의 넓고 깊은 이타애의 공간이라 할 수 있다.

2. 살아가는 존재에 대한 방식의 Sign

　존재는 주로 실존의 양식에 대한 문제의 대상이기도 하였다. 그래서 존재에 대한 의미나 탐구 없이는 다양한 상황에 노출되는 사람들은 이 가능성을 선택하거나 맞닥트려야만 했다. 가능성을 선택해야만 하는 사람들은 타자와의 관계에서도 성립이 되기 때문에 존재는 항상 인간들이 있는 곳에 같이 속해 있다.

세상 모든 조여지는 것들에 대하여 생각한다
동냥젖을 먹는 강아지의
빈젖을 향하여 달려드는 입,
빈약한 벽에서 무거운 액자를
버티는 나사,
마음 떠난 이를 억지로 붙잡아 보는
떨리는 손가락,
–「나사」 부분

　김정웅의 시에서 존재에 대한 자의식이 가장 뚜렷하게 나타난 시는 「나사」이다. 화자 자신의 정신적 내면의 긴장을 풀리지 않는 나사를 통해 잘 나타내고 있다. 김정웅은 현역 치과의사이며 시인이다. 그래서 시에 치과 전문용어나 병원에 관한 이야기가 자주 등장하는 것이 그 이유다. "조여진 나사 하나가 풀리지 않는다" 하면서 현실의 불안정한 긴장을 강조하며 "식은 땀이 흐르"는 화자의 존재에 대한 방식을 "싱킹?/ 메탈 슬러지?/ 삽입철거로 오류?"라는 방식의 사인으로 나열하게 된다. 풀리지 않는 나사에서 갖게 되는 세 가지 긴장은 화자의 불안한 존재를 "수치스러운 기억"으로 단단히 박히기도 하나 김정웅은 이러한 상황을 반성이나 성찰로 바꾸는 자세를 취한다. 그러면서 "세상 모든 조여지는 것들에 대하여 생각"하며 현현하는 모든 것들을 부정하고 대립되는 것으로 파악하여 "빈 젖을 향하여 달려드는 입, 무거운 액자를 버티는 나사, 떠난 이를 억지로 붙잡아 보는 떨리는 손가락"을 인간 실존의 가능성이 존재의 절대적 자유에 그 한계가 있음을 강조하기도 한다. 김정웅에게 존재는 비단 자의식뿐만 아니라 다른 존재와의 관계로서 자아를 넘어서는 초월성의 긴장을 풀려는 정신적인 면에서 기인하고 있음을 알 수 있다.

이제는 혼자가 된 집에서도
한 번씩 터져 나오는 그녀의 원망 섞인
혼잣말 욕지거리는
듣는 이 없이 계속되고 있고
검정 염색마저 바래서 하얗게 새버린 밤도
그녀에게 마지막 악수를 건네려는지 깜빡이고 있다
-「요양병원 보내는 날」부분

「요양병원 보내는 날」은 주부 구단의 눈썰미를 가진 팔순 노모가 마지막 악수를 하며 아버지를 요양병원으로 보내는 모진 심정을 서사적으로 잘 드러낸 작품이다. 그러나 다른 한편으로는 서사적이라기보다는 일찍이 바흐친이 주장한 언어를 수반한 주체들을 사용함으로써 다양한 이해관계, 가치평가를 기록한 대화 혹은 상호작용의 사인이라고 볼 수도 있다. 화자와 청자가 주고받는 사실상의 대화가 존재의 방식에 분위기를 환기하는 기호이자 존재의 의미를 일깨워주는 요소가 되기도 한다. 다시 말하면 화자와 청자와의 사이에 어떤 코드나 메시지가 존재한다는 것이다. 이 시에는 화자와 화자의 어머니 사이의 인과에 따른 관계가 존재한다. 그러나 시나 시어로 이루어지는 상호작용(대화)의 사인은 각자의 시어 안에서 서로 다른 이질적인 존재로 동시에 공존하고 있다. 그 일례로 "얼른 가고 싶다"는 사인에 "혼잣말 욕지거리는/ 듣는 이 없이 계속"되는 하나의 표리에 대한 두 개의 담론을 내세우며 서로 다른 두 개의 존재방식을 서글프게 말하고 있다. 더 나아가서는 "중풍이 왔던/ 지독하게 미워하는 그에게/ 마지막 악수를 한다"는 애증의 사인은 "검정 염색마저 바래서 하얗게 새버린 밤도/ 그녀에게 마지막 악수를 건네려는지 깜빡이고 있다"는 회한이 섞인 존재에 대한 방식의 사인은 화자와 어머니 그리고 요양병원으로 가는 아버지와의 갈라진 상처만큼이나 마음이 아프고 애절하게 잘 지적해냈다.

시는 이야기이다. 시는 이야기가 다듬어져 시의 맛이 날 때 시로서 가치와 의미를 지닌다. 김정웅이 풍 걸린 아버지를 요양병원으로 보내는 슬픈 심정을 바흐친이 지적한 화자와 청자가 상호작용의 대화로 어떻든 살아가는 존재에 대한 방식의 사인을 획득하는 과정을 잘 나타내고 있다. 다양한 이야기들이 다양성을 가진 시로 엮어질 때 획일화되어 있는 시들의 가치는 없어지게 된다. 아도르노에 의하면 다양한 것들이 존재하지 않으면 사물에 대한 분별력이 없어진다고 하였다. 시에서 다양성의 상실은 획일화된 감각의 시만 생산하게 된다. 김정웅의 시에는 아도르노가 말한 다양성의 매력이 있다. 그러므로 김정웅만의 음영에 대한 존재를 묻는 다양성으로 좋은 시를 지속적으로 쓰길 바란다.

살아가는 심미적인 한 방식에 대한 주문呪文
- 이병연의 작품론

　이병연의 시는 살아가는 심미적인 한 방식에 대한 다양한 종류의 주문을 외움으로써 거기에다 삶에서 체득하게 된 정서를 자연과 사물에 새로운 비유로 혼합하여 심미적인 효과를 보다 더 외연을 시켜 넓혀내고 있다. 그러나 그에게 이러한 시작은 일회성 남발이나 강박에서 나타난 것이 아닌 그만의 독특한 사유와 탐색을 통해 시말로 엮어내는데 부단히 노력하고 있음을 짐작하게 해준다. 더욱이 다섯 편의 시를 읽어내려 갈수록 이병연이 지적하고자 하는 삶에 대한 애착과 아픔을 보듬어내는 방식이 심미적으로 부드럽고 따뜻함을 알 수 있다. 굳이 시를 어렵게 대하지 않아도 시가 먼저 인위적이지 않고 자연스럽게 다가와 독자의 가슴에 "누룽지, 끈, 꽃, 지팡이" 등으로 안기기 때문이다. 이러한 점을 감안할 때 이병연의 시는 자연과 사물, 또는 시인과 독자와의 지대한 공감의 "끈"을 이어놓고 있다 하겠다. 이것이 이병연 시의 원천이자 바탕을 이루는 심미적인 모티프의 매력이라 할 수 있다.

　일상적인 평이한 사물에 대한 접점을 뛰어넘어 사물과 시말의 심미적인 생명을 불러 넣는 이병연의 시작은 그의 부단한 관심과 집중력에서 비롯된다. 새로운 시선과 오래된 시선사이에서나, 혹은 익숙한 사물과 낯선 사물과의 간극을 좁히며 시로 표출해내는 것이 시인의 역할이다. 그리고 그 역할을 대상과 독자를 하나로 묶어줄 때 시인은 비로소 성찰의 울타리에서 벗어나 사물과의 관계를 재정립하게 된다. 이러한 일례는 "세상 속으로 향하는 쓸데없는 아집을 내려"(「누룽지를 끓여 먹는 아침」)놓거나 "이어진 마디마디 아름다운 통증"을 "이으며 사는 것"(「끈」)에는 아버지의 끈이 있기도 하고, "한 생이 저만치 갔다가 돌아오는"(「꽃의 말」) 표현 등에서 살아가는 방식에 대한 편린과 애잔함을 비극이나 절망이 아닌 근원적인 삶의 따뜻한 진실함으로 치환시켜 구도를 잘 잡아낸다.

이병연 시인은 자연과 사물의 세밀한 관찰을 통해 인간과 삶의 음양을 분명하게 구분함으로써, 현재의 새로운 대상을 인식하고 오래된 서정의 단면을 "눈이 멀도록 눈부시게 왔다가"(「꽃의 말」)는 주문으로 엮어낸다. 이병연의 시에서 느껴지는 따뜻한 진실은 시인이 진정성 있는 시를 쓰기 때문에 그가 체험했던 삶도 진실하게 드러나고 있는 것이다. 이병연의 시는 이병연 자신이 살아오고, 살아가는 한 방식에 대한 회한과 정한이 진실한 시말로 이접된 결과물이라 할 수 있다.

이병연은 2016년 등단 이후로 『꽃이 보이는 날』과 『적막은 새로운 길을 낸다』 두 권의 시집을 상재하였다. 두 시집 모두 다 꽃과 나무 그리고 사람들을 대상으로 한 자연과 사물을 관조하고 그 배면에 숨어있는 생명에 대한 사랑과 가치를 아름답게 잘 획득해내었다. 이러한 작품의 예로는 「붓꽃」, 「마로니에 꽃탑」 등 많이 산재한 상태로 드러냈다. 이병연 자신이 말한 시 쓰기의 단초가 외로움, 고립감을 극복하기 위한 것이라면 그 틈새에는 시적효과를 더 상승시키는 적막이 새로운 길을 내고 있을 것이다. 이병연의 시를 찬찬히 읽으며 그가 만든 적막의 길을 따라 가보자.

1. 누룽지와 꽃을 위한 주문

쓸데없는 아집을 내려놓듯
견고한 껍질을 깨고

세상 속으로 들어가 유영하는
누룽지의 눈물겨운 투항

머리가 누룽지처럼 뻣뻣해질 때
한 발짝도 물러설 수 없다고 문을 굳게 닫고 싶을 때

누룽지의 거룩한 투항을 기억해야 하리라
–「누룽지를 끓여 먹는 아침」 부분

이병연은 "누룽지를 끓여 먹는 아침"에서 그 이면에 감춰져 있는 상태로 살아가는 한 방식에 대한 사유를 심미적으로 획득한다. 화자는 딱딱한 누룽지가 끓는 물에서 풀어지는 광경을 관찰하며 "쓸데없는 아집을 내려놓듯/ 견고한 껍질을 깨고" "굳게 닫힌 문을 풀

 제3부 음영의 존재를 끌어안는

어 헤치는” 누룽지의 모습에서 화자 자신을 “누룽지의 눈물겨운 투항”으로 등가시켜 “머리가 누룽지처럼 뻣뻣해질 때” “누룽지의 거룩한 투항을 기억”해내는 담백하면서도 자기성찰이 있는 아침을 잘 그려냈다. 이러한 사유의 도정은 딱딱한 누룽지가 말랑말랑하게 물에 풀어지는 액체가 되기까지 화자는 그 심리의 경계마저도 딱딱한 고체에서 부드럽게 유영하는 액체로 환기가 되고 있다는 사실을 감지한다는 데서 사유가 깊어 보인다. 시가 단순히 일상적인 누룽지를 끓이는 모습만 포착했다면 평면적인 사실만 부각시켰을 것인데 쓸데없는 아집을 내려놓는 환기통을 설치해둠으로써 시를 독자와 쉽게 공감할 수 있게끔 “유들유들”하게 만들어 놓는다. 시는 몽상을 통해 보다 더 현실적이고 인식 속에 내재된 이미지나 메타포를 사용해 새로운 의미를 추구하는 창작의 한 형태이다. 이병연이 시를 통해 추구하는 “아침”은 딱딱한 세상 속으로 향하는 마음을 닫힌 문 열 듯이 살아가는 아름답고도 “거룩한 투항”이 있는 성찰과 사유가 잘 배합된 것으로 고스란히 나타난다.

꽃은 눈이 멀도록 눈부시게 왔다 간다

황홀한 순간,
꽃은 사진 찍듯 저장되지

세상이 텅 빈 공갈빵 같은 날
오래된 기억을 클릭해

내가 삭은 식혜 속 밥알 같은 날

잊고 지내던 나를 불러내

꽃은 빛깔만 고운 게 아니야

화심에 맺은 순정

부르기만 하면 잠근 문을 열고 맨발로 기어 나오지

사는 것 잠깐이라

사랑을 안고 갔다는 꽃의 말

장롱에 오래 넣어둔 옷처럼

접혔던 꽃잎이 허공을 밀어내며 피어나

한 생이 저만치 갔다가 돌아오는 거야

-「꽃의 말」 전문

　이병연에게 꽃은 '황홀, 공갈빵, 밥알, 순정, 사랑, 한 생' 등으로 나타나나 가장 근본적인 의미는 삶과 사랑에 치중하고 있다. 꽃은 "눈이 멀도록 눈부시게 왔다"가지만 "부르기만 하면 잠근 문을 열고 맨발로 기어 나오"는 것으로 "화심"에 맺을수록 깊어지는 순정이나 사랑은 꽃에서 기인하고 있음을 알 수 있다. 꽃은 화자에 다름 아닌 대상물로 한 생을 같이 살아가며 "사진 찍듯 저장"하여 "오래된 기억"을 서로 반추하는 것으로 드러내고 있다. 이병연에게 꽃은 "잊고 지내던 나를 불러내"게 해주는 대상물로 자아성찰을 유도해주는 매개물이 되기도 한다. 그래서 그의 시나 온화한 미소에서 꽃향기가 그윽한 게 이런 연유에서인지도 모른다.

"말"은 곧 주문이다. 꽃이 말하고자 하는 궁극적인 주문은 "눈이 멀도록 눈부시게 왔다"가는 잠깐의 사랑과 삶을 "한 생이 저만치 갔다가 돌아오는 거야"로 외우고 있다. 꽃의 말에서 감지되는 주문은 "장롱에 오래 넣어둔 옷처럼/ 접혔던 꽃잎이 허공을 밀어내며 피어나" "오래된 기억을 클릭"하거나 "잠근 문을 열고 맨발로 기어 나"와 "사랑을 안고" 가는 "황홀한 순간"을 "한 생이 저만치 갔다가 돌아오는" 것으로 꽃에 내재된 한 생의 속성을 화자와 결부시켜 심미적으로 잘 구사하였다.

2. 끈과 지팡이를 위한 주문

끊어지면 이으며 사는 것

<중략>

당신의 끈은 참 울퉁불퉁하네
이어진 마디마디 아름다운 통증이네

끈을 잇는다는 건 어마어마한 일

뚝 잘린 데 한 땀 한 땀 꿰맨 자리에 새살이 돋아나

삶을 매고 꿴 끈

술 취한 밤이면 욱신거려

어둠 속에 한숨을 쏟아내고

밤새 아픔을 게워내고

인자한 미소만 가족의 밥상에 올린

아버지의 끈 잡고 있는

내 손 축축해지네

-「끈」부분

이병연의 시는 현재의 서정과 오래된 서정이 교차하여 나타나는 특징이 있다. 이러한 서정의 교차는 인식의 혼돈이나 국면의 장애가 아닌 그가 시에서 보여주는 삶이나 대상들이 결국은 자아로 향하고 있음을 알 수 있다. "끊어지면 이으며 사는" "끈"에서 나타나는 대상의 접점도 아버지에서 화자로 이어진다. 이병연에게 "끈"은 부녀지간의 끈을 뛰어넘어 공간에서 공간으로 시간에서 시간으로 고난과 역경을 역동적으로 극복하며 "이어진 마디마디 아름다운 통증"으로 나타나고 있는데, 이 또한 화자 자신의 자아성찰로 귀착된다는 점에서 아버지와 화자에 대한 심미적인 시말로 "인자한 미소"로 주문을 하고 있는 셈이다.

이병연은 항상 시에 대한 새로운 조감도를 미리 마련해둠으로써 삶에 대한 성찰과 자아를 돌아보는 태도를 견지하고 있다. 그래서 그의 시가 진지하고 타자를 감싸는 이미지가 많은 것을 지나치다 해도 무방하다. 시인은 각인된 하나의 대상을 이미지나 비유를 통해 반복적으로 확산시켜내려고 한다. 이병연의 시가 자신을 낮추며 절제된 시어로 "끈"을 운용하는 방식이 삶에 대한 부단한 애착과 그윽한 사랑 때문이 아닌가 싶다.

길이 보이지 않아도 길을 내며
몸이 닳도록 꼿꼿이 중심을 세우는 지팡이

한평생 아들의 지팡이였을 어머니
기우뚱거려도
끝까지 아들의 지팡이로 남고 싶은 마음
험한 바위와 돌길을 뚫고
보란 듯 산 아래 평지로 내려와
가쁜 숨 몰아쉬며
아들아, 무사해서 다행이구나.
다시 한번 힘껏 지팡이를 쥔다.
- 「지팡이」 부분

　　이 시는 아들을 향한 노모의 염려가 지팡이로 전이시켜 잘 드러내고 있다. 지팡이는 자신의 힘을 남에게 나눠줌으로써 "꼿꼿이 중심을 세"워 주기도 하고 정신적으로는 지주의 역할을 해주기도

한다. 화자가 바라보는 지팡이는 "허리가 구부정한 할머니가" "나
는 지팡이가 있으니 걱정할 것 없다"는 안심의 말이자 아들의 걱
정을 해소해주는 대상물이다. 그러면서 "한평생 아들의 지팡이였
을 어머니"가 "아들의 지팡이로 남고 싶은 마음" 언저리까지 파고
들어 아들을 향한 노모의 무한한 사랑을 담고 있는 지팡이로 표현
해낸다.

그리고 여기에도 주문이 드러나고 있는데, 그것은 "길이 험하구
나. 조심해서 내려와"나, "아들아, 무사해서 다행이구나"라는 부
분이다. 하나는 화자가 바라보는 할머니의 입장에서 아들을 염려
하는 "길이 험하구나. 조심해서 내려와"라는 것과 다른 하나는 화
자와 어머니가 동시에 아들에게 하는 "아들아, 무사해서 다행이구
나"라는 공동의 주문이 혼재한다는 것이다. 즉 이병연에게 지팡이
는 "한평생 아들의 지팡이"인 육친을 바탕으로 한 필연적인 주문
에 입각해 있다고 볼 수 있다.

3. 주문을 위한 주문

당신의 손은 크고
새끼손가락이 약간 굽어 있습니다

나는 젊은 날 반듯한 손가락을 두고
애틋한 마음으로 새끼손가락을 유독 만지작거렸습니다

여리지 않은 구석이라고는 없는

아이가 오고

당신의 새끼손가락은 한참 외로웠겠습니다

여위고 윤기가 사라졌습니다

더 늦기 전에

오래된 주문을 찾아와야겠습니다

한겨울 둥근 식물 영양제가

진기가 빠진 화분에서 여러 날 주문을 외고

거실에 있는 군자란이

볼그레하게 늦꽃을 피우고 있습니다.

-「오래된 주문呪文」 전문

　주문은 의례행사를 할 때 특정한 글귀를 외는 행위를 말한다. 고대시대부터 현대사회까지 주문은 종교의 형식으로 인간의 희망과 바람을 전해주는 글귀로 대신하여 왔다. 인간과 삶을 결부시키는 주문은 언어 자체를 언령화言靈化하여 암시적 효과를 기대한다는 점에서 시와 유사한 성격을 지닌다.

　이병연의 시에서 나타나는 주문 또한 시를 차치하더라도 위로와 염려가 가득한 주문의 형태로 드러내고 있다. "반듯한 손가락" 보다는 "약간 굽어 있는 새끼손가락"을 만지작거리며 "여위고 윤기"
가 사라진 것에 대해, 또는 한참 외로웠을 생각에 종내는 "오래된
주문"을 찾아 여러 날의 주문을 또 외우는 데에서 그 일면을 엿볼
수 있다. 새끼손가락이 굽어지기까지 긴 세월 동안의 "오래된 주
문"은 "젊은 날, 구석, 한겨울, 거실"이라는 시간과 공간을 거쳐 현
재에 있는 "주문"으로서 이병연에게는 그 도정의 대상이 "당신의
손"으로 애틋하게 다가온다.

주문은 하나의 세계를 열어내는 글귀의 행위이지만 시는 그 행
위를 떠나 묵시적인 감동을 남긴다. 이런 점에서 "오래된 주문"은
"더 늦기 전에" 찾아야 할 절대적인 "주문"으로, 현재형으로 계속
진행되고 있음을 짐작할 수 있다. "오래된 주문"은 이병연 시세계
를 아우르는 작품으로 그가 보여준 다섯 편의 결말이자 시어를 언
령화하여 주문 이전의 주문으로 견지한다는 면에서 신비롭고 독
특하다 할 수 있다.

차분한 욕망으로 빚은 언어의 미학
– 전영숙의 작품론

시에 있어서 욕망이 지닌 의미는 시를 생산하고 창조하는 일종의 생성에 대한 절대적 의식의 흐름을 나타내는 지표라 할 수 있다. 시인이 욕망의 한 부분을 시로 획득해낼 때 욕망은 정서의 변화나 차이에 따라 생산되고 창조되는 방식을 가진다. 시에서 욕망은 그 자체가 창조적 생산으로 연결되는 하나의 생성이라는 개념을 지닌다. 그래서 시는 욕망의 다양한 대상들을 관찰하고 견지하면서 동일성을 극복하며 쓰이기도 한다. 다양한 유형의 시는 결코 재현 혹은 표상이 아닌 외연을 확장하여, 사유가 무의식과 욕망을 사이에 두고 동일성의 현대적 판본인 정신분석과 불가피한 결전을 벌여 생성되기도 한다는 질 들뢰즈의 이론과 일치하기도 한다. 라캉이 욕망을 결여라고 정의했다면, 들뢰즈는 욕망을 생산이라고 정의하여 욕망을 생산과 창조로서의 개념으로 보았다.

욕망에서 드러나는 재현, 또는 욕망을 통한 생산은 시가 근본적으로 생성되는 요인이라고 볼 수 있다. 이때 시는 욕망의 여러 유형 속에서 존재하는 다양한 의식들은 '서정' 또는 '정서'라는 형식을 빌려서 비로소 시로 표출되는 것이다. 전영숙 시인은 욕망의 이러한 특성을 잘 포착해내어 시로 생성해낸 시인이다. 욕망과 생성,

그리고 생산과 창조를 결합하여 시로 추출해내고 대상이나 사유가 지닌 비극적 욕망이나 애절한 욕망을 거침없이 쏟아낸다. 전영숙의 시 「나팔꽃이 입을 다무는 때」 외 네 편의 작품이 보여주는 여러 욕망이 갖는 무리적 속성에 주목하지 않을 수 없다. 여기에는 "죽은 당신, 봉순이, 아버지, 제비꽃, 포도밭" 등 이질적 욕망들이 밀도 있게 잘 응집된 상태로 배치되어 나타나고 있다.

전영숙 시인은 2019년 『시인시대』로 등단하여 문단에 나온 뒤 꾸준히 창작활동을 해오고 있다. 「동백꽃 피려 할 때」 작품을 통해 처음 그를 알았고, 시를 읽는 내내 내공이 만만치 않은 시인임을 단박에 알 수 있었다. 그의 시는 한 마디로 한 번에 보여주는 시가 절대로 아니다. 그의 시는 다양한 스펙트럼을 가지고 있어서 한 스펙트럼을 넘기면 다른 스펙트럼이 나타나는 기법으로, 뒷말이 뻔한 이야기가 아니라 독자가 쉽게 눈치 채지 못하게 하여 읽고 나서도 긴 여운을 갖게 해준다. 그것은 아마도 전영숙 시인만이 가지고 있는 특유의 욕망을 조절해나가는 바이메탈을 갖고 있기 때문이다. 그래서 시에 나타나는 욕망은 그리 과하지 않고 차분한 욕망으로 나타나고 있다.

당신처럼 돌이킬 수 없는 게 많아
남은 빛에 기댄 심정이
꽃 시절 다 보낸 나무 같아서

사랑하기에도 이별하기에도

영 늦은

꿈속보다 더 적막한

꿈 밖

이 세상에 없는

당신이 근심하는

그림자 긴

그 시간

- 「나팔꽃이 입을 다무는 때」 부분

　이 시는 풍경과 서정이 "죽은 당신"을 매개로 "입을 다물어/ 침묵으로 들어"가거나 "꿈속보다 더 적막한/ 꿈 밖"을 보는 욕망을 "이 세상에 없는/ 당신이 근심하는/ 그림자 긴/ 그 시간"으로 드러내고 있다. "나팔꽃이 입을 다무는 때"의 풍경과 "사랑하기에도 이별하기에도" "너무 늦은 시간" 같은 "오후 세시"에 "당신이 근심하는/ 그림자 긴/ 그 시간"으로 본 아득한 서정의 결합은 "꿈속보다 더 적막한/ 꿈 밖"의 슬픈 욕망으로 대체되고 있다. 무의식 같은 그의 욕망은 "죽은 당신"을 통해 불편하고 어두운 정조를 실감나게 하는 시말을 적절히 잘 사용했을 뿐만 아니라 나팔꽃이 "입을 다물어/ 침묵"을 지키며 무엇을 하기에도 "너무 늦은 시간"인 "오후 세시"의 시간을, "그림자 긴/ 그 시간"으로 배치하여 욕망의 질량을 추측하기 어렵게도 만든다. 욕망이 시를 나타내는 근원적인 요소라면 이 작품이 지닌 시적 욕망은 풍경과 질량이 욕망의 정점에 닿아 있다고 할 수 있다.

흰 보라 다홍

그늘진 담 밑이 화사하다

작고 여리고 소박해도

뙤약볕처럼 뜨거운 봉숭아

구두를 들고 맨발로

뛰어가던 봉순이 같은 꽃

다홍물 흠뻑 들어 홍등가로 떠난 뒤

다시 돌아오지 않는 그녀

매년 봉숭아로 피어 한들거린다

영 글러버린 이번 생의 손톱에

꽃물을 들이고 있다.

  -「구두를 들고 맨발로」 부분

　전반부에서는 봉숭아물을 들이는 화자의 장면이 나오다 후반부
로 갈수록 홍등가로 떠난 봉순이를 통해 다시 봉숭아를 지적해내
고 있다. 구두는 여성에게 여성성을 대표하는 상징적인 욕망의 대
상물이다. 구두는 여타의 신발과는 다르게 직업, 성별, 연령에 따
라 그 기능과 욕망을 달리하여 왔다. "구두를 들고 맨발로/ 뛰어가
던 봉순이 같은" 여성은 "그늘진" 곳에서 "다홍물 흠뻑 들어 홍등
가"로 떠나고 돌아오지 않는 여성으로 "이번 생"의 욕망은 "글러

 제3부 음영의 존재를 끌어안는

버린” 욕망으로 그려지기도 한다. 전반부의 “봉순이처럼/ 재빨리 상처를 꽃으로/ 감싸 놓는 봉숭아”가 후반부에서는 “구두를 들고 맨발로/ 뛰어가던 봉순이 같은 꽃”은 결국은 “다홍물 흠뻑 들어 홍등가”에서 “꽃물을 들이”는 “영 글러버린” 여성의 욕망으로, 반전을 하도록 뒤집어 놓는 서사적 장면을 확장시켜 시의 긴장감을 견지해내고 있다. 이것은 전영숙 시인이 봉순이에 대한 서사를 평면적으로 보지 않고 시를 응축하고 상승효과를 거둔 데서 그의 시에 대한 내밀성을 엿볼 수 있는 대목이다.

새끼 제비가 바닥에 떨어졌다

제비꽃들이 일제히 뒤꿈치를 들고

하늘을 향해 두리번거렸다

<중략>

저 둘은 이름을 나눠 가진 사이
보랏빛 근심이 온 마당 가득 번졌다
- 「보랏빛 근심」 부분

    화자는 “새끼 제비가 바닥”에 떨어진 안타까운 심정을 “뒤꿈치를 들고/ 하늘을 향해 두리번”거리는 제비꽃으로 전이시켜 나타내

고 있다. "제비"에서 "제비꽃"으로 보는 시의 감각은 평이해 보이
나 "저 둘은 이름을 나눠 가진 사이"로 동질적인 아픔을 묶고 있는
데서 시가 지니고 있는 어떤 존재성을 뒤집어 놓는다. "제비"에서
"제비꽃" 또는 "보랏빛"으로 유추되는 하나의 동일성을 극복하고
"저 둘은 이름을 나눠 가진 사이"로 대상에 대한 인식을 확장시켜
낸다.

그러나 위의 시 세 편에서 나타나는 공통점을 알고 나면 전영숙
이 시를 한 번에 쓰거나 그렇고 그런 방식으로 의도가 있게 쓰지
않음을 알 수 있다. 우선 위 의 세 편의 시에서 나타나는 공통점을
살펴보자. 세 편 모두 다 "꽃"을 제재로 하고 있다는 사실이다. 「나
팔꽃이 입을 다무는 때」에서의 "나팔꽃", 「구두를 들고 맨발로」에
서의 "봉숭아꽃", 그리고 「보랏빛 근심」에서의 "제비꽃", 모두가
꽃이 등장한다. 이는 단순히 욕망에 대한 서정을 재현했다기보다
는 전영숙이 추구하고자 하는 시의 완성을 위해 대상을 경계하며,
치밀하게 관찰한 결과물이라 할 수 있다. 그리고 한 가지 더 재미
있는 사실은 시적대상에 어떤 생명력의 강한 집착을 갖고 있다는
것이 감지된다. 이를테면 「나팔꽃이 입을 다무는 때」에서는 "나팔
꽃도 서서히/ 입을 다물어/ 침묵으로 들어가"는 나팔꽃 본연의 식
물성이 지닌 속성을 나타내다가 "당신처럼 돌이킬 수 없는 게" 많
다는 것을 지적하면서 "이 세상에 없는/ 당신이 근심하는/ 그림자
긴/ 그 시간"으로 시간에 대한 물리성을 말하기도 한다. 그리고 죽
은 당신을 대하는 자세를 "꿈속보다 더 적막한/ 꿈 밖"의 시간으
로 파악해, "나팔꽃"을 식물성에서 물리성으로 치환시키고 있다.

 제3부 음영의 존재를 끌어안는

「구두를 들고 맨발로」에서는 "돌담아래 봉숭아"에서 "구두를 들고 맨발로/ 뛰어가던 봉순이 같은 꽃"으로 포착해내어 그녀가 결국은 홍등가로 떠나 다시는 돌아오지 않는, 봉숭아에서 봉순이의 "영 글러버린 이번 생"의 신산한 삶을 지적하여 봉숭아의 식물성에서 돌아오지 않는 봉순이의 동물성으로 대치되면서 욕망의 질량과 풍경의 부피가 유사하다는 것을 잘 획득해낸다. 「보랏빛 근심」도 제비인 동물성에서 제비꽃인 식물성으로 치환되는 사실을 엿볼 수 있다. 특이하게도 "보랏빛 근심"에서 나타나는 욕망의 차이는 애초 동물성에서 식물성으로 변해가나 후반부 "저 둘은 이름을 나눠 가지 사이"에서 드러나듯이 상호의존적 욕망으로 나타나는 경향도 있다.

아버지는 내일 돌아가셨다

<중략>

이처럼
차가운 생명도 있다
매화 산수유 고래 상어
둘러보면 사방에 가득하다
목덜미에 감기는 바람에도
서늘한 기운이 돈다

오래 전

다른 생명이 된 당신

오늘 밤 우리 곁에 와

더운 멧밥에

식은 온기를 데운다

-「기일」부분

　전영숙의 시는 꽃을 통해 신산한 욕망을 드러내는데 그치지 않고 아버지에 대한 욕망을 "기일"의 모습에서도 놓치지 않고 잘 드러낸다, 우선 시를 여는 첫 행이 참 신선하다. 내일은 아버지의 기일이 아닌 "아버지는 내일 돌아가셨다"로 시작하는 전영숙 시인의 시작기법은 화자의 입장에서 뒤로 물러나 시적대상에 대한 간극을 적당히 유지하며 아버지에 대한 슬픈 욕망을 찾아내고자 집중한다. 그래서 아버지에 대한 그리운 욕망이 차분하다 못해 차갑게 느껴질 정도다. "맞대 부빈 살의 감촉/ 그날의 당신처럼 차다"는 부분과 "오래 전/ 다른 생명이 된 당신"의 부분에서 그 예가 잘 드러난다. 이렇듯 전영숙이 대상에서 욕망을 짚어내는 전략을 독자는 행간에 내재해있는 슬픈 욕망에 대한 비애나 시적대상에서의 욕망을 어렵지 않게 탐색할 수 있다.

비틀린 포도나무

바로 세우던 지지대처럼

평생 힘 주었던 몸

 제3부 음영의 존재를 끌어안는

낡은 목장갑 두 짝과

외발 리어카가

멀리 움직이는 듯 보였다

당신 몫의 햇살과 바람

사라진 밭에서

잉잉 거리는 철사 줄

포도밭이 울었다

- 「포도밭이 울었다」 부분

　이 시는 작품 「기일」의 연장선상으로 쓰인 것으로 보아도 무방하다. 아버지가 돌아가시고 난 뒤 포도밭은 "큰 적막"에 휩싸이게 되고, 그 큰 적막한 풍경의 부피를 차지한 "35킬로그램의 노구", "쑥 뽑혀져 나간 일생", "당신 몫의 햇살과 바람"이 사라진 텅 빈 곳에서 포도밭이 울고 있다. "평생 힘 주었던" 아버지의 "쪼그라진 일생"은 구석에 남겨진 "낡은 목장갑 두 짝과/ 외발 리어카"의 욕망으로, 화자에게는 아직도 "멀리 움직이는 듯"한 텅 빈 슬픈 욕망으로 서로 교차되고 있다. "포도밭이 울었다"는 마지막 행은 화자가 아버지를 대하는 욕망이 진정성 있게 잘 표현하고 있음을 알 수 있다. 시인은 욕망을 표면적으로 노출하지 않고 "포도밭"을 매개로 하여 대상의 욕망에 대한 표현에 힘쓰면서도 생경한 시도를 해낸다.

　앞에서 살펴본 전영숙 시인의 작품들은 단순한 욕망이나 일시적인 감정으로 쓰이지 않았다. 그의 시에는 욕망으로서의 시가 있고, 욕망을 들여다보는 전영숙 시인이 있다. 전영숙의 시는 욕망에 대한 관념적인 것이 아니라 욕망을 구체화해주는 생산과 창조성을 확보하고 있다는 점에서 남다르다. 그래서 전영숙의 시들은 의도가 가미된 작위가 아닌 대상에서 감지되는 욕망에 대한 슬픔과 신산함을 통해 자연스럽게 획득해냈다고 볼 수 있다.

전영숙의 시는 인간의 근본적인 욕망을 화자의 서정과 응축된 언어로 내밀하게 잘 결합시켜 낸다는 특징을 가지고 있다. 이러한 데서 전영숙의 시가 차분한 욕망으로 빚은 언어의 미학으로 다가오는 것을 주목하며, 앞으로 그가 농도가 짙은 어떤 욕망을 들고 다시 나올지 지켜보아야 할 것이다.

꽃과 시간의 지문들
– 최병근의 작품론

1. 꽃의 지문

최병근의 시는 신산한 삶을 보듬어내는 서정의 힘이 강하다. 그러나 그 속에 들어 있는 정서와 진정성은 진부해 보이지 않는다. 정서는 서정을 이루는 기본 바탕으로 특정 장르에 초점을 맞추는 것이 아닌 자아의 응시나 확장에 더 무게를 두고 있다. 이러한 일례는 "꽃"과 "시간"의 지문 형식으로 드러내고 있는데, 어느 대상이나 양식에 국한되지 않고 시를 탐색해나가는 견고한 자세를 갖춤으로써 그만의 독특한 서정의 세계를 구축하였다. 최병근의 시가 서정의 힘이 강하다는 것은 경험을 상상력으로 엮어 놓은 차원에서 잘 읽히고 이해되기 때문이다.

지문의 사전적 의미는 손가락 살갗에 있는 무늬를 뜻한다. 사람은 저마다 고유한 지문을 가지고 있다. 세상에는 같은 지문을 가진 사람이 없기 때문이다. 그래서 사람들의 인생방식이나 운명이 각자 다르고 천차만별인 것이 지문과 크게 다르지 않다. 지문은 시에서 자주 사용하는 시어이자 시적 대상물이기도 하다. 지문은 삶의 갈림길에서 마주치는 희망과 절망 사이의 y의 값을 서정으로 도출

해내는 지표가 된다. 수많은 삶의 형식에 수많은 사람을 대입시키
면 얼마나 많은 복수의 지문과 다양한 노동의 지문들이 나타나는
지 우리는 쉽게 이해할 수 있다. 삶의 형태나 대상의 존재에 따라
서정도 다양하게 나타나기 마련이다. 최병근의 시에서 서정성이
농후하게 잘 드러난 작품은 첫 번째 위치한 「굴뚝꽃」이다.

그늘진 저녁
굴뚝을 읽는다

불길 속 나무의 뼈가
망울망울 풀어져
상형문자로 걸렸다

저 하얀 연기
수국처럼 피었다 사그라지는
목록의 흔적
실낱같은 가계가 선명하다

까맣게 타들어가
새겨진 지문
굴뚝굴뚝 피어난 꽃
-「굴뚝꽃」 전문

「굴뚝꽃」은 쉽게 읽히고 이해가 빨리되는 만큼 감동도 남다르다. 쉽게 읽힌다고 해서 쉬운 시가 아니다. 쉽게 읽히더라도 감동의 여파가 서서히 밀려오는 작품이 있는가 하면, 거기서 더 나아가지 못하고 밋밋하게 끝나는 작품이 있다. 최병근은 시를 쓰는데 있어 밀당(?)을 적절하게 잘 조절하고 있으며, 근본적으로 시의 밑그림을 잘 그리는 시인의 면모를 갖추고 있는 듯하다. 그에게 시는 단순히 서정의 여정을 펼쳐내는 객관화의 작업이 아닌 다른 한 세계를 만들어냄으로써 화자와 독자와의 간극을 주도하는 매개자의 역할도 돋보이게 잘 소화해내고 있다. 그 대표적인 시가 이「굴뚝꽃」이다. "그늘진 저녁"에 굴뚝에서 "수국처럼 피었다 사그라지는" 연기를 보면서 "불길 속 나무의 뼈"가 "상형문자로 걸"려 있는 "목록의 흔적"을 추적하여 "실낱같은 가계"를 탐색해내고 있다. 선명한 가계의 계보를 "까맣게 타들어가/ 새겨진 지문"이 굴뚝에서 피어나는 꽃으로 밀도 있게 잘 드러내고 있다. 굴뚝꽃은 한 가계의 "목록의 흔적"을 표면적으로 드러내는데 그치지 않고 "불길 속 나무의 뼈"가 "상형문자"로 전이되는 과정을 짚어내 "까맣게 타들어가/ 새겨진 지문"까지 내면화시킨다.

꽃의 일반적인 형상은 대칭적인 요소로 이루어져 있다. 꽃을 이루고 있는 꽃잎을 자세히 들여다보면 순서와 질서의 순으로 정렬해 있어서 안정적이다. 어떻게 보면 꽃은 무질서의 세계가 아닌 질서의 세계가 존재하는 다른 한 세계가 아닌가 싶다. 최병근이 굴뚝꽃을 통해 드러내고자 하는 비대칭의 "그늘진 저녁"은 "꽃"이라는 대칭적인 요소를 적절히 잘 사용함으로써 "수국처럼" 불안한 "실낱같은 가계"를 "굴뚝굴뚝 피어난 꽃"으로 잘 보듬고 있다.

<전략>
태양과 바람이 짜디짠 물을 거두자
염부는 바다의 뼛조각을 수습한다

저 하얀 무덤 속 밑간을 보며
깊은 바다의 속내를 본다

짜다 싱겁다 논하지 마라
투명한 결정으로 말라 핀 꽃
<후략>

-「바다의 무덤」부분

「바다의 무덤」은 염부가 염전에서 소금 알갱이를 수습하는 과정을 읊은 시다. 제목에서 나타나듯 바다의 무덤은 물의 무덤이자 소금의 무덤이다. 염부가 "바다의 뼛조각을 수습"하여 "하얀 무덤 속 밑간을 보며/ 깊은 바다의 속내를" "투명한 결정"으로 지적하는 과정을 잘 짚어냈다. 소금으로 대칭되는 "물의 무덤, 바다의 뼛조각, 하얀 무덤, 투명한 결정으로 말라 핀 꽃"은 "바다의 무덤"에 다름이 아니며, 염부의 눈물이자 노동의 대가로 이루어진 산물이다. 그러나 이 시를 통해 최병근은 소금을 얻기까지의 과정을 획득할 뿐만 아니라 더 나아가 소금이 파생하는 여러 가지 측면까지 세밀하게 덧붙이고 있다. 작품 후반부에 나타나는 소금의 본질적인 가치인 "짜다 싱 겁다"를 거론하면서 외부에 대한 자극적인 방어기제를 잘 활용함으 로써 "투명한 결정으로 말라 핀 꽃"으로 구심점을 이루고 있다. 심지 어 "서로 간을 맞추고 적당히 절여지고/ 때론 숨도 죽여 가며 살면 되는 것"으로 "바다의 무덤"에 대한 결론을 낸다. 이것은 최병근이 소금꽃을 통해 획득한 사실적인 서정을 내면의 세계로 내밀한 데에 서 한층 더 상승의 서정으로 끌어 올려놓고 있음을 알 수 있다.

제 한 몸 기꺼이 태워가는
저 찬연한 불꽃

그늘진 세상에 한줄기 빛을 던지는
무량한 춤사위다

제 몸을 낮추며 떨군
촛농 한 방울

자취 없이 사라진
저 성스러운 해탈
-「촛불」전문

앞에서 지적한 서정의 세계를 내면의 세계로 내밀화하는 양상은 위의 시 「촛불」에서도 유사하게 나타난다. 여기에도 "불꽃"으로 대칭된 "꽃"이 등장한다. 일찍이 프랑스의 철학자이자 문예비평가인 가스통 바슐라르는 그의 저서『촛불의 미학』에서 "촛불은 혼자 타는 것이며, 시중드는 것을 필요로 하지 않는다"고 파악하였다. 그러면서 더 나아가 촛불을 "어둠과 빛, 그 양극의 중간에 깃든 인간의 정서를 시적으로 이끌어내야" 한다고 역설한다. 최병근의 "촛불"도 혼자 태워가며 시중드는 이 없이 "그늘진 세상에 한줄기 빛을 던지는/ 무량한 춤사위"를 펼치고 있다. 촛불이 흔들릴 때마다 "그늘진 세상"은 빛의 음영에 따라 굴곡을 드러낸다. 그 굴곡은 가스통 바슐라르가 지적한 "어둠과 빛"으로 원인과 결과에 따른 "그늘진 세상"을 찬연하게 비춰주거나 차갑게 차단도 시켜준다. 그러나 이러한 행위가 반복되어도 잘 감내하여 의미나 존재를 인식할 경우 몸을 낮추는 촛불처럼 자기 성찰로 이어져 "성스러운 해탈"의 경지까지 단숨에 도약하는 시적 미학을 융화시키고 있다. 최병근에게 "촛불"은 가스통 바슐라르가 지적한 "어둠과 빛"으로 그 양극의 중간에 깃든 서정을 "자취 없이 사라진/ 저 성스러운 해탈"로 탈바꿈시킨 것에서 미학적 가치를 충분히 견지하고 있다 하겠다.

2. 시간의 지문

성근 땀이 식는 계절
하늘 높은 줄 모르고
쑥쑥 하늘로 올라가던 수숫대

<중략>

회초리 태형으로
알곡을 다 털리고 나면
빈 모가지마저 내놓아야 한다

마지막의 쓸모는
죗값마저 쓸어 담으라는 것인지
수수 빗자루로 태어났다
- 「수숫대」 부분

시간은 한 지점에서 다른 지점으로 이동한 거리에 대한 개념이
다. 시간은 인간의 개인적인 운명이나 사회적인 운명을 탐구하는
데 있어서 본질적인 요소다. 그래서 시간은 인간의 삶과 죽음에 대
해 깊게 관여한다. 시는 인간의 삶에 대한 의미를 성찰하여 시간
에 대한 의식을 형상화하여 나타내는 것이다. 다시 말해서 시를 통
해 인간의 존재 상황을 일깨워주는 기본적인 요소라 할 수 있다.
「수숫대」는 "하늘 높은 줄 모르고/ 쑥쑥 하늘로 올라가던 수숫대"
에서 "회초리 태형으로/ 알곡을 다 털리고 나면", "마지막의 쓸모
는/ 죗값마저 쓸어 담으라는 것인지/ 수수 빗자루로 태어"나는 수
숫대의 시간에 대한 전개를 드러내고 있다. "성근 땀이 식는 계절"
에서부터 "수수 빗자루로 태어났다"까지의 시간 사이에는 "참새들
의 극성"과 "회초리 태형"을 맞는 불편하고 아픈 시간들이 공존한

다. 최병근은 공존하는 시간의 틈새에서 수숫대를 인식할 뿐만 아니라 존재 상황을 파악함으로써 자아인식을 같이 하고 있다.

<전략>
바닷물은 마른 적이 없었다며
철썩철썩 밀물 믿고 휩쓸려온 고기떼
때 놓친 자승자박으로 파닥거린다

<중략>

밀물 썰물 머물던 수제선이
드나들 시기를 출렁출렁 저울질하자
장포리 독살님이 넌지시 이르고 있다

나는 어느 때를 기다려야 하는가
-「독살」부분

　시간은 언제나 공간 속에서 진행된다. 그래서 "서천군 장포리 바닷가"라는 공간과 시간은 항상 함께 있고, 주어진 한곳의 장소에서 같은 개념으로 나타나기도 한다. 시에서 시간은 화자의 존재상태를 일깨워주는 기본적인 요소라 할 수 있다. 따라서 시간은 화자의 운명을 결정하는 요인이 되기도 한다. "독살"은 썰물과 밀물을 이용해 고기를 잡는 전통적인 고기잡이 방법으로 주로 조수간만의 차이가 심한 서해안에 산재해 있다. 밀물을 타고 와 썰물에 미처 빠져나가지 못한 때(시간)를 놓친 고기떼에서 화자 자신에 대한 때를 묻는 방식은 존재 상태를 확인하는 자문이 아닐 수 없다. 최병근은 시를 전개함에 있어 전경후정前景後情의 방식을 취한다는 특징을 가지고 있다. 이는 전통적인 서정시와 그런 시들을 많이 쓴 시인들에게서 기인한 결과라고 엿보인다. 시간은 삶의 근원적인 "독살"을 더듬어 무의식적이고 원초적인 공간으로서의 "때"를 기다리는 내적 시간을 보다 깊게 대면하여 정밀한 시적이미지로 획득하게 해준다. 그것은 시간에 대한 인식의 상황을 파악해내는 능력이나 자아에 대한 인식의 변화가 갖추어질 때 더욱 가치가 있다.

앞에서 언급한 바와 같이 최병근이 시를 부리는 데 있어 서정성이 농후하다고 단적으로 말하기는 어렵다. 그러나 꽃의 이미지나 시간의 이미지에서 타자를 삼투압을 시켜 추출해내는 진정성이 깃든 내면화의 진폭이 큰 것은 부인할 수 없는 사실이다. 시는 환상이나 논리가 아니지만 독자에게 카오스의 세계를 코스모스의 세계로 치환시켜 환기를 해줄 수는 있다. 이는 균열된 세계를 메꾸어 흩어진 자아나 사물을 재정립해주는 시의 궁극적인 기능과 같다 하겠다. 최병근의 시는 "꽃"과 "시간"에서 신산한 삶의 지문을 더듬어내는가 하면, 우리가 잊고 있거나 상실한 것에 대한 의식을 다시 일깨워준다. 비록 다섯 편의 시를 가지고 그의 시세계를 정확하게 끄집어낼 수는 없지만, 작품을 통해 최병근이 보여준 서정에 대한 강도나 삶과 자아에 대한 밀도를 충분히 표현해냄으로써, 그만의 시세계에 대한 비상을 하기 위해 점점 한 걸음씩 더 전진하고 있음을 알 수 있다.

대속의 사랑을 위한 몸살들
- 최혜옥의 작품론

최혜옥의 시편은 다행히도 타나토스의 문을 넘지 않고 그 앞에 멈춰 서 있다. 운명을 경원하되 본능에 흔들리지 않고 무의식적인 사랑에 관심을 가졌으나, 예와 도를 벗어나지 않은 그만의 "부호, 색깔, 신호, 몸살, 몽상, 속울음"으로 통념에 갇힌 사랑의 한계를 한 차원 더 높고 내밀한 위치로 변환시켜 내었다. 주지하다시피 에로스와 타나토스는 대척점에 있는 개념으로 흔히 사용하는 용어이다. 에로스는 사랑, 재생, 부활 등의 의미로, 타나토스는 죽음, 파괴, 어둠 등으로 대별되어 왔다. 이 둘의 대척점을 기준으로 해서 어느 한쪽으로 치우친다면 균형은 깨지고 만다. 그러나 최혜옥은 그 균형을 잘 유지하고 어느 선을 넘지 않는 임계점에서 사랑의 시편을 잘 용해해내었다. 그에게 사랑은 파국으로 향하는 타나토스를 밀어내고 절제된 에로스의 중력을 견고하게 잘 잡아당기는 힘을 가지고 있다.

균형을 유지하기 위해 최혜옥이 선택한 사랑의 관점은 한쪽으로 치우치지 않는 이중적인 시각과 자신의 무의식세계에 잠재해 있는 남성적 원형인 아니무스, 그리고 자기애에 대한 자의식에서 비롯된 대속적인 세 가지 방법을 이루고 있다. 먼저 사랑을 바라보는 이중적인 시각은 사랑에 대한 거부자나 수용자가 없다는 것이다. 그 자신 자체가 사랑의 대상물이다. 타자에서 자신의 사랑을 듣지 않고 그는 자신의 사랑을 남에게 말하고 있다. 그러나 그 사랑은 "블랙 스완"의 의미처럼 불가능에서 가능으로 갈구하지만 대상자는 없다. 흑조같이 흔하지 않은 세기의 사랑만 있다. 자신이 간절하게 기다리는 자신만의 사랑만 있을 뿐이다. 이런 사랑은 쉽게 오는 것이 아니라는 듯이 "아니야가 아니야"라는 모순에 빠진 사랑을 긍정적인 실태자로 환원해내고 있다. 그에게 사랑은 쉬운 것도 어려운 것도 없이 때가 되면 "통념"이 일반화되는 자연스러운 것인지도 모른다. 다음으로는 근원적으로 나타나는 사랑에 대한 아니무스의 측면이다. 아니무스는 여성이 긍정적 감정 또는 부정적인 상처를 준 남성에게 얻은 태고원형으로 영웅적인 면모, 지적인 우아함, 예술적인 재치를 갖춘 남성과 자신을 동일화시키려는 경향이 있다. 최혜옥의 시에 나타나는 사랑도 현실에 존재하는 사랑이 아닌 무의식세계에서 사랑의 대상자에게 "우아한 청승"으로 눈짓을 보내지만 그것도 몽상이나 도난당한 사랑으로 끝을 맺고 있다. 설령 현실의 사랑이 있다고 하더라도 아니무스에서 내재된 태고원형적인 이상형의 대상자와 흡사하다 하겠다. 마지막으로 사랑에 대한 자의식에서 비롯되는 대속적인 유형이다. 이는 최혜옥이 사랑을 대하는 자세이기도하나 거기에는 언제나 사랑에 대한 다짐 같은 강렬한 독백이 있다. 그 독백은 아픈 이별이나 짧은 몽상으로 향하고 있지만 사랑을 완성시키기보다는 미완으로 남겨둠으로써 대속의 자세를 취하고 있다.

1. 사랑에서 사랑으로 그 이중적인 사랑

'블랙 스완'은 일반적인 의미에서 드러나듯이 예외적이고 가능성이 없어 보이는 일이 실제로 일어났을 경우에 사용하고 있다. 17세기 말까지 유럽인들은 백조만 존재한다고 믿고 있었으나 18세기 오스트레일리아 남부에서 흑조가 발견되면서 백조에 대한 통념이 깨졌다. 이런 블랙 스완에 대한 실제와 가치를 최혜옥이 시를 통해 드러내고자 한 의미는 일반적인 사랑이 아닌 특수한 사랑에 대한 색깔과 부호를 파악해내어 그만의 가치와 의미로 사랑에 대한 통념을 깨우치는 데 있다 하겠다. 그에게 사랑은 철저하게 더 이상 비밀이나 죄의식이 아닌 신호나 부호같이 "어둠이 쏟아지는 불꽃을 삼키며/ 하얗게 웃"을 정도로 노출이 심하다. 사랑의 행위자에서 대상에게로 "목이 쉬도록 나팔을 불어도 듣지를 않"지만 세기에 있을 한 번의 사랑을 위해 두 팔을 뻗거나 네온 길을 걷기도 한다. 그러나 사랑의 궁극적인 지향점이자 귀착지는 대상자가 아닌 화자 자신에게로 행위를 되돌리며 눈을 감고 웃는다.

특수한 것에서 일반적인 통념을 주관화시키지 않고 일반적인 것에서 특수한 통념을 뒤엎는 사랑의 심급으로 블랙 스완이라는 객체를 보다 더 객체화시킨다. 여기에는 그 자신의 사랑만 있을 뿐, 여타의 사랑은 개입하지 않는다. 그에게 사랑은 흔한 것이 아닌 "아무도 믿지" 않는 것이며 "아니어도 아닌 게 아닌/ 블랙 스완" 같은 특수한 통념처럼 사랑의 통념도 제대로 짚어내려는 데 중점을 두고 있다. 그러나 "아니야,/ 아니야,/ 아니야가 아니야"에서 나타나는 것처럼 부정의 부정에서 오는 긍정은 사랑에 대한 강한 부호와 신호를 보내면서 근본적으로 지닌 사랑의 "통념"을 보편화시킬 뿐만 아니라 화자에게는 할 때마다 매번 첫사랑 같이 어리석기도 하고 눈이 멀기도 하는 특수한 세기의 사랑을 위한 한 몸짓이기도 하다.

최혜옥이 시를 통하여 복선을 깔고 있는 이중적인 사랑의 시각은 "몸살"에 와서 내밀하게 잘 획득해내고 있다. 그에게 '몸살'은 감기나 고된 노역의 여파로 몸을 앓는 병으로 국한되지 않는다. '몸'과 '살'을 분리하여 다시 몸살을 결합시켜 몸속에 살고 있는 살이 "우울도 고독도 아닌 실존"의 실태자로서 사랑을 위한 몸살을 앓고 있지만 "여전히 별처럼 멀"리 있는 "당신의 부재"에 오한에 떨고 기침을 쏟아낸다. 이러한 사랑의 가속은 애원이나 강한 자극이 없는 '몸'에서 '살'을 '살'에서 '몸'을 겨누는 시위처럼 선명하다. 그러나 파리한 봄날에 만개한 벚꽃이 허물어지는 것처럼 일상적인 실존의 사랑에 대한 몸살을 앓고 있다.

2. 밀실의 사랑을 허무는 아니무스

최혜옥은 첫 시집인 『왼손의 애가』에서도 필자가 지적하였듯이 자기애와 이타적인 사랑으로 명실공히 사랑의 시인이라는 닉네임을 얻었다. 그가 보여준 일련의 작품인 「외로운 날의 하이퍼링크」, 「보바리부인의 열애기」, 「왼손의 애가」, 「물푸레 여자」 등은 최혜옥이 추구하고자하는 사랑의 정점에 닿아있다 하겠다. 그러나 그의 시세계를 구축하고 있는 사랑의 밑바탕에는 "밀실"이나 "블라인드"가 없다. 밀실은 폐쇄적이고 은둔자가 자신을 가두는 사랑의 공간이다. 최혜옥은 자신에게 잠재되어 있는 페르소나에 대한 정중한 예의로 밀실을 거부하고 있다. 가령, "너는 밀실을 원하지만/ 내가 원하는 건 확실한 원산지"라든가 또는 "너는 창문에다 다크 블라인드를 드리우고/ 나는 욕조를 열고 투명을 가린다"는 표현에서처럼 그 자신이 페르소나와 동일화되는 것으로 확장시키고 있다. 시에서 페르소나는 화자가 공개적으로 보여주는 일종의 은유나 상징 같은 장치이며, 직관이어서 대상으로부터 좋은 정서를 획득하거나 표출하려고 한다.

그래서 확장된 페르소나는 무의식적 자아라기보다는 의식적으로 노출된 자아로서, 타자를 수용하기보다는 화자 자신을 거부하고 있다. 그러나 이러한 행위가 페르소나의 내면에서 충돌하거나 분리될 때, 아니마 또는 아니무스라는 기제가 발생하게 된다. 잠재의식의 외면이라고 불리는 페르소나를 내면으로 들여다 볼 경우, 남성에 대해서는 아니마, 여성에 대해서는 아니무스라 부른다. 아니마의 경우 남성에 대한 하나의 무의식이 있지만 아니무스는 복수의 여성에 대한 무의식을 가지는 특징을 지닌다. 아니마의 태고원형은 어머니 또는 특정 여성에 대해서, 아니무스의 태고원형은 아버지 또는 특정 남성에 대해서 투영되고 있다. 남성이 긍정적 감정 또는 부정적인 상처를 준 여성에게 아니마를 투영하듯이 여성도 남성에 대한 부정적인 아니무스를 가지고 있다. 그러나 아니마는 하나의 태고원형을 가지고 있어서 별다른 모순이 없지만 아니무스는 다수의 태고원형을 가지고 있어 영웅적인 면모, 지적인 우아함, 예술적인 재치를 겸비한 위치의 남성과 동일화시키려고 한다.

최혜옥의 시에서 나타나는 시세계가 대체로 위에서 언급한 아니무스의 동일한 선상에 있다고 함은 조심스러우면서도 지나치지 않는 표현으로 그의 시를 좀 더 세밀하게 일어볼 필요가 있다. 최혜옥의 시에서 아니무스의 성격이 짙은 것은 작품 「초콜릿 모텔」과 「우아한 청승」이다. 우선 「초콜릿 모텔」에서 드러나는 아니무스의 패턴은 "쇼콜라티에"같은 사랑을 주도하는 이상형의 남성상으로 표현되고 있다. '초콜릿'과 '모텔'을 겹쳐 놓고 에로틱한 시상을 끌고 가는 최혜옥의 의식은 '밀어, 블라인드, 단물, 침대, 살과 살'에서 수위를 조절하고 있으나 그 자신에게 잠재해 있는 무의식은 "한나절의 몽상,/ 우리만 알던 오후 세 시가/ 혀끝에서 녹는다"에서처럼 '너'에서 '나'로 다시 '우리'로 체위를 바꾸어 가고 있다.

그러나 "한나절의 몽상"이 혀끝에서 녹을 시간만큼의 그 자신이 밀실을 원한 무의식은 결국 "몸 누일 침대는 많은데/ 살과 살을 연주할 쇼콜라티에가 없다"는 예술적인 대상으로 치환됨으로써 '밀어'가 '몽상'이 되는 '잠행'으로 끝을 맺는다. 이러한 예는 「우아한 청승」에서도 극명하게 나타나고 있다. 가령, "사랑이 다시 오면 그땐/ 수없이 애인을 바꾸고도 외로움에 떠는 허기와 끝장을 봐야지/ 오직 한 사람에게서 심금을 도난당한 빈털터리와/ 네가 내 사랑이었다 사랑해서 떠난다"는 표현과 같이 "애인을 바꾸고도 외로움에 떠는 허기"를 "네가 내 사랑이었다 사랑해서 떠난다"는 아니무스의 태고원형에 갇힌 전형적인 무의식의 세계로, 무의식에 나타나는 대상자의 말을 화자가 "우아한 청승"으로 대치시키고 있다. 그래서 "비극적인 결말"이나 "계절마다 안절부절 제 애간장 졸이"지 않으려고 화자가 지닌 아니무스의 "후일담"을 자신의 "선언이나 다짐"으로 다음과 같이 말하고 있다.

다시 사랑이 오면
절대로 혼자 아프지 말고
아프기 전에 꼭 먼저 이별해야지

3. 대속을 기다리는 환절

최혜옥의 시를 이루고 있는 본질적인 요소는 사랑을 대하는 자의식에 대한 대속이다. 사랑의 완결이나 완성보다는 더디고 무딘 사랑을 통해 사랑이 서서히 부호화되거나 짙은 색깔로 변해가는 현재형의 흐름에 그는 더 천착하고 있다. 이는 일방적인 사랑을 넘어 대상을 자아화시켜냄으로써 동일화시키고 있다. 그 중요한 예로 「환절」이라는 작품을 꼽을 수 있다. 최혜옥이 시를 통해 드러내는 사랑은 거개가 아슬아슬하고, 불편하고, 불면이 동반한다. 사랑을 대하는 자세에서 최혜옥은 남을 탓하기보다는 자신의 사랑에 대한 자세를 스스로 점검하고 지적해내고 있다. 그에게 사랑은 "블랙 스완"이 되는 가능성으로, 또는 '몸'과 '살'이 패러독스의 촉을

벼리는 "몸살"로, 그리고 언제든 가면 몽상을 한 방울 떨어트려주는 쇼콜라티에로, 애인을 바꾸더라도 "사계절 내내 후일담만 걸치고 늙어가"는 것으로 "우아한 청승"을 떨 듯 갈래지어 놓고 있다.

그러나 이 모든 사랑의 원천은 그 자신이 맞닥트린 무의식의 한 부분일 뿐, 현실을 가로지르는 사랑의 가속은 아니다. 다시 말해서 무의식에 내재해 있던 사랑의 기대나 희망, 또는 열정이나 이별 같은 속성들은 그 자신이 열망하거나 부정했던 페르소나에 다른 또 하나의 자신이었던 것이다. 환언하면 최혜옥이 나타내는 사랑은 현재형이면서도 현재가 아니며, 대상자가 없는 사랑으로 항상 과거에 정체되어 있다하겠다. 그래서 그의 시를 이루는 본류는 자기애를 넘어 이타적인 사랑의 심급에 잇닿아 있다. 못 다한 사랑을 완성하기보다는 그 사랑의 가치와 존재를 탐색함으로써 완성하지 못한 사랑, 그것을 자신이 끌어안음으로써 사랑에 대한 대속을 받으려고 한다.

"우주적 시간을 가르쳐도 모른 척"하는 "환절"은 절서의 순환을 말하는 것이 아니라 최혜옥에게 "환절"은 "억수비가 잦아"져도 우산을 지닌 채 비를 맞으며 "그대 소식"을 기다리는 사랑의 담대한 자세를 나타내고 있다. "환절"은 어떠한 경우에도 변함이 없는 절대적인 사랑의 환절에 다름이 아니다. 이러한 의지는 "세상에서 가장 큰 아픔이/ 나 자신 혹은 당신"이라는 표현에서 드러나듯이 '나'와 '당신'이라는 모호한 주체의 혼재 속에서도 피할 수 없는 사랑의 아픔을 사실적으로 잘 탐색해냈다. 그러나 그 사랑의 아픔은 "당신이 머뭇거리기 전에/ 내가 사라진 결론을 미리 보내"어 상처나 흉터가 되더라도 온전히 최혜옥이 감내해야 할 대속적인 것으로 나타나고 있다. 최혜옥에게 "환절"은 소식이 없는 그대를 기다리다가 우산도 쓰지 않은 채 비를 맞고, 사랑하는 당신이 머뭇거리기 전에 화자 자신이 사라진 결론을 주저하거나 망설임 없이 미리 보내고 있다. 그러나 화자는 사랑에 대한 예의를 흔들림 없이 견지하여 비관이나 한탄, 그리고 어떤 원망도 하지 않는다. 다만 "우주적 시간"이나 "불면의 별"이 사랑하는 사람이 있는 서쪽의 계절로 환절을 하여도 "한쪽 방향으로만 진행"하는 환절 속에서 변하지 않은 환절을 바라보고 있다. 환절이 와도 환절을 하지 않은 사랑에 대한 대속을, 최혜옥은 "요렇게 해 봐요 나처럼"하며 여전히 기다리고 있다. 환절을 해도 바뀌지 않은 사랑의 영속성을 최혜옥은 "우주적 시간"으로 가두어 놓고는 대속을 받고 있다 하겠다.

집과 물을 통해 여는 서사의 "문"
– 김화연의 작품론

시창작은 대상의 단순한 표면적인 것에서 벗어나 인간 정신 영역에 존재하는 비물질적이거나 비가시적인 것들을 드러내는 것으로 하고 있다. 또한 시창작은 오랫동안 겪어온 일상 혹은 세계 속에 존재하는 모든 것들을 특징적으로 재현하는 것으로 인식되어 왔고, 시작으로 완성된 재현의 결과물을 시작품으로 이해해왔다. 그리고 이러한 재현의 방식은 창작영역과 삶의 영역으로 구분하여 왔고, 이러한 방식을 통해 시창작은 삶과 대상에서 메시지를 추출해낸 과정으로 독자적인 시세계로 구축하고 창작해온 것 또한 사실이다.

그러나 최근에 페미니스트 아티스인 우켈레스에 의하면 "일상의 활동과 창작 행위 사이의 간극이 존재하는 형식을 일상적 행위와 창작 행위를 구분하지 않음으로써 창작과 삶의 경계를 무너뜨리고 있다"고 한다. 더 나아가 창작의 장소와 삶의 장소에 대한 이분법적인 구도를 깨뜨리고 있다는 점에서 창작에 대한 많은 변화를 예고했다. 이러한 점을 전제로 해서 김화연의 시를 읽어보면 그의 시에 나타나는 일련의 삶이 시창작으로 전이되는 과정이 우켈레스의 말과 흡사하게 닮아 있다 하겠다.

김화연이 항상 마주하는 대상적인 것들에서 새로운 에픽을 통해 지적해내는 참신한 이미지들이 인상 깊게 다가온다. 여기에는 "하늘과 땅, 낮은 곳과 높은 곳, 안방과 건넌방, 늦잠 없는 하늘, 비어 있는 그림자, 온종일 서 있는 나무, 허름한 문, 빈집, 한 그릇의 물, 물의 집, 스스로 움직이는 집" 등에서 나타내는 것과 같이 시말이 여러 과정을 거쳐 "문"이라는 키워드에 닿아 있어 결코 일상적인 것이 창작으로 가는 행위가 쉽지 않음을 시사해준다.

그러나 물에서 집까지 도달하는 과정에 개입하고 있는 '문'은 항상 김화연에게는 유년의 기억으로 회귀하는 방식을 취하고 있다는 사실이다. "눈 녹은 물"에서 바라보는 화자의 아버지가 기침을 하는 "집 한 채"가 있고, 안방과 건넌방의 사이에 고인 물의 자리에서 다복했던 귀한 기억을 추적하기도 한다. 그리고 이러한 기억에는 항상 앞으로 나아가는 순방향이 아닌 과거로 역행하는 역방향으로 진행하고 있다. 그래서 그 역방향의 불안한 회귀를 통해 여러 가지 대층적인 것들을 끄집어내고 있는데, "가라앉을 것과 떠오른 것, 낮은 곳과 높은 곳"의 상승과 하강적인 것을 교차해놓음으로써 수평적인 역방향과 수직적인 상승과 하강의 방향을 교직적으로 배열해 놓고 있다.

김화연의 시에 나타나는 특징은 교직되는 지점에다 비교되는 대상물을 놓고 다른 대상물을 드러내고 있다는 것이다. 〈물의 마음으로〉에서도 교직되는 지점에 "집 한 채"를 두고 '안방'과 '건넌방'의 '물 고였던 자리'를 만들어 "물의 마음으로" 아버지에 대한 편린과 '낯선 얼굴'에서 다복했던 한때를 눈처럼 녹여내고 있다. 김화연이 일상적인 생활에서 맞닥트린 시적대상들은 다양한 스펙트럼을 이루고 있는데, 그것은 "물"과 "집"에 대한 근원적인 메타포를 지니고 있다는 것이다.

눈 녹은 물
녹아 사라진 집 한 채가
어른어른 고여 있다
비닐봉지가 떠 있는 저기, 저쯤이
안방이 있던 곳이었을까
구름의 끝자락이 걸린 모퉁이가
아버지의 건넌방이었을까
- 「물의 마음으로」 부분

저 화분 밑에
빈집의 문이 숨어 있다
- 「분꽃」 부분

낮 동안 햇볕에 따뜻해진 물은 맨발로 돌아다니다
해가 진 뒤 집을 찾아 들어오듯
한 그릇 물이 문을 열어 주었다
- 「물이 추위를 대하는 방식」 부분

　물은 생명보존에 필수적으로 필요한 요소이자 심리적으로는 동경의 대상이자 희망을 내포하기도 한다. 물은 자아나 기억을 상기시켜주는 대상이자 반성을 통해 자아를 회복시켜주는 대상물이 되기도 한다. 이런 측면에서 김화연이 '물'이라는 대상을 거쳐 드러내는 서사의 방식은 '아버지'나 '어머니'에 대한 단순한 그리움이나 편린이 아닌 서사 너머의 서사를 헤집고 있다는 것이다. 다시 말해서 집과 물의 대상에서 보이는 서사를 "문"이라는 경계를 제시함으로써 물 – 문 – 집이라는 이중적인 에픽을 만들어 집이나 물을 들여다보기 위해서는 반드시 '문'이라는 여과장치를 거쳐야 하는 것으로 하고 있다.

오랜 서정으로써의 '물과 집'은 익숙한 정서이지만 '문'을 통해 드러나는 '물'의 의미나 '집'의 의미는 낯선 의미로 다가온다. '집'은 '물'과 더불어 생명활동에 필수적인 것으로 심리학에서는 주지하다시피 일찍이 낙원으로 해석해온 바가 있다. 화자에게 집은 낙원이고 물은 낙원을 떠받쳐주는 보조 작용을 하고 있다. 그러나 문이 열리고 닫힘에 따라 낙원을 극복하거나 상실하게 만드는 문이 경계에서 중요한 작용을 하고 있음을 알 수 있다. 김화연의 시에서도 나타나듯이 문은 안과 밖, 경계와 경계, 하늘과 땅, 낮과 밤, 빛과 그림자 등을 수용하거나 거부하는 중요한 통로이다. 이런 문의 경계 지역에서 김화연이 바라보는 물과 집의 의미는 오랜 서정을 더듬는데 만족하지 않고 물과 집에서 근본적으로 추출해낸 몇 가지 서정의 방식에 저촉되고 있다 하겠다. 그것은 "비어 있는 그림자마다 사람이 모여"들거나 "온종일 서 있는 마을의 나무들"(〈하지〉)에서 집이나 물에 대한 근원적인 시말들에서 잘 나타내고 있다.

 제3부 음영의 존재를 끌어안는

김화연의 시에는 일종의 페르소나 같은 이중적인 경향에서 이야기를 만들어가는 서사적인 구조가 아득한 편린을 용해해내는 또 다른 서사구조의 방식을 취하고 있다. 〈물이 추위를 대하는 방식〉에서 보면 "어머니가 떠 놓은 한 그릇 물"에서 "봄이 온다 해도 좀처럼 녹지 않을 것 같은 집"을 기억하고 있는데, 여기에 드러나는 서사구조 역시 "한 그릇 물이 문을 열어"주는 방식으로 되어 있다. 그리고 물과 문, 집과 문 사이가 열리는 과정을 "빙점과 해동의 시간을 무수히 반복"하는 것으로 몇 개의 프레임 속에 넣고 있다. 이러한 예는 2018년《애지》봄호에 게재된 두 편의 작품에서도 나타나고 있다. "빈곳은 비어 있는 곳이 아니라 / 기다리는 곳이다"(〈빈곳을 찾다〉)라는 표현과 "내 손가락이면서 / 내 손가락이 아닌 내 손가락"(〈손가락을 맞바꾸다〉)에서 드러내는 것 역시 이중적 서사구조를 취하고 있다. 물론 〈빈곳을 찾다〉에서 화자가 드러내는 것이 '봄, 사람, 햇살, 여름' 등이지만 결국은 빈곳을 채워주는 기다림의 대상물들이다. 〈손가락을 맞바꾸다〉에서도 타자화된 사람을 등장시켜 '천장, 석순, 물방울, 석주, 반지, 박쥐' 등으로 변이된 대상물을 통해 "건너가던 약속과 / 건너뛰는 약속"을 "내 손가락이면서 내 손가락이 아닌 내 손가락"으로 맞바꾸는 두 겹의 시적 장치에 넣고 있다.

궁극적으로 김화연이 말하고자 하는 게 어쩌면 "해가 진 집"이나 "허름한 문", 또는 "빈집의 문"이 아니라 "결국엔 추위도 햇살도 들어갈 수 없는 / 한 그릇 문 없는 집이 내게는 있다"는 그런 서정에 갇힌 페르소나를 새로운 서정으로 펼쳐놓는 시도를 하고 있다 하겠다. 김화연의 시에 나타나는 일상적인 요소를 가진 일련의 작품과 같이 시적으로 재현해낼 때, 그 창작의 모티프는 장점이자 단점이 될 수도 있다. 그래서 서사구조를 시로 가져올 때, 유의해야 할 점을 조심스럽게 부연하고자 한다. 첫째 시에서 서사는 과거의 일을 현재로 이끌어내는 상상력의 기초가 된다. 이는 상상력을 통해 이미지를 환기해내는 가장 서사적이고 시적 요소이기도 하다. 왜냐하면 서사는 모든 면을 말해주는 시 그 자체이기 때문이다. 그러나 서사를 서사 그 자체에 머무르게 하면 자칫 시말에 대한 군더더기가 많이 붙게 된다. 중복되는 서사, 반복되는 이미지 등이 산재하는 요인이 시적인 서사를 단순한 서사로 머무르게 하기 때문이다. 둘째 시는 보다 시적인 것을 드러내는 것으로 평이성을 극복하여 조각하고 연마해야 한다. 시에 쉽게 드러나는 평면성이나 우리가 일반적으로 알고 있는 색채어 같은 시어는 피해야 한다. 시는 일반적인 것에서 특수한 것을 드러내야 한다. 시를 쉽게 쓴다고 해서 그 과정이 쉽지 않듯이 시 쓰기는 참으로 어렵다. 시가 쉽다고 해서 시 해석이 쉽지도 않고 시가 어렵다고 해서 시 해석 또한 어려운 것이 아니다. 쉬우면서 가슴에 와 닿는 시, 읽고 나면 진정성이 느껴지는 시가 시의 참맛이 아닐까. 어쨌든 서사구조의 형식을 바탕으로 한 시의 단점을 잘 극복하고 낡고 진부한 서정이 아닌 참신한 서정으로 획득한 일련의 시편 속에서 김화연에게 서사구조는 '문'을 여는 제의적인 성격을 갖고 있다 하겠다. 그래서 김화연의 시 〈만약이라는 말〉에서도 나타나듯이 "집이 스스로 움직이고 / 꽃밭이 살아서 뒤란과 마당끝을 옮겨 다닌다"는 진짜 '만약이라는 말'을 상상으로 가정(만약)하지만 그 말 또한 '상비약 같은' 존재로 집과 물의 테두리에서 벗어나지 못하고 있다.

김화연에게 집과 물은 하나의 서사의 대상이 되기도 하지만 서사를 채워주는 '빈곳'이자 '만약'이 될 수도 있으며, 오래 전 "창문이 달리는 밤"으로 달려가는 아득하고 따듯한 자신의 공간이기도 한 것이다.

눈물 같은, 여성성과 권력을 위한 은유들
– 박언숙의 작품론

1. 왜 여성성의 시인가?

박언숙의 시작품「소국」외 네 편에서 읽히는 특징은 여성성으로 무장한 존재들을 위한 은유의 경문 또는 눈물 같은 존재들을 위한 노래로 충만하다는 것이다. 그 이면에는 권력을 대하는 자세나, 비정상적으로 무너진 사회계층의 한 부류들이 '꼬리'를 내리거나 '빈집'에서 주인의 영정을 못 본척하는 '고집 센 의자'로 나타내기도 한다. 박언숙이 궁극적으로 지적하고자 한 시적 진실은 여성이 지닌 여성성들의 슬픈 회로판들이다. 박언숙이 탐색하고자 한 여성성의 슬픈 회로판은 언제나 빨간 신호로 켜져 있는 게 아니라 점멸등으로 깜빡거리고 있어서 더 신경이 쓰이고, 아찔하고, 고독한 성격을 지니고 있다.

한국 시단에서 여성성의 문제나 여성성의 시작품은 일찍부터 많은 관심과 담론을 형성하여 왔다. 여성성의 시는 소수의 시이면서도 탈주의 선을 넘나드는 시작품으로 남성이나 여성의 본질을 파괴하거나 또 그것을 다시 생산해내기도 하는 이중적인 자세를 취하고 있다. 최승자의「일찍기 나는」, 강은교의「바리데기의 여

행노래」에서부터 김선우의 「물로 빚어진 사람」, 허혜정의 「푸른
밤」 등 많은 시인이 현재에 이르기까지 시작품에 여성성을 부여한
젠더를 재해석하고, 변형하고, 전복하여 새로운 여성성의 시작품
으로 반어와 역설의 언어로 작품들을 창작해왔다.

2. 소국의 눈물 같은

먼 난쟁이 나라 이름일까

고봉밥 같은 소국 배 터지게 피었다
가을이 무심코 툭 던진 감잎처럼 흔해 빠진

하얀 소국은 언니가 벗어놓고 간 면사포
핏덩이 쏟아놓고 죽은 언니 핏물 빠진 얼굴

그 아기 돌상에 올려놓은 흰, 흰 백설기

겹겹 흰 꽃으로 덮어쓴 엄마 머리카락
밤마다 쓰고 부치지 못하는 편지

검은 밤이 삼켜버린 시월의 그 골목
짓밟힌 블라우스에서 떨어진 작고 하얀 단추

피지 못한 하늘가에 모질게 꽂아둔 하얀 꽃

수많은 작은 꽃잎 옹기종기 둘러앉아
두런두런 꽃숭어리 단단히 엮어두는 꽃받침

가을 내내 혼절하는 하얀 소국, 하얀 향기

꺼이꺼이 울다 할 말 막힌 말줄임표 같고
숨 거둘 때 부릅뜬 하얀 눈동자 같고
그 눈동자와 눈동자에 그렁그렁 고인 눈물 같은
-「소국」 전문

　소국은 국화의 한 종류로, 우리 주위에서 쉽게 가장 많이 볼 수 있는 가을꽃 중의 하나이다. 소국은 크고 화려한 대국과는 달리 송이마다 작고 수수한 매력을 갖고 있다. 그래서 소국은 한국의 가을이나 한국인의 은근한 정서와도 잘 어울린다고 한다.

　작품 「소국」은 "먼 난쟁이 나라 이름"같이 '소국小國'으로 본 사실에서 "그렁그렁 고인 눈물 같은" 존재들을 위한 치유나 은유를 가지고 전개해 나가는 방식이 성급하거나 과하지 않고 침착하면서도 담대하게 다가온다. 화자는 "감잎처럼 흔해 빠진" 소국에서 "언니가 벗어놓고 간 면사포"를 매개로 하여 직접적으로 "죽은 언니 핏물 빠진 얼굴"로 전이시킨다. 이는 과거의 아픔을 통해 현재의 더 큰 슬픔을 드러내는 예열의 단계일 뿐이다. 죽은 언니를 통해 서서히 소국을 진설해내는 박언숙의 여성성은 잔인할 정도로 사실적이고 디테일하다. "아기 첫돌 상에 올린 희디 흰 백설기"나 "엄마 머리카락" 또는 "부치지 못한 꽃 편지"로 나타나는 은유들을 "먼 난쟁이 나라 이름인 소국"이기를 경계하고 있다. 이런 그에게 "이태원 골목"은 "짓밟힌 블라우스에서 떨어진 작고 하얀 단추"나 "피지 못한 하늘가에 모질게 꽂아둔 하얀 꽃"으로 참담하고 가슴 아리게 다가온다. 그리고 더 나아가 "희디 흰 백설기"를 올리는 애틋한 참담함에 "혼절하는 하얀 소국"의 비정상적인 참담함을 배치시켜 이중의 장면을 부각함으로써 참담함의 잔혹성을 더 강조하고 있다. 화자에게 먼 난쟁이 나라의 참담한 사건이길 바라는 시월의 이태원은 "가을 내내 혼절하는 하얀 소국"으로 하얀 향기를 들썩이는 소국小國의 어두운 면을 담대하게 획득해낸다. 이를테면 "면사포, 핏물 빠진 얼굴, 엄마 머리카락, 꽃 편지" 등에서 나타나는 여리고 약한 여성성이 아니라 참담한 소국小菊의 여성성과, 이태원 골목에서 일어났던 참사로 인해 꽃다운 나이로 비명횡사한 "짓밟힌 블라우스, 하얀 단추, 모질게 꽂아둔 하얀 꽃, 혼절하는 하얀 소국, 하얀 눈동자" 등에서 나타나는 눈물을 잔뜩 머금은 참담한 소국小國의 권력이 상충하는 것을 이중적으로 잘 부각시켜 나타내기도 한다.

박언숙의 시 패턴은 첫 행에 무엇을 쓸 것인가에 대해 암시를 해두고 그것에 맞춰 주제에 맞게 전개를 해나가는 방식을 택하고 있다. 감잎처럼 흔해 빠진 소국만큼이나 서사나 사건도 흔해 빠진 일들로 많이 일어나고 있음을 시사해준다. 이러한 서사로부터 박언숙이 획득해내는 "소국"에 등장하는 여러 가지 대상이나 이미지들은 "말줄임표" 같은 자세와 대상들에 대한 이타적인 사유를 통해 자기 존재를 인식하는 새로운 통로가 되기도 한다.

3. 그 몹쓸 봄 내내

벌의 일자리를 빼앗은 적 있다. 새벽 네 시, 벌통을 기어 나오는 벌처럼 엉거주춤 졸린 눈 비비며 집을 나서면 멀리 가로등 아래 승합차가 기다리고 있다. 우리를 태운 차는 성주의 어느 참외밭으로 어두운 새벽길을 달렸다. 코로나로 인해 밥 굶을까 염려한 친구가 주선해준 아르바이트다. 삼십 년 꽃을 만졌으니 안성맞춤이라고 부추겼다. 그깟 참외 꽃 암수 야 식은 죽 먹기지. 노란 꽃이 가득한 비닐하우스 안을 들어서니 마음이 설렜다. 짙은 초록 보료를 깔고 핀 금빛 참외 꽃이 황홀하기까지 했다. 수정액 통을 메고 긴 대롱으로 숨은 암꽃을 찾아 방아쇠 같은 걸쇠를 당긴다. 팔자에 없는 수컷의 역할, 표적은 금빛 찬란한 암컷이다. 두 눈 부릅뜨고 암컷의 질에다 정액을 뿜어주었다. 종을 퍼트리는 수컷의 매춘을 성심껏 대행하는 일. 원나잇을 꿈꾸며 로데오거리를 헤집는 한 마리 수컷이 되어본 것이다. 수꽃과 달리 암꽃은 환하게 웃는 얼굴로 입을 크게 벌리고 뒤집어지며 웃는다. 이미 씨방을 품은 모체이므로, 아랫배가 두루뭉술하다. 불룩한 허리 치켜세우는 품새가 당차다, 세상의 암꽃들이 그렇듯이. 그 봄이 이슥할 때까지 팔자에 없는 수컷으로 살았다. 불면의 밤을 떨치고 새벽부터 아

 제3부 음영의 존재를 끌어안는

침 해 뜰 때까지, 암컷을 찾아 황당하고 암울했던 그 절망의 나날, 금
싸라기를 쏟아 부은 꽃밭에서 카사노바 부럽지 않은 수컷이 되어 본
것이다. 그 몹쓸 봄!

–「암컷을 찾아서」 전문

　위 시는 성주 참외밭으로 화접을 하는 아르바이트를 하며 떠오
른 감각적인 서정을 여성성으로 잘 표현한 작품이다. 몇 군데서
보이는 희화적인 장면에서 붕괴된 생태계의 실제의 모습을 동시
에 포착할 수 있다. 벌, 나비의 감소로 자연 화접이 되지 못하고 인
공 화접을 통해 수정을 해주는 방식은 현대의 자연스러운 수컷 아
닌 수컷의 역할을 해주는 매개체가 된다. 생태계 파괴는 수컷의 역
할과 농사의 잔일로 항상 높은 수확보다는 빈농으로 귀결되었다.
박언숙이 스스로 암컷을 찾으러 다니며 "팔자에 없는 수컷"이 되
어 수컷의 역할을 해내는 여성성은 "황당하고 암울"하다. 그에게
나타나는 여성성은 "카사노바 부럽지 않은 일벌이 되어 본 것"이
나 "원나잇을 꿈꾸며 로데오거리를 헤집는 한 마리 수컷이 되어"
보기도 한다. 그러나 박언숙에게는 "그 몹쓸 봄 내내"에서 나타나
는 이중의 여성성을 지니고 있다. 하나는 "마치 내가 수컷이 된 것
같"은 그 몹쓸이고, 다른 하나는 "암컷의 질에다 정액을 뿜어주"는
그 몹쓸이다. 박언숙은 "그 몹쓸 봄 내내" 헤매어 "암컷을 찾아"
화접을 한 행위에 대한 자의식을 "삼십 년 꽃을 만져 온" "두루뭉
술한" 사유로 "종을 퍼트리는 궁극적인 목적"인 시로 잘 발화해내
기 위해 시에 대한 화접도 능숙하게 잘 해낸다.

4. 햇살의 경문

두 장으로 벌어지면서
갈림길이 생기기 시작한다

덥석 잘못 물은 미끼처럼
제 몸을 갖다 바치는 떡잎은,

가랑이를 잘못 벌린 엄마다

무성한 녹음을 먹여 살리는 가장은
끝없이 빨아 먹어야 하는

새끼들에게는 든든한 밑천이었으니 떡잎은,

낯선 데서 밤마다 열어젖히는 캐리어 가방이고
아침이 오면 다시 첫 마음을 덮고
갓밝이에 떠날 비장한 날섧이다

떡잎이 벌어진 거기 천문이 열린다
젖은 머리통을 밀어 올리는 얇은 .속곳
풀 섶에다 쏟아낸 햇살의 경문이다

어둠을 뚫고 송곳 같은 첫 길을 낸
어쩌나 이미 늘어지는 저 떡잎은
길든 짧든 막바지 종부성사다

아랫도리 시들고 말라 비틀린 채
제 몸에 핀 꽃 제대로 볼 수 없는
둘러씌운 천형 같고 고이는 빗물 같은

더는 질척거리지 않기로 다짐하는지
저 떡잎들, 스스로 소신 수거 중이다
– 「저 떡잎들」 전문

　이번 벅언숙의 다섯 편의 작품 중에서 도저하고 신랄하게 여성성이 잘 드러난 작품이다. 두 장으로 벌어지는 떡잎을 "가랑이를 잘못 벌린 엄마"로 도저한 직관으로 여성성의 비의를 발견하게 해준다. 어떻게 보면 김선우의 「물로 빚어진 사람」처럼 궤를 같이하는 작품으로 여겨진다. "흙으로부터 잘못 물은 미끼처럼/ 제 몸을 갖다 바치는 떡잎"은 여성의 몸을 에로틱한 기표로 내밀하게 내보여준다. 거기다 더 나아가서는 "가랑이를 잘못 벌린 엄마다"라고 하며 "떡잎"에 대한 속성까지 들춰내고 있다. 떡잎은 새끼들에게는 든든한 밑천이었다고 믿는 화자의 "결연한 낯섦"은 비장하게 떠나야 하는 "캐리어 가방"이고 "풀 섶에다 속삭이는 햇살의 경문"이기도 하다. 그만큼 여성성의 비의는 캐리어 가방처럼 속물이나 속계의 것일 수도 아니면, 햇살의 경문처럼 함부로 범접할 수 없는 성계의 것일 수도 있다는 기표를 지니고 있다는 뜻이다.

그래서 화자 자신도 "어둠을 뚫고 송곳 같은 첫 길을 "내며 "제 몸에 핀 꽃 제대로 볼 수 없는/ 둘러쓴 천형 같고 고이는 빗물"로 보아 마음의 경계나 몸의 경계를 지어 "더는 질척거리지 않기로 다짐"을 하며 적당한 거리를 유지한다. 여기서 박언숙의 시가 더 이상 타나토스로 나가지 않고 다행히도 경계에 멈추어 천문을 열고 햇살의 경문을 맞닥트리며 부정한 떡잎들을 소신 수거를 하고 있다는 사실이다. 이러한 데에는 박언숙의 지대한 사유의 세계와 침착한 정서가 잘 결합하여 나타난 결과라 할 수 있다.

5. 살랑거리는 저 꼬리여

주인을 앞지르는 개의 뒤통수에 던진 덤일까
그냥 두자니 민망한 똥구멍의 가리개일까
적절히 중간을 지키는 경계선이라고 우겨볼까

맞불 시위에서 마주 흔들어대는 궁색한 깃발인가
낚싯대 끝에 달아맨 미끼 같고, 핑계 같은 끗발인가
눈치 없이 얻어먹고 가로 얹힌 떡 쪼가리 같은 가

뒷전에서 그저 설레발치기 바쁜 꼬리는

 제3부 음영의 존재를 끌어안는

맹렬하게 덤비다가도 납작 엎드려 흔들어보는 저 꼬리는

화려한 본문 뒤에서 앞을 받쳐주는 부록이지만

본문을 밀어내고 앞을 차지하는 꿈을 꾸는 부록인 걸

토끼는 붉고 우뚝 선 귀가 본문일까

뛸 때 방해되지 않는 짧은 꼬리가 본문일까

다 털리고도 붙어있는 저 꼬리가 꼬리일진대

제대로 흔들어 볼 일이다

서너 낱 자존심 접고 살랑거리는 저 꼬리여

-「꼬리론」 전문

　20세기 이래, 권력은 시문학의 영역에서 끊임없이 중요한 대상
이 되었고, 이슈에 따라 역동적으로 제기되기도 하였다. 그리고 권
력에 대한 여러 가지 논쟁들은 개인보다는 집단적으로 연대를 하
여 사회적으로 큰 역할을 하였다. 사람들은 곳곳에서 권력을 엿보
며 그것을 감시하거나 이론적인 실제로 받아들이기도 하였다. 각
개인에게 끊임없이 자기의 일상을 감시하는 이상한 체계로부터
우리는 경제, 문화, 교육 등의 체계 속에서 권력이 유발하는 폐해
에 대해 대처하고 제도화하는 다양한 시스템에 이르기까지 방대
한 조직이나 장치들을 요구하고 설치하기도 하였다.
　현대 사회에 처해 진 우리는 권력에 너무 구속되거나 지배를 당
하는 것은 사실이다. 아마도 박언숙이 대하는 권력의 자세도 별반

다르지 않게 보인다. 똥구멍을 가리는 개의 꼬리를 "적절히 중간을 지키는 경계선"으로 파악해내는 박언숙의 감각은 "궁색한 깃발"인 듯 보이나 사실은 궁색함 너머의 "낚싯대 끝에 달아맨 미끼 같"은 것으로 일말의 동정심도 없이 "떡 쪼가리 같은" 것으로 못을 박아 놓는다. 그에게 "자존심 접고 살랑거리는 꼬리"는 없고, 부록에서 본문이 되는 "제대로 흔들어 볼" 꼬리가 있는 당당한 권력의 자세를 취한다. 박언숙에게 권력은 눈치를 보는 권력이 아닌 중간을 지키는 경계선으로, 꼬리를 살랑거리며 경계와 경계선의 권력을 잘 균형 맞추고 있는 것으로 나타난다.

6. 대를 이어 충성할 태세

시골집 대문간에 의자 하나가 버티고 있다. 편하게 앉아서 쉬라고 갖다 놓은 의자가 빈집 문간을 지키는 의자가 되어 묵묵하게 지키고 있다. 무슨 임무를 명받은 수문장 같이 당당하게 버티고 있다. 오래전 오며가며 앉아서 기다리던 의자는 심심찮게 바람 맞던 쓸쓸한 기억을 간직한 채 이제는 오로지 지키는 것에만 열중하고 있다. 자물쇠가 채워진 대문간을 누가 업어갈까 지키는 고집 센 낡은 의자, 할 수 있는 일이 있어서 그나마 다행인 의자, 정든 곳을 떠나지 않게 되어 안심하는 의자, 누구든지 오면 제일 먼저 바라봐주는 자리라서 괜찮다는 의자, 충견처럼 웅크리고 앉아서 짖지도 않는 의자가 굳게 지키고 있다. 녹슨 엉덩이가 떠날 때 남긴 지린내를 잘 머금고 있는 의자, 추운 겨울에도 죽을힘 다해 문간에 버티고 있다. 버릴 수 없는 빈집, 기다림에 이골 난 빈 집의 텅 빈 의자, 꼭 주인 닮았다고 누군가 중얼거린다. 돌아오지 않을 것을 아는지 주인 안부에는 관심 두지 않는다. 지난 봄 주인의 영정 사진이 한 차례 들어갔으나 고집 센 의자답게 무덤덤하게 못 본 척 한다. 아무래도 저 의자 대를 이어 충성할 태세다.

-「고집 센 의자」 전문

고집 센 의자의 비극적인 에피소드가 잘 드러나고 있다. 대문간에 버티고 있는 의자. 더불어 빈집도 지키며 수문장같이 당당하게 버티고 있다. 비가 오나 눈이 오나 화자의 쓸쓸한 기억은 오로지 지키는 것에만 몰입이 되어 있다. 고집이 셀 정도로 대문간을 지키는 낡은 의자가 할 수 일이란 충견처럼 의자를 굳건하게 지키는 것이다. 녹슨 엉덩이를 붙이고 추운 겨울에도 문간에 개처럼 누워 있다. 버릴 수 없는 빈집을 지키고 이골난 기다림에 스스로 위안을 받으며 돌아오지 않는 주인에게서 안부가 없어도 관심을 갖지 않는다. 그러나 지난 봄 주인의 영정 사진이 한 차례 들어가도 의자는 무덤덤하게 못 본 척을 한다. 그의 고집 센 대문간을 지키는 수문장 노릇은 대를 이어 충성할 태세라고 화자는 확인한다. 아무래도 한 대를 더 충성해야 할 한 주인이 더 있는 듯하다. 그 남은 주인이 대문간을 빠져나가야 그의 고집은 꺾이고 대를 이은 충성도 끝날 것이다.

박언숙이 획득해낸 고집 센 의자는 집단 권력이 아닌 개인 권력의 전형으로 폭력이나 거친 말투가 난무하는 것이 아니라 서사에

다 서정의 감각으로 잘 배합하여 조제해낸다.

7. 박언숙 시의 방향과 가치

　박언숙 시의 특징은 박언숙 자신이 시의 제재나 대상을 통해 시를 전개해 나가다 시의 틈새나 균열을 만들어 놓았다가 그것을 다시 봉합하거나 원상태로 메꾸고 있다는 사실이다. 본래의 시는 카오스의 상태의 세계를 코스모스 상태로 정립시키거나 균열이 간 사회를 메꾸려는 변혁의 시도를 하는 데서 출발한다. 박언숙 시에 나타나는 여성성의 시는 어떤 희생이나 감당하기 어려운 고통을 요구하는 시로 구성되지 않는다. 다만 박언숙보다 더 강력한 어떤 주체나 그릇된 남성문화에 대한 저항, 또는 보이지 않는 권력에 의해 박언숙 자신이 타자로서 객관화된 '어떤 진실'을 고스란히 인식하는 시작품이나 권력의 행위로부터 자신을 탈주의 선에서 벗어나려는 시작품도 동시에 발화하고 있음을 경계하기를 바란다.

　여성성은 어떤 표식이나 상징이 아니고, 시를 쓰는 목표인 동시에 대상물이나 여성성을 시에서 중요하게 다루는 것은 그것이 소수의 문학이거나 불결하기 때문이 아니다. 자연스럽고 어디에선지 볼 수 있도록 사회 곳곳에 산재하기 때문이다. 그러나 권력은 일상의 모습 한 부분을 부각시키고 그것을 강조하며 조직을 위한 관계로써 그것을 활용한다. 프로이드에 의하면 권력을 부여하고자 한 노력을 한 마디로 옛날의 권력 질서를 다시 세우려 했던 사실에서 기인한다고 한다. 정신분석이 몇 개의 예외일 수 있으나 본질적으로 이론적 혹은 실제적으로 대립되어 있다는 사실도 역시 그런 사실에 바탕을 두고 있다는 것이다.

　박언숙의 권력은 권력질서를 전도하거나 파괴시키는 엄청난 일들의 것이 아닌 사소한 일상의 흐트러진 권력을 재정립하고 재정돈하는 차원의 질서순화의 수준이다. 그래서 그에게 권력은 집단적으로 이루어지지 않고 개인적으로 나타나는 순리의 단계들의 범주에 국한되어 있다. 박언숙에게 여성성은 타나토스를 넘지 못하는 경계선에서 점멸등으로 깜빡이며 자아를 되돌아보는 것으로, 또는 파괴보다는 재생이나 복원하려는 차원에서 은유로 탈주하는 시의 힘을 갖고 있음을 알 수 있다.

부재의 부활을 향한 아우라와 푼크툼
– 김홍희의 작품론

1. 「사진」, 시를 위한 프롤로그

프레임은 내가 본

세계가 아니다

내가 지워버린

세계의 윤곽이다

빛의 기록이 아니라

사라짐의 흉터

타인에게 가하는

무한 사랑과 폭력

프레임 안은

큰 목소리

김홍희는 사진작가이면서 시를 쓰는 시인이다. 2008년 니콘이 선정한 세계의 사진작가 20인에 들은 화려한 경력만큼이나 오랜 기간 몸에 익혀 온 사진작가로서의 자신감과 열정이 가득 차 있다. 그를 처음 만났을 때의 모습도 그러했다. 2011년 평택 민예총이 창립되고 그 이듬해부터 인문학 강의를 계획하여 김용택, 임의진, 김홍희 등을 초청한 적이 있었다. 김홍희 작가는 그런 연유로 십여 년 전에 만나게 되었다. 그의 강의는 사진을 예술로 이끌어 온 세계적인 사진작가들의 특징과 미래를 내다보는 사진 작품들에 대한 것으로 진행이 되었다. 그러나 지금도 필자의 기억에 남아 있는 것은 마네킹을 이용한 신디 셔먼의 도저하고 기형적인 작품이었다. 그것이 모더니즘을 이어받아 포스트모더니즘으로 이어져 나갈 사진의 새로운 세계임을 강조하기도 했다. 그런 그가 이번에는 "사진"이나 "세계"의 근원적인 "순간이 아닌 영원을/ 자르는 시간의 칼"(「사진」)이나 또는 "세계와 나 사이의/ 가장 잔혹한/ 칼"(「셔터」)과 더불어 "벤야민의 아우라/ 바르트의 푼크툼"(「암실」)의 형이상학적인 "사라진 존재"에 대해 "역류하는 시간"을 되묻는 "부재의 부활"로 되돌아왔다. 그는 여전히 예술에 당당하고 자기 자신에게도 당당하다.

김홍희에게 사진이나 시는 표리부동의 이중성이나 위선을 전혀 감지할 수 없는 그만의 프레임으로 "세계의 윤곽"을 잡아낸다. 사진이 "빛의 기록이 아니라/ 사라짐의 흉터"이듯이 시 또한 글의 기록이 아니라 고독의 말이기도 할 것이다. 김홍희가 바라는 완전한 "사진"은 없다. 프레임 안의 큰 목소리와 프레임 밖의 더 무거운 침묵은 빛의 존재를 드러내고 그림자의 역사를 연속적으로 증언하기 때문이다. 프레임과 프레임, 안과 밖, 거친 목소리와 선한 침묵은 역사에 있어 최대의 비극임을 김홍희도 잘 알고 있기에 "부재의 기념비"로 순간이 아닌 영원을 자르는 칼로 비극적으로 증언해낸다. 여기에 김홍희가 시를 통해 사진을 바라보는 혹은, 사진을 통해 시를 바라보는 프레임 속의 진정한 세계가 있는 것이다. 어쩌면 그는 프레임 안을 통해 프레임 밖의 존재나 증언에 대해 "사라짐의 흉터"나 존재를 드러내는 빛의 기록에 대해 이미 익숙해져 있는지도 모른다.

죽음과 태

동시에 끊어내는

세계의 눈꺼풀

시간을 찢는

유일한 문

세계와 나 사이의

가장 잔혹한

칼

- 「셔터」 전문

   신기하게도 이번 김홍희의 작품은 사진이 만들어지는 과정, 즉 하나의 완성된 작품으로 보이는 사진으로 나타내기까지 셔터를 누르고 암실에서 작업을 하는 과정을 사실적으로 잘 나타낸다. 그러면서 다른 각도에서 보면 시를 쓰는 과정하고 별반 다르지 않다는 것을 일깨워 준다. 사진 작업하는 것과 시를 쓰는 것이 그 접근성이나 내용을 이해하는 측면에서 많은 유사점을 내포하고 있다. 렌즈를 통해 들어오는 대상과의 거리나 초점의 문제 등은 시에서 흔히 말하는 대상과의 간극, 또는 묘사나 진술, 이미지 등과 유사한 면이 없지 않아 시와 사진은 그 접점 양상이 많이 닮아 있는 예술의 형태임에는 분명하다.

   사진에서 중요한 역할을 해주는 셔터는 노출의 시간과 깊은 관계를 맺고 있다. 이 노출의 시간에 따라 사진이 흐리고 선명해지기 때문이다. 이를테면 셔터의 값에 따라 노출의 명암이 다르다고 보면 된다. 셔터의 값이 적당히 낮으면 사진이 흔들리지 않고 깨끗하게 나오고 셔터의 값이 너무 높으면 사진이 흔들리거나 흐리게 나온다. 시도 마찬가지다. 진술에 너무 의존하면 진술한 맛은 있지만 시의 산뜻한 맛은 없다. 김홍희가 말하고자 하는 셔터의 값은 "시간을 찢는" "죽음과 태"의 값이며 동시에 세계의 눈꺼풀을 끊어내는 값이기도 하다. 그에게 존재나 시간은 "세계와 나 사이의" "시간을 찢는/ 유일한 문"이며 "가장 잔혹한" 순간의 "칼"로 나타나기도 한다. 이런 그의 사유의 세계는 한 순간에 열고 닫히는 셔터의 시간에 비롯한 것이 아닌 오랜 프레임이나 렌즈를 통해 체득한 "죽음과 태"나 "세계와 나 사이"의 진정한 삶이나 대상을 바라보는 이타의 시선에 대한 통찰에 바탕을 두고 있음을 알 수 있다. 켤코 쉽지 않은 작가의 선택이나 고민 같은 것에서 야기되는 예술세계에 대한 믿음과 희망적 가치에 대한 갈구, 그리고 해소를 어떻게 해야하는 문제까지 내다보는 거시적인 예술의식을 김홍희는 모두 지니고 있는 셈이다. 그래서 그에게 시도 무겁고 셔터를 누르는 손의 무게도 가장 잔혹할 만큼이나 무거운 "칼"처럼 느껴진다.

2. 아우라와 푼크툼으로 스미는 서정

태초의 어둠

붉은 암등

 제3부 음영의 존재를 끌어안는

블랙홀보다 강한

세계의 장례식장

죽은 자 돌아오는

여명의 통로

기억의 지하실

망각의 저장고

사라진 존재

역류하는 시간

칼칼한 암모니아

의식의 탄생

벤야민의 아우라

바르트의 푼크툼

좁은 방의 단두대

목 잘린 빛

부재의 부활

빛을 낳는 자궁

-「암실」전문

이제 김홍희는 사진의 이론이나 원론에 얽매이지 않고 "시간을 찢는/ 유일한 문"을 통해 셔터를 누르고, 사진을 인화해내는 "태초의 어둠"속의 "암실"에 있다. 그에게 암실은 "블랙홀보다 강한/ 세계의 장례식장"이고 "기억의 지하실/ 망각의 저장고"로, "사라진 존재"들의 "역류하는 시간"이 "부재의 부활"로 "빛을 낳는 자궁"으로 인식되는 "벤야민의 아우라"나 "바르트의 푼크툼"이 공존하는 "좁은 방"으로 나타난다. 여기서 중요한 사실은 그가 지적하고 있는 "아우라"와 "푼크툼"이라는 용어가 그가 일구어 온 사진 작업과 시작업에 지대한 영향과 상관관계를 맺고 있음을 알 수 있다는 것이다. 사실 김홍희가 이러한 점을 염두에 두고 많은 예술작품을 어떻게 바라볼 것인가, 또는 어떻게 처리하고 대할 것인가 하는 고민을 한 번쯤 해보았으리라는 짐작이 가고도 남는다. 그만큼 작가로서 예술을 대하는 품위나 가치를 충분히 가늠해 볼 수 있게 만들어 주는 게 아우라나 푼크툼이 아닌가 싶다. 「기술 복제 시대의 예술작품」에서 밝힌 벤야민의 사유를 중요한 지렛대로 삼고 있는데, 그 핵심이 아우라는 개념이다. 아우라는 예술작품에서 흉내낼 수 없는 분위기를 뜻하는 말이지만 아우라의 붕괴가 오히려 예술을 발달시키고 있다는 발터 벤야민의 주장을 받아들여 이론과 창작의 실제에서 고뇌하기도 하였을 것이다. 벤야민이 아우라가 본연의 예술작품에 속해 있어서 작품을 감상하고 있는 사람들이 그것을 인식하고 형성하는 과정에 따라 단순히 작품 이상의 감각이나 경험을 일깨워 주고 실존을 가로지르는 본질의 빛이라고 했지만, 김홍희는 더 나아가 기술 복제에 전무후무했던 사진이나 여타

 제3부 음영의 존재를 끌어안는

의 예술작품을 암실에서 "칼칼한 암모니아"로 인화하듯이 무한히 양산하고 확산해넘으로써 일부만 가능했던 예술작품의 대중화를 위해 작품의 아우라를 붕괴하려고 "목 잘린 빛"으로 시도하기도 한다.

　푼크툼은 라틴어로 "찌름"을 뜻하는 말로 사진을 봤을 때의 개인적인 충격과 여운의 감정을 말한다. 그래서 푼크툼은 일반적인 이해방식이 아닌 개인의 경험, 무의식 등과 순간적으로 다가오는 강렬한 자극을 말하기도 한다. 롤랑 바르트는 기호의 구조를 통해 문화, 사회의 모든 것을 사회 맥락으로 파악할 수 있다고 굳게 믿은 구조주의 학자였다. 바르트는 말년에 어머니의 죽음으로부터 맞닥트린 어머니의 사진의 인상에서 그 자신을 사정없이 찔러대는 강렬한 감정을 만나게 된다. 그것이 개인적 추억과 정서에서 비롯된 개인적이고도 주관적으로 감상하는 푼크툼이다. 아우라와 푼크툼은 벤야민과 바르트가 만들어낸 용어이지만 김홍희에게는 예술의 양면성으로 작용하는 시작詩作이자 사진 작업을 고민하면서 해결하는 자극의 요소로 여겨진다. 그것은 자극과 반응이 아닌 자극과 무반응으로 작용한다. 푼크툼이 자극이라면 아우라는 무반응이다. 그래서 아우라 속으로 아우라를 밀어 넣거나 푼크툼 속으로 푼크툼을 밀어 넣어 물리적 변화가 없음을 시작품으로 증명해낸다. 김홍희에게 이러한 양상은 아우라와 푼크툼이 대립이나 갈등의 형식으로 나타나지 않고, 서로 수용하고 화해하는 동등한 위치에 놓고 그 균형을 가늠하게 해주는 중요한 역할을 해준다. 예를 들면 그의 작품에서 나타나는"어둠과 암등, 망각과 기억, 부재와 부활"이 그러하다. 또 김홍희는 아우라와 푼크툼을 이용하여 창작의 실제에 적용해 「가을」이라는 작품을 잘 획득해낸다.

3. 아우라와 푼크툼, 그 실제의 「가을」

벌써 감이 떨어지네요
공양주 보살이 말했다

잎보다 먼저
소리보다 먼저
툭,

서늘한 달빛 아래
부산한 스님들

그날, 큰스님이
입적하셨다

감나무 잎
스산하게 떨리고

졸음 그림자

 제3부 음영의 존재를 끌어안는

목탁소리에 깨진다

공양주 보살도

저 홀로

툭.

-「가을」전문

　김홍희는 시작품 「가을」에서 아우라와 푼크툼의 일례를 극명하게 나타낸다. 마치 포토북을 넘기는 사이에 가을이 툭, 떨어지는 소리가 스산하게 들려오는 듯하다. 감이 떨어진다는 공양주 보살의 말보다 먼저 "툭"하고 서늘한 달빛 아래에서 입적하신 큰스님을 아우라의 존재자로 발화시켜낸다. 김홍희의 재치와 정곡은 "툭"하는 의성어를 아우라로 발화시켜 큰스님의 입적이나 공양주 보살의 홀로 우는 "툭"과 상호 의미관계를 유발하는 푼크툼으로 자리바꿈을 한다는 데서 큰 의미가 있다 하겠다. 아우라와 푼크툼이 삼투압으로 서로 넘나들며 서사의 경계나 서정의 경계를 허물게 하는 시작업이 김홍희 자신만이 갖는 독특한 특징으로 보인다. 적당한 아우라의 등장은 이미지를 산만하게 하지 않는 아우라의 소멸에 맞춰 강렬한 서정을 지니고 있는 푼크툼을 등장시킨다. 떨어지는 감에서 "잎보다 먼저/ 소리보다 먼저/ 툭," 입적하신 큰스님과 "졸음 그림자/ 목탁소리에 깨"는 "공양주 보살도/ 저 홀로// 툭" 눈물을 떨어트리는 모습은 여러 장의 사진을 영사기로 돌려

한 장면으로 만들어낸 아우라와 푼크툼을 서로 교차시킨다. 떨어
지는 감에서 잎보다 먼저 소리보다 먼저 툭하는 아우라에서 큰스
님이 입적하는 푼크툼으로 이어지고, 다시 목탁소리에 깨지는 졸
음 그림자 아우라에서 공양주 보살도 홀로 툭 우는 푼크툼으로 중
복의 연속성으로 아우라와 푼크툼이 서로 순환되고 있는 장면을
보여준다.

4. "회개"를 위한 에필로그

<전략>

들판이 비기 전,
너는 무엇을 했느냐

울부짖는 눈보라
얼이붙은 허의 기짓 기도여

고요가 숨 쉬기 전
너는 귀 기울였느냐

<중략>

횃불이 어둠을 밝힐 때,

너의 침묵은 어디 있었느냐

들판의 고요,

작은 돌의 맥박

너의 숨결과 박동

되살아난 빈들

- 「빈들의 회개」 부분

　김홍희는 「빈들의 회개」에서 "들판이 비기 전,/ 너는 무엇을 했느냐"며 자책과 자의식으로 자신을 바라보게 된다. 오독하고 잘못 쓴 시에 대해 그는 "얼어붙은 혀의 기도 거짓 기도"라며 "울부짖는 눈보라"가 되기도 하고, "고요가 숨쉬기 전,/ 너는 귀 기울였느냐"하며 사소하고 하찮은 것에 이타로 바라보는 자신을 되돌아보는 계기를 마련한다. 김홍희가 지향하는 세계는 "샛노란 꽃가루"가 "땅의 허파를 부풀"이는 곳이고, "작은 돌의 맥박"이 박동치는 곳이기도 하다. "빈들"은 화자이면서 타자로 이타의 관계들이 존재하는 곳이다. 이런 곳에 김홍희는 작가로서의 회개와 시선에 대한 방향을 자문자답하며 스스로를 담금질한다.

　이번 다섯 편의 작품을 통해 알 수 있는 것은 김홍희가 사진과 시를 얼마만큼 사랑하고 있으며, 창작의 열정에 대한 면모도 동시에 엿볼 수 있었다는 점이다. 그가 항상 대하는 사진에서 시를 구현해내고 또한 사진 작업이 시쓰기와 동일한 맥락에 잇닿아 있음을 시사해주기도 하였다. 김홍희가 2019년 「애지」로 등단했다는 소식을 듣고 "애지"가 대어를 낚았구나하며 속으로 기뻐했다. 시를 쓰는 사진작가, 사진을 찍는 시인으로 이미 많은 활동을 해 온 그의 이력 앞에 프레임 안과 밖의 사건과 대상들은 한낱 "시간의 칼"로 자르는 부재의 기념비일 뿐이다. 벤야민의 아우라나 바르트의 푼크툼은 "죽은 자 돌아오는/ 여명의 통로"이고, "부재의 부활"로 "빛을 낳는 자궁"이 되는 암실의 존재 이상의 것이 되기도 한다. 다시 2012년 그가 인문학 강의 시간에 보여주었던 사진의 시간으로 되돌아 가보자. 온통 사방이 어두운 밤 풍경의 사진이었는데, 너무 어두워 그 밤 풍경의 색상은 짙은 코발트색으로 보였다. 그런데 대각선으로 한 점의 빛이 비쳐서 들어 왔고, 그 빛에 의해 밤의 색깔은 열어져 빛 가까운 곳부터 밝아졌고 멀어질수록 어두워졌다. 그 대각선의 구도가 빛의 명암에 따라 밤이 환상적으로 보였다. 그때, 김홍희가 말했다. "저 멀리서 오는 빛이 자동차의 빛일까요? 오토바이의 빛일까요?" 청중 속에서 어떤 누구도 확신에 찬 대답을 하지 못하지, 김홍희는 다시 말했다. "그것을 우리가 굳이 알 필요가 있을까요?" 그의 짧은 말에 많은 의미가 내포되어 있었고, 청중들은 얼마 지나지 않아 고개를 끄덕거리기 시작했다. 시와 사진이 그런 역할을 해준다고 믿는다. 공감하는 게 있으면 감동이 있는 법이다. 김홍희의 시가 그렇다. 그의 시를 읽고 나면 아우라 속으로 푼크툼를 밀어 넣거나 푼크툼 속으로 또 다른 푼크툼을 넣어 빚은 강렬한 서정으로 다가오는 묘한 감동이 있다.

제4부
시집 속의 시

이생진의 『그리운 바다 성산포』

1 바다를 본다

성산포에서는

교장도 바다를 보고

지서장도 바다를 본다

부엌으로 들어온 바다가

아내랑 나갔는데

냉큼 돌아 오지 않는다

다락문을 열고 먹을 것을

찾다가도

손이 풍덩 바다에 빠진다

성산포에서는

한 마리의 소도 빼놓지 않고

바다를 본다

한 마리의 들쥐가

구멍을 빠져 나와 다시

구멍으로 들어가기 전에

잠깐 바다를 본다

평생 보고만 사는 내 주제를

성산포에서는

바다가 나를 더 많이 본다.

■ 바다에 묻힌 가난한 사람들에게 바치는 노래

자연환경은 우리가 문학 창작 행위를 하는데 있어서 피할 수 없는 대상이자 동경, 혹은 경외의 대상이기도 하다. 이생진이 섬과 섬으로 바다에서 바다로 바다에서 섬으로 떠돌면서 겪은 온갖 자연환경은 시적영역을 축적하는 중요한 단초를 이루고 있다. 바다는 삶의 연속에서 안식을 주는 장소로, 기본적인 생활의 터전으로, 혹은 이상향으로, 때로는 고락을 나누고 싶은 막역한 친구로 느껴질 때가 있다.

그러나 복잡미묘한 바다와는 달리 이 시에서는 아무런 수식도 과장도 없다. 이 시의 단순한 구성은 그 내용처럼 '교장, 지서장, 아내'도 보고 심지어는 '소'와 '들쥐'들까지도 빼놓지 않고 보는 삶의 터전인 '성산포'에서의 바다이다.

사실 이생진은 그가 말한 것처럼 해마다 여름이면 시집과 화첩을 들고 섬에서 바다로 바다에서 섬으로 근40년 이상을 돌아 다녔다. 안면도에서부터 울릉도를 거쳐 흑산도, 거제도, 거문도까지 내노라 하는 섬들은 다 돌아 다녔던 것이다. 그리하여 때로는 이름없는 어느 어부의 무덤 앞에서 때로는 등대 밑에서 또 때로는 방파제에서 인생이 뭔가 고독은 뭐고 시는 무엇인가 하는 많은 생각들은 이 시를 배태하게 된 충분한 자양분으로 되었을 것으로 여겨진다.

서해안의 바다같이 조수간만의 차이에서 오는 밀려갔다 밀려오는 그런 바다가 아닌 '손이 풍덩 바다에 빠질'정도의 성산포의 바다를 바라보며 이생진이 표현하고자 했던 것은 무엇이었을까? 그것은 시집 〈바다에 오는 이유〉 머리말 글에 잘 나타나 있다. '시는 변했는지 모르지만 바다에 가고 싶은 마음은 조금도 변하지 않았다'는 이생진의 마음처럼 이생진은 항상 바다와 섬을 떠돌며 최소한의 자신의 욕구를 억제하려 했을 것이고, 자신의 하찮음을 확인하려 했을 것이다. 그 확인은 시면 시로, 바다면 바다로, 섬이면 섬으로 자신을 지탱해 줄 수 있는 보이지 않는 힘으로써 '교장'에서 하찮은 '들쥐'까지 바다라는 하나의 상관물에 자기 동화를 위한 자연스러운 합류가 아닌가 싶다.

이생진의 시는 거개가 바다와 섬 또는 가난한 사람들을 위한 노래로 되어 있다. 그 바탕은 물론 바다이다. 이생진에게 바다는 다양한 의미와 색채, 삶의 희로애락을 가지고 있는 곳으로 그려지고 있다. 바다는 근원적인 삶의 출발지이기도 하며 무엇이든지 포용해 줄 수 있는 대자연의 관용자로서 그냥 '평생 보고만'있어도 좋을 이생진의 진짜 이상향인지도 모른다.

그러나 분명한 것은 바다는 이생진에게 시의 소재이며 주제이기도 하다는 것이다. 이러한 소재와 주제는 바다라는 하나의 시퀀스 안에 '교장, 지서장, 아내, 소, 들쥐' 등이 가지고 있는 각각의 개별적인 바다에 대한 시퀀스들이 이생진만이 가지고 있는 독특한 바다의 시퀀스 안에서 다시 전체적인 조화를 이뤄, '바다가 나를 더 많이'보는 일상의 삶에서 누구나 다 볼 수 있는 공동의 바다로 유지되고 있는 듯하다.

김관식의 「病床錄」

病名도 모르는 채 시름시름 앓으며

몸져누운 지 이제 10年

高速道路는 뚫려도 내가 살 길은 없는 것이냐

肝, 心, 脾, 肺, 腎……

五臟이 어디 한 군데 성한 데 없어

生物學 敎室의 골격표본처럼

뼈만 앙상한 이 極限狀況에서……

어두운 밤 턴넬을 지내는

디이젤의 엔진 소리

나는 또 숨이 가쁘다 熱이 오른다

기침이 난다

머리맡을 뒤져도 물 한 모금 없다

하는 수 없이 일어나 燈盞에 불을 붙인다

房안 하나 가득 찬 철모르는 어린것들

제멋대로 그저 아무렇게나 가로세로 드러누워

고단한 숨결은 한창 얼크러졌는데

문득 둘째의 登錄金과 발가락 나온 운동화가 어른거린다.

내가 막상 가는 날은 너희는 누구에게 손을 벌리냐

가여운 내 아들딸들아,

가난함에 행여 주눅 들지 말라

사람은 憂患에서 살고 安樂에서 죽는 것,

白金 도가니에 넣어 鍛鍊할수록 훌륭한 寶劍이 된다

아하, 새벽은 아직 멀었나 보다.

■ 가난과 병고에서 부르는 애틋한 父情

이 시는 오랜 병고를 통해 궁핍해진 생활의 한 단면과 어린 자식들의 앞날을 염려하는 아버지의 애뜻한 父情이 잘 드러난 시이다.

오랜 시간을 병상에 누워있는 화자는 아직 새벽이 먼 밤의 한 지점에서 병고에 지친 몸으로 물을 마시기 위해 자리에서 일어나나 갈증을 해소시켜 줄 물 대신에 아무렇게나 드러 누워 자는 어린 것들의 모습과 특히 둘째 아이의 발가락 나온 운동화를 떠올림으로써 궁핍한 생활의 애잔함과 어린 자식들의 미래를 염려하는 화자의 마음이 잘 니타나 있다.

전반부는 10년이나 되는 병고로 '뼈만 앙상한'몸으로 병상에 누워 있는 화자의 사실적인 모습을 보여주고 있다. '열이 오르고', '기침이 나고', '골격표본'처럼 앙상하게 시름시름 앓고 있다. 그러면서도 화자는 병에 대한 단념을 쉽게 하지 않으려는 듯 '고속도로는 뚫려도 내가 살 길은 없는 것이냐'하며 반문하기도 한다.

중반부는 병고에 지쳐 갈증을 느낀 화자가 한 모금도 없는 물 대신에 등잔에 불을 붙이자 어둠 속에 보이지 않았던 실체들, 즉 '고단한 숨결'로 '아무렇게나 가로세로 드로누워'자는 '철모르는 어린 것들'을 봄으로써 가난과 오랜 병고가 준 삶의 사실적 표현이 잘 나타나 있다. 이런 사실은 다음에 나오는 가난 때문에 내지 못하는 '둘째의 등록금'과 '발가락 나온 운동화'에서 마치 영화의 한 장면을 클로즈업해서 보는 듯한 인상을 주지만 사실은 가난의 비애와 병고의 서러움이 짙게 배어 있는 것이다.

화자가 살아 있는 지금에도 병고와 가난 때문에 어린 것들은 좁은 방안에서 가득차게 아무렇게나 누워 자고 내지 못한 등록금, 또 발가락 삐져 나온 운동화를 해결해 주지 못하고 있는데, '내가 막상 가고' 없을 때 '너희는 누구에게 손을 벌리냐'하는 부분은 아버지로서의 자식에 대한 염려가 나타난 동시에 진한 사랑이 가득 담겨 있다.

종반부는 아들딸들에게 가난 때문에 '주눅들지 말라'는 화자의 당부의 말과 더불어 '사람은 우환에서 살고 안락에서 죽는 것', '단련할수록 훌륭한 보검이 된다'라는 평범한 서술 속에서 가난이 가져다 주는, 가난을 통해 세상의 이치를 '단련'하여 지극히 '안락'과 '보검'으로 귀결하는 지혜와 예지을 가지라고 말하고 있는 듯하다.

이 시는 가난과 병고를 어떤 비유나 과장 없이 사실적으로 표현함으로써 화자가 처해 있는 상황을 잘 전달해 주고 있으나 시와 술과 오랜 병고, 그리고 기이한 행동으로 세월을 보냈던 김관식 자신에게는 고통과 불면의 '어두운 밤 턴넬'을 뚫고 오는 '새벽은 아직 멀었나 보다'.

이성선의 〈나무〉

나무는 몰랐다

자신이 나무인 줄을

더욱 자기가

하늘의 우주의

아름다운 악기라는 것을

그러나 늦은 가을 날

잎이 다 떨어지고

알몸으로 남은 어느날

그는 보았다

고인 빗물에 비치는

제 모습을

떨고 있는 사람 하나

가지가 모두 현이 되어

온종일 그렇게 조용히

하늘 아래

울고 있는 자신을.

■ 나무의 삶에서 인간의 삶을 보다

　이성선의 시를 이루는 큰 기둥의 하나는 작품 제목처럼 '나무'이다. 실제적으로 〈낙산사의 노래〉나 〈큰 노래〉에서 나타나는 나무의 의미는 '삶'이나 '인간'의 그것과 다를 바 없으며 나무를 통해 인간의 삶을 재조명 또는 통찰하고자 하는 노력이 엿보인다.

　이 시 또한 '나무'를 '사람'에 비유하여 인간세계의 삶의 과정과 모습을 그려내고 있다.

　뿌리를 땅에 두고 가지를 하늘로 향하는 나무의 생리는 인간이 발을 땅에 딛고 머리를 하늘을 향해 서서 생활하는 인간 삶의 양식과 같은 것이다.

　하늘에서 우주에서 바람에 이파리가 파다닥거리며 소리를 내는 '아름다운 악기'라는 것을 몰랐던 나무는 늦은 가을 날 잎이 다 떨어진 채 우연히 빗물에 비치는 알몸으로 서 있는 초라한 나무 자신과 또한 사람의 모습을 보게 된다. 결국 나무의 모습은 인간의 모습이고 인간의 모습은 나무의 모습이기도 한 것이다.

　이것은 일찍이 자코메티가 말한 나무들의 명제에서도 나타난다. 그에 따르면 항상 서서 자는 나무들의 운명은 언제나 서서 버티면서 잎과 꽃을 피우는 것이고, 이것처럼 인간들도 수직일 때 가장 아름답다 하였다. 이 말은 인간이 하늘을 떠받치고 하늘의 계율을 읽을 줄 알고 하늘에 순종할 줄 아는 인간을 직립적으로 표현한 것이 아닐까 하는 생각이 든다. 그에 의하면 수평의 인간은 죽음을 뜻하고 의지의 상실이요, 굴복이요, 백치라고 말한다.

온종일 하늘 아래에서 울고 있는 나무의 생명현상은 언제나 머리를 하늘을 향해 두고 있는 인간들의 운명과 다를 바가 없으리라.

김수복의 〈겨울 기러기〉

겨울 기러기가 간다.

낮은 세상 어딜 날고 있다가

날 저문 겨울 하늘 이제야 갈까

진눈개비 날리는 세상 언저리

진눈개비 맞으며 날고 있는가

헐벗은 육교 위를 날아가다가

아무도 돌보지 않는 어둔 거리를

피맺힌 부리를 돌에 비비며

겨울 기러기가 가고 있다.

삼남의 마을에

평화로운 물살도 버리면서

이 서울 어둔 하늘을

당당히 날아가고 있는가.

우이동 산골짜기 먼지 끼인 물이라도

아무 표정없이 마시면서

사람이 사는 하늘을 날아간다.

■ 사람이 사는 하늘로 날아가는 기러기

김수복 시의 특징은 자연이 펼친 景槪를 인간의 정한과 병렬시켜 놓았다는 것이다. 즉 자연의 모습에서 인간의 모습을, 인간의 모습에서 자연의 모습을 서로 통찰하고 있다. 그의 처녀 시집인 〈지리산 타령〉에서 보여주는 한국적 정한과 인간적 순정은 그 단적인 예라 하겠다.

이 시도 자연이 내포하고 있는 '겨울기러기'를 통해 화자의 처지와 새로운 각오 또는 성찰이 나타나 있다. '겨울기러기'는 화자 자신의 비유로 진눈개비가 날리는 헐벗은 육교가 있는 '낮은 세상'으로 날아가는 쓸쓸하고 고독한 기러기이다. 저문 겨울 하늘 아래로 날아가는 겨울기러기. 아무도 돌보지 않는 하찮은 것들로부터 무관심과 세파와의 고독한 싸움으로 '피맺힌 부리를 돌에 비비며' 다시 또 낮은 세상 하늘 위로 날고 있다.

고향인 함양에서의 '평화로운 물살'보다는 오히려 '서울의 어둔 하늘' 아래에서 외기러기가 되어 당당하게 살아가겠다는 화자의 의지가 잘 나타나 있다. 그것도 '먼지 끼인 물'처럼 세파의 어떤 장애나 흠집이 있어도 '아무 표정 없이' 뛰어 넘어 결국 사람이 사는 낮은 세상 속에서 융화하고 나름대로의 삶에 대한 다짐과 재인식이 있음을 알 수 있다.

어떻게 보면 이 시는 윤동주의 〈자화상〉이나 〈참회록〉과 같이 현실적 삶을 성찰하는 태도를 보이고 있다 하겠다.

고형렬의 「사랑」

일출하는 지구, 자전하는 낙산.

함께 피 터지게 살아온 지난날들이

과거 속으로 사라진 아침

금빛 햇길이 물굽이에 끊기는,

이 절벽 끝을 찾아와서 본 것은

바다가 내게 가르친 것은,

세찬 파랑을 찍는 갈매기 한 마리.

알 밴 양미리를 입에 물고

고개를 숙이고 떠오르는 두 날개.

바닷물에 터진 알을 흘린다.

타악, 탁. 아프게도 공기를 때린다.

■ 사랑과 삶의 역동성을 물고 나는 갈매기

이 시는 어느 아침 일출의 풍경을 보여주고 있다. 일상의 피 터진 삶으로부터 절벽 끝에서 일출을 바라보며 갈매기가 알 밴 양미리를 물어 나르는 장면을 포착한 것인데, 그 풍경에서 화자가 우리에게 들려주는 이야기는 단절되지 않은 삶의 영원성을 갖게 해준다. 지금 화자는 일출하는 낙산의 한 절벽 끝에 서서 세찬 파도를 찍으며 알 밴 양미리를 물고 나는 갈매기를 쳐다보고 있다. 피터지게 살아온 일상을 과거 속으로 끊으려 절벽 끝에 섰는데 파도와 싸우며 쉼 없이 날아오르는 갈매기를 보면서 결코 단절시킬 수 없는 자기 삶을 반추하게 해준다.

여기서 특이한 인상을 주는 것은 양미리의 터진 알이 바닷물에 흘러내리는 것과 타악, 탁 공기를 때린다는 부분이다. 조금이라도 더 많이 양미리를 잡겠다거나 빨리 날아야겠다는 탐욕의 행동으로 보이지 않는다. 오히려 그것은 삶에 대한 강한 의지로 꽉 다문 부리와 힘찬 날갯짓에서 느껴지듯이 열심히 살겠다는 신념의 행동으로 보인다.

내일의 일출에서 내일의 갈매기가 또 파도를 뚫고 양미리를 잡아 날아오를 때, 그런 갈매기가 사랑스럽고 일출하는 지구와 자전하는 낙산과 피 터지면서 살아가는 삶들이 사랑스럽고, 이런 모든 것들을 보듬는 화자도 자신을 더 사랑하게 될지 모른다.

이 시는 갈매기를 통해 삶의 세부나 삶의 건실한 모습을 화자뿐만 아니라 우리들 모두의 동질적 관계로 잘 표현해주고 있다.

손택수의 「바람과 구름의 호적부」

게을러터진 아버지는 내 출생신고를 이태나 미뤘다

나의 무정부는 거기서부터 출발한다

면사무소를 찾아가는 대신 나는 하늘과 땅에 출생신고를 했고

바람과 구름의 호적부에 먼저 이름을 올렸다

삼인산 너머로 지는 노을과

하늘을 아주 까맣게 물들이던 까마귀들이 나의

면서기였다 뜻한 바는 없었으나

어머니 등에 업혀 바라보던 꽃들, 별들

순간순간들이 나의 든든한 정부요 국가였다면 어떨까

출생신고를 미룬 그 이태가 나의

평생이 될 줄은 아무도 몰랐을 것이다

게을러터진 아비의 아들답게

사망신고를 미루고 미루면서

나는 아버지의 유골가루를 품고 다닌다

반은 어머니가 계시는 바닷가 언덕에 묻고

반은 삼인산에 뿌릴까 영산강에 뿌릴까

사십 년 만에 귀향한 고향의 느티나무에게 한 줌,

학교에 가지 못해 훌쩍거리며 걷던 논두렁에게도 한 줌

오매 저 냥반이 성식이 아닌가

엄니 대신 빨래 다니던 대추리댁 둘째 아닌가

수런거리는 대숲에게도 한 줌

세월아네월아 나도 한 이태쯤 이렇게 버텨볼까

지울 수 없는 바람과 구름의 호적부 속에서

■ 불화 너머의 불화를 뒤엎는 이중적 서정

예나 지금이나 권력은 남성들의 전유물로 개인이나 집단의 대표적인 상징이었다. 더욱이 조선의 건국과 더불어 근·현대사를 지배하였던 유교의 정서는 봉건사회를 구축하는 실질적인 요소로 남성들의 권력을 더 가속화시켜왔다. 비대해진 권력을 발판 삼아 남성들은 전쟁과 혁명, 또는 쿠데타 등을 자행하면서 새로운 폭력의 대상이 되기도 하였다. 그 폭력의 대상은 주로 정쟁에서 빚어진 정적을 제거하거나 권력을 소유하려는 정치적인 작용에 의해 그 범위가 한정적으로 제한되어왔으나 집단 체재의 최소 단위인 일반 가정에서도 효나 도를 빙자해 가문과 자손들이 그 범위에 들기도 하였다. 그리하여 가정에서는 가장인 아버지가 일방적으로 휘두른 권력에 의해 어머니와 자식들은 고스란히 그 당사자가 되어 피해를 입어 왔다.

손택수의 시 〈바람과 구름의 호적부〉는 권력에 예속되거나 정치화 된 아버지가 화자의 '출생신고'를 미룬 불화로 시작되고 있다.

불화의 형식은 불화 너머에 있는 불화를 헤집는 이중적 언어구조로, 아버지와 화자 사이에 놓인 서글픈 정서를 미적으로 잘 드러내고 있다. 그러한 시를 이끄는 서정의 중심에는 남성 권력의 상징인 '아버지'가 있고 피해자인 '내'가 있다. '게을러터진 아버지'가 '출생신고를 이태나 미룬' 탓에 화자는 '무정부주의'가 되면서 권력의 피해자가 되고 호적부를 이태 동안이나 '바람과 구름'에 올리게 된다.

권리나 의무를 행사하기가 어줍잖은 '무정부주의'는 '게을러터진 아버지'처럼 무능하고 원칙이 없는 국가이지만 '어머니 등에 업혀 바라보던 꽃들, 별들 / 순간순간들이 나의 든든한 정부'가 되었으면 하는 서글픈 바람을 갖고 있다. '하늘과 땅', '바람과 구름', 그리고 '꽃, 별' 등의 극히 사소하고 자연적인 대상에서 '든든한 정부'를 바라보는 화자에게 '아버지'는 불화의 대상이자 불화 너머의 불화를 보듬는 다른 대상이기도 하다. 그래서 화자 자신도 '아비의 아들답게 / 사망신고를 미루고 미루면서' 아버지와의 불화를 '유골가루'를 품고 다니며, 편린의 기억을 더듬는 것으로 나타나고 있다.

이러한 일련의 행위는 '아버지와 나', '가해자와 피해자', 또는 '무정부와 정부', 그리고 '국민과 국가'에게 횡행했던 불화를 초월하여 '든든한 정부'로 호적부에 올려질 때 불화는 친화로 병치된다 하겠다. 즉 나의 '출생신고'와 아버지의 '사망신고' 사건 저변에는 '아버지와 나', '아버지와 어머니'가 첨예한 대립각을 형성하고 있는 가운데 불화 너머의 불화를 뒤엎으면서도 한편으로는 각자의 '이태'가 지닌 시간의 개념 속에서 '나'와 '아버지'가 병치하는 것으로 애달픈 심급에 닿아 있다.

이현서의 「안개도시」

밤이면 해안선을 따라

바다는 스멀스멀 피어올랐습니다

발자국도 없이 밤을 건너는 샤먼의 영혼처럼

내밀한 비의를 감춘 습문들

출렁이는 마음의 장력이 허공을 거느립니다

흔적을 지우며 먼 곳에서 흘러왔을 물의 입자들이

때늦은 고백처럼

난해한 문장 속에서 울음을 꺼내면

밀입국한 후생이 삐걱 문을 열고

젖은 몸의 기척들이 자욱한 밤을 건너갑니다

우르르 지하로 몰려든 사람들

화려한 조명 아래에서도

눈먼 자들의 도시로 이주 합니다

창백한 시선들이 수묵의 농담濃淡으로

몸속에 그림자를 가둡니다

습곡마다 달의 궤도를 이탈한 소리들을 만지며

혼자 우는 밤, 집요하게

젖은 영혼들이 서로에게 잊혀져가는 늪

파란 정맥을 타고 흐르던 연민이

어둠속에서 풍장 되고 있습니다

▌ 어둠을 가로지르는 샤먼의 노래

시는 결핍의 상처나 균열의 혼란을 제거하여 재정리하려는 미적 기능의 소산물이다. 상처의 의식이나 혼란의 무의식은 모두 아픈 정서를 드러낸다는 점에서 동일한 의미를 지니고 있다. 시는 카오스 상태의 한 세계를 잘 정리하여 코스모스 상태인 다른 한 세계를 창조해내는 일이다. 즉 처음의 무질서하게 널브러져 있는 세계를, 깨끗이 잘 정리하여 독자로 하여금 정서적 환기를 불러일으켜 주는 것이다.

요즘 국내정세는 물론 세계정세도 혼돈에 가까운 수준으로 급변하고 있다. 이 년이 넘도록 해결하지 못한 세월호 참사 사고와 해고노동자들의 복직문제, 비정규직의 양산과 최저 노동임금문제, 여기에 낮은 취업률과 출산율까지 겹쳐 앞날을 예측할 수 없는 '안개도시'에 우리가 살고 있다고 해도 과언이 아니다.

이런 막막한 현실을 '어둠속 풍장'으로 들추어낸 이현서의 "안개도시"는 여러 면에서 시사를 하는 바가 크다 하겠다. 우선 주제 사라마구의 소설인 『눈먼 자들의 도시』와 병치시켜 현대인들의 '창백한 시선'과 '몸속에 그림자' 하나씩 숨기고 다니며 '습문'에 갇히거나 '습곡'을 헤매는 사실적인 표현으로 잘 지적해내고 있다.

안개의 습성은 '내밀한 비의'를 감추거나 덮어버리는 것이다. 시간이 지나면 점차 사그라지겠지만 그렇지 못하고 오래가거나 정체되어 있을 경우, 안개도시에 갇힌 사람들은 궤도를 이탈한 달의 소리만 들으며 지하에 오래도록 더 머물러 있어야 할 것이다.

앞이 보이지 않는 '밀입국한 후생'의 아우성들이 '난해한 문장'들만 난무하는 '안개도시'에서 어둠을 가로지르는 샤먼의 노래로 '때늦은 고백'을 들어야 하는 결핍이 많은 시대다. 여기에는 안개에 젖은 영혼들이나 안개에 섞인 연민들이 습문처럼 농담濃淡으로 번져 밤마다 '젖은 몸'을 뒤척이며 다른 밤으로 건너가고픈 뭇사람들의 간절한 기원도 있을 것이다.

시가 시대상을 여과하여 자아를 인식하는 것이라면 이 말은 어쩌면 잘못된 표현인지도 모른다. 시대상을 지적하지 않는 이기적인 시와 시인들이 많기 때문이다. 시는 이기적인 것이 아닌 이타적이어야 한다. 이현서의 "안개도시"는 현대인들의 덧난 상처를 이타적으로 잘 보듬어 주고 '마음의 장력'을 한층 더 긴장하게 해 주고 있다는 점에서 '잊혀져가는 늪' 너머의 다른 한 세계를 집요한 응집력으로 잘 만들어낸 작품이라 할 수 있다.

한이나의 「유리 자화상 2」

성에 낀 유리벽에 기대어
바깥세상을 보고 있었어
여기는 이 세상의 어디쯤일까

나였던 그 아이
단발머리 소녀가 오래 된 떡갈나무로 서 있고
산비알에 앉아 뭔가를 끄적이고 있어
맘은 늘 먼데 하늘가 뭉개구름을 데불고 노는

창틀 안과 밖의 틈 사이
용케도 이겨낸 눈부신 기적, 여기 있음은
네 덕분이야 한 뿌리로 묶은
유리가 끌고 온 햇살의 따듯한 온정

그건 성에 낀 유리창에 손가락으로 꾹 꾹
글자를 눌러 쓰던 일이야
속이 보이지 않는 그리움을 뼈아프게 호명하는 일이야

꿈속에서 조차 한 번도 모습을 보여주지 않는, 내 삶에

지나가는 사람처럼 달랑 사진 한 장으로만 남은 사내

감히 사랑해도 되는 걸까 아. 버. 지

■ 유리에 그린 더블보더의 자화상

　많은 시인이 시집을 상재할 때마다 책을 보내준다. 많을 때는 한 주에 다섯 권이 넘고, 적을 때는 한 달에 서너 권은 족히 된다. 시집을 받을 때마다 책을 출간하기 위해 애썼을 시인의 표정과 책마다 정성들여 보낼 사람들에게 글씨까지 써내려간 보이지 않는 과정들이 떠오른다. 그렇게 보내준 시인들의 시집을 받고 읽을 때는 절대로 해설문이나 발문을 먼저 보지 않고, 작품을 순서대로 다 읽은 후 맨 나중에서야 해설문을 읽는다. 미리 해설문을 읽고 시작품을 읽으면 내가 느낀 시에 대한 감상이 희석될 우려가 있기 때문이다. 그래서 한이나 시인의 〈유리 자화상 2〉도 어떠한 서평이나 해설문의 참고 없이 오로지 이 작품에 대해서만 읽은 소회를 적고자 한다.

　솔직히 말해 나는 한이나 시인을 잘 모른다. 가끔 문학잡지에 게재된 작품을 통해 만났고, 다섯 권의 시집을 상재하였다는 것 밖에 아는 게 별로 없다. 그러나 〈유리 자화상 2〉 이 한 편을 읽고 내가 추측한 것은 따뜻한 언어로 독자들에게 푸근한 위안과 밝은 희망을 주고 있다는 점에서 분명 그도 따뜻한 시인임에는 틀림이 없다

는 것이다.

〈유리 자화상 2〉는 현재의 '나'의 풍경과 오래된 '아버지'의 풍경이 '나와 아버지'의 새로운 풍경으로 겹쳐지면서 여러 층위의 페르소나가 그려낸 자화상이다. 다시 말해서 '나였던 그 아이'의 자화상을 통해 '사진 한 장으로만 남은 아버지'의 자화상을 드러내고 있다. 시의 전개는 유리에 비친 어딘지 잘 모르는 '세상의 어디쯤'을 모호한 경계로 바라보는 '바깥세상'에서부터 시작된다. 여기에 '나였던 그 아이'가 '오래전 떡갈나무'로 떠오르고 '단발머리 소녀'도 있다. 이 모든 것을 재생시켜 주는 유리는 투명하다. 거울처럼 보이는 것만 보여주는 단면의 피사체가 아니다. 유리는 안과 밖의 모든 사물을 투영시키면서도 바로 앞에 있는 사물을 자화상처럼 비쳐준다.

그러나 유리의 단면도 안과 밖의 사이가 있어 이쪽과 저쪽의 경계를 가지고 있다. 이런 이중의 경계는 유리가 지니고 있는 특성이자 '눈부신 기적'이다. 화자는 유리 너머의 기적과 유리 안쪽의 기적에서 '유리가 끌고 온 따뜻한 온정'을 느끼며 그리움 혹은 사랑을 오버랩하고 있다. 즉 유리를 통해 지적하는 화자의 그리움 혹은 사랑은 '나였던 그 아이'의 그리움과 '뼈아프게 호명'하는 아버지에 대한 사랑이 이중의 경계로 맞닿아 있다는 것이다. 유리 안쪽의 경계는 '단발머리 소녀'가 '끌고 온 햇살'의 힘과 '눈부신 기적'으로, 유리 바깥의 경계는 '한 번도 모습을 보여주지' 않고 '지나가는 사람처럼' 영영 돌아오지 않은 아버지에 대한 사랑과 연민으로 대별된다.

　그런데 화자가 유리 안쪽에서 오롯이 '따뜻한 온정'으로 버티어 온 것이 유리 바깥에서 보이지 않게 '기적'과 '사랑'의 힘으로 밀어 준 아버지에게서 비롯되었음을 안다. 유리 안쪽의 그리움과 유리 바깥쪽의 사랑이 교차하면서 그리움과 사랑이 유리에 그려진 자화상이지만, 거기에는 화자와 아버지 사이에 있는 경계가 교집합처럼 중첩되어 있다. 다시 말해서 나의 경계에서 아버지의 경계가 포개어져 두 개의 경계로 맞물려 있다 하겠다.

　시 내용을 자세히 들여다보면 화자로 대체된 몇 개의 페르소나를 인식할 수 있다. 그것은 '나'에서 '너'로, '너'에서 다시 '아버지'로 더블보더를 넘나드는 페르소나의 전이 과정에서 엿볼 수 있다. 페르소나는 자아를 확인하는 심리적인 하나의 방법이자 대상물을 시로 이접시키는 최고의 수단이기도 하다. 이중적인 경계에 놓인 "떡갈나무, 산비알, 하늘, 햇살, 손가락, 글자, 사진 한 장, 사내, 아버지"는 그리움이나 사랑을 '뼈아프게 호명'하면, '세상의 어디쯤'에서 항상 대답하는 한 폭의 자화상에 들어갈 배경들이다.

　한이나 시인의 〈유리 자화상 2〉는 '나'의 자화상을 통해 '아버지'의 자화상을 들춰내어 그리움, 혹은 사랑이라는 서정을 이중의 경계로 유리에 잘 그려낸 자화상이자 시작품이라 하겠다.

한경용의 「귀선歸船」

나의 할아버지는 어부셨다.

작은 배 한 척이면

노을이 물결 위에 잠들 때까지

어망 속으로 태양을 걷어 올리셨다.

파도를 저어가며

시름을 건져 올린 팔뚝의 힘줄에는

살아있는 고기들이 노래하곤 하였다.

바다를 메고 오실 만선의 가슴을 위하여

달음 쳐 나간 폭풍우 치던 갯가,

남은 가족 모두가 울음을 토하고

할머니는 슬레브 지붕에 올라가

와이셔츠를 흔들고 계셨다.

남쪽으로 흐르는 신화

선홍빛 염주 터뜨린 연어들

빈 그물을 빠져나오고 있다.

■ 지단한 현실을 헤집는 에픽의 진화

고전적 형식이나 상투적인 개념에서 시는 현실을 반영하는 것이라고 여겨왔고 또 그렇게 교육을 받아온 게 사실이다. 시가 현실을 반영한다는 개념은 엄밀히 말하면 맞지 않는 논리이다. 왜냐하면 전제조건을 "시"로 할 것인가, "현실"로 할 것인가 하는 우선순위에 따라 가치정리가 달라지기 때문이다. 시가 현실을 반영한다는 개념을 환언하여 현실이 시를 반영하고 있다면 그 의미나 간극이 상당히 크게 느껴질 것이다. 쉽게 말해서 현실 때문에 시가 존재하고, 존재하는 시로 인해 현실을 차치할 수 없다는 의미이다.

한경용의 시 〈귀선〉이 그 좋은 일례가 되고 있다. 〈귀선〉이라는 작품은 이미 오래전 유년의 기억 속에 잠재하고 있던 시의 '신화'가 정제된 현실의 수면 위로 화자를 통해 건져 올려 진 것이다. '폭풍우 치던 갯가'에서 '만선'을 기대한 가족과 할머니가 할아버지의 죽음 을 목도한 참담한 모습은 어린 화자에게는 트라우마에 다름 아닌 상흔으로 남았을 것이다. 거기에다 슬레브 지붕에 올라가 와이셔츠를 흔들며 할아버지의 죽음을 알리는 할머니의 처참한 광경은 '폭풍'처럼 지울 수 없는 상처가 되었을 것이다.

이런 시적인 것은 이미 존재하고 있다는 사실이다. 그것을 화자가 상처로 들추어내서 시가 현실을 반영하는 게 아니라 그 균열된 현실 때문에 시가 존재한다고 보는 것이다. 한경용의 시작품 〈귀선〉은 오랜 전통적인 에픽의 형식을 빌려 '만선'의 꿈을 안고 있지만 결국은 '귀선'하지 못한 할아버지의 '빈 그물'만 남아 있는 미완성의 '신화'로 잘 그려내고 있다. 그러나 이 작품을 서사적인 흐름으로 가만히 짚어 보면 불편한 두 가지 장면이 떠오른다.

장면 하나.

2014년 4월 16일

탑승객 476명을 태우고 제주도로 향하던 세월호가 진도 팽목항 앞바다에서 침몰하여 295명이 사망하고 9명이 실종된 대형 참사가 발생했다. 그 중에서 단원고 학생 250명이 청춘의 나이로 수장이 되었음에도 불구하고 진상조사가 제대로 되지 않은 채 지금까지 계속 진행현으로 남아 있다는 안타까운 사실이다. 무엇이 학생들을 죽음으로 몰아넣었나.

장면 둘.

2015년 조정래 감독에 의해 제작된 독립영화 〈귀향〉

당시 독립영화임에도 불구하고 누적관객수가 350여만 명을 초과한 기록을 달성했다. 1943년 영문도 모른 채 일본군에 이끌려 가족의 품을 떠나 일본군들에게 끔찍한 고통과 아픔을 당한 어린 위안부 소녀들의 참상을 그린 영화로 귀신이 되어서라도 고향으로 돌아오고 싶은 위안부들의 애틋한 희망을 강한 메시지로 전하고 있다. 일제강점기 때 20만 명이 넘는 처녀들이 위안부로 끌려가서 그 중에서 238명만이 살아 돌아왔다. 무엇이 소녀들을 위안부라는 생지옥으로 밀어 넣었나.

　시는 존재하는 것들을 서로 엮어주는 체인 같은 연결고리를 가지고 있다. 시는 개별적으로 존재하다가 어느 종의 개념이나 류의 개념에서 겹쳐지면 커다란 하나의 세계를 만들어내는 특징을 가지고 있다. 한경용의 〈귀선〉은 '만선'을 노래하던 할아버지의 바람을, '빈 그물'로만 되돌아오는 '연어'들의 회귀로 여전히 '남쪽으로 흐르는 신화' 속에서 영혼으로나마 '귀선'하는 과거의 시적존재를, 현재의 시적존재로 잘 드러내고 있다. 위 장면 둘과 유사성이 있다면 개인적인 아픔의 역사와 사회적인 아픔의 역사가 병치되고 있다는 것이다.

　시간이 햇빛에 바래지면 역사가 되고 달빛에 바래지면 신화가 된다고 한다. 그 역사와 신화가 상처를 통해 드러나는 것이 결국 시이기도 하다. 이러한 점에서 한경용의 시 〈귀선〉은 어부인 할아버지의 죽음을 '남쪽으로 흐르는 신화'나 '와이셔츠를 흔드는 할머니'의 아픈 편린을 통해 역사와 신화로 잘 드러내고 있다. 더욱이 〈귀선〉을 통해 현실의 많은 문제점을 되짚어보게 해줄 뿐만 아니라 에픽으로 진화하는 시사적인 측면도 내포하고 있다 하겠다.

이령의 「심야의 마스터베이션」

시간의 틈 입자에 내가 스미다 푹 젖는다

얄궂은 몽상가인 난, 내가 없는 곳에서

나를 다스리곤 하는데 가령,

침대 위에 걸린 액자 속 종려나무의 그림자를 밟고 있던 엄지발가락이

불쑥 저리다 멈칫하거나

가랑이를 쫙 벌린 음녀처럼 널브러진 시집이 부려놓는 황홀경에서

헤어나지 못하는 순간이거나

에로틱한 CCR의 음률이 침실 깊숙한 곳까지

필사적으로 파고드는 밤이면

그림 없는 미술관

음악이 사라진 연주회

말 아닌 말씀만 남은 시 따위를 상상하다

쓸모없음의 쓸모 있음에 갇힌 황당한 현실과 마주 한다

내가 있는 곳에선 도무지 나를 찾을 수 없고

내가 없는 곳에서만 나를 만날 것 같아

혼자 달아오르는 밤은 견딜 수 없다

모노톤의 달빛을 아슴푸레 끌어와 덮고
뇌관을 통째로 삼킬 것 같은 빈방에 누워
빌어먹을 한 문장만이라도 만나게 된다면
이 심야행은 더할 나위없는 위로가 될 텐데

서두를 필요도 반짝일 필요도 없는
최후의 어느 지점이 절정이라면
진정한 용기는 처음부터 불리하다는 걸 알면서도 쏟아내는 것

신음하며 땀 흘리며 덜컥일지라도
조각난 기억들을 부르고 불구의 언어를 다독이며
지나간 내일을 훔쳐서라도 달려가야지

어느새 휴지통에 수북하게 쌓인 내 정표들
방안 가득 피져오는 비릿한 이 외로움

■ "말"과 "말씀"을 위한 섹슈얼리티의 이중성

근대국가 성립 이후 성은 노출시킬 수 없는 치부로 여겨졌고 성에 대한 욕망은 굳게 닫힌 비밀의 문처럼 침묵하게 되었다. 성을

억압할수록 범주의 대상들이 제한적으로 늘어났고 보호받을 대상들 또한 그 외연을 넓혀 온 것도 사실이다. 그래서 성의 억압에는 권력이나 사회, 경제, 정치적 여러 가지 기제들로부터 새로운 담보 형식이 나타나기 시작했다. 그것은 성의 억압이 권력과 성적 욕망 사이에서 대가를 치루고 있다는 양태의 현상들이다. 주지하듯이 프로이트나 융이 성에 대한 심리학적 분석을 해온 사실에서 그러한 반증을 찾을 수 있다.

이러한 성의 권력과 억압 사이에서 벗어나려는 시도를 많은 작가들이 지속적으로 해왔다. 미셸 푸코의 《성의 역사》에서부터 D.H 로렌스의 《채털리 부인의 사랑》, 에곤 실레와 마네의 그림, 그리고 신디 셔먼의 사진까지 그 영역을 넓혀왔다. 한국문단에서는 해방 전후로 나타나기 시작한 성에 대한 작품이 본격적으로 대두하기 시작했다. 이상화, 김소월, 오장환, 이 상, 서정주, 이성복, 장정일, 최승자, 최승호, 최영미 등이 섹슈얼리티를 통해 관능미나 산업화에 따른 부작용을 지적하였다. 2000년대 초 몇몇 젊은 시인들은 사회의 경직에 대한 균열을 환상과 비현실의 세계로 경도하려는 섹슈얼리티의 시를 쏟아내기도 하였다.

대개 섹슈얼리티를 소재로 한 시는 낯이 뜨겁거나 난삽하기가 십상인데, 이 령의 〈심야의 마스터베이션〉은 '내가 있는 곳'의 주관적 음탕을 버리고 '내가 없는 곳'의 객관적 정색을 취하고 있다. 〈심야의 마스터베이션〉은 기존 섹슈얼리티의 작품들이 쉽게 빠져온 성애의 행위를 자극적으로 표현한 것이 아니라 '빌어먹을 한 문장'도 끄집어내지 못하는 시 쓰기의 고통을 마스터베이션에 비유하여 잘 드러내고 있다. 이러한 일련의 행위는 시 쓰기의 어려움을 "마스터베이션"으로 치환하여 대상접근에 전전긍긍하며 '시간의 틈 입자'에서 더듬거리기만 하는 '얄궂은 몽상가'를 등장시키는데 서 잘 나타나고 있다.

그러면서 '내가 없는 곳에서 도무지 나를 찾을 수 없고/내가 없 는 곳에서만 나를 만날 것' 같다고 말하고 있다. 즉 억압과 해방의 양태에 갇혀 있다는 것이다. '내가 있는 곳'은 주관적인 잠재태이 고, '내가 없는 곳'은 객관적인 실재태이다. 그래서 주관적인 잠재 태에서 나를 찾을 수 없고 객관적인 실재태에서는 나를 만날 수 있 는 것이다. 시 쓰기의 본령은 주관적인 것을 객관화시키는 데 있 다. 주관적인 것을 극복하지 못하면 나를 볼 수 없다. 그것은 오롯 이 객관적인 것으로 배태될 때, '달아오르는' 시가 될 수 있다.

그런데 이 양자구도는 '말'과 '말씀'에서 더욱더 대별되게 나타 나고 있다. 말은 '쓸모없음'의 시이고, '말씀'은 '쓸모 있음'의 시로 얄궂게 심야에 '뇌관'을 건드리고 있다. '말'이 '에로틱한 CCR의 음률'로 표피적으로 흐르는 말초신경이라면 '말씀'은 '불구의 언어 를 다독이며' '모노톤의 달빛을 아슴푸레 끌어'안는 중추신경이라 할 수 있다. 이들의 양태를 정리하면 내가 있는 곳은 말이 있고, 내 가 없는 곳은 말씀이 있다. 말과 나, 말씀과 나의 관계는 성애의 대 상과도 같다. 섹슈얼리티가 지니는 성적 이미지에 대한 형상은 시 적 이미지의 상상력과 비슷하다. 말을 좇는 나는 '휴지통에 수북하 게 쌓인 내 정표' 즉, 황홀경에 들지 못한 쓸모없는 시들을 볼 것이 고 말씀을 좇는 나는 '최후의 어느 지점이 절정'이 되도록 필사적으로 ‘뇌관을 통째’로 삼키며 황홀경의 시집을 부려 놓을 것이다.

　이 령의 〈심야의 마스터베이션〉은 섹슈얼리티를 내재한 여타의 작품들이 치명적으로 노출시켜온 말초적인 한계를 극복하고, 시 쓰기의 어려움에 대한 여러 제약을 ‘말’과 ‘말씀’, ‘시’와 ‘마스터베이션’, ‘내가 있는 곳’과 ‘내가 없는 곳’ 등을 통해 자위적인 고통을 감내하는 섹슈얼리티의 이중성이 잘 드러난 시라 하겠다.

문정희의 「페로비아의 사내」

왜 불러 왜 불러

돌아 서서 가는 사람을 왜 왜 왜

멕시코 중부 페로비아 시장에서

투창처럼 귀에 꽂히는 한국 노래

허공에 세운 기둥을 따라

밧줄을 잡고 돌면 오색 웃음 쏟아지는

미친 해골들 사이

고꾸라진 노루처럼 눈알 속에 허공을 담고

떠돌이 물건을 팔고 있는 한국 사내

오랜만의 모국어에 마치 전갈에게 물린 듯

얼어붙은 입술 위로 떨어지는 물방울

홀로 만든 장편 대히소설, 기승전결 없이

어느 페이지를 넘겨도 폭우와 막다른 길'

왜 불러 왜 불러

돌아 서서 가는 사람을 왜 왜 왜

목에 걸려 안 넘어가는

아직도 쇳덩이 같은 뜬구름 한 덩이

■ Rhyme으로 들춰내는 Nation과 또 하나의 nation

문정희의 시 〈페로비아의 사내〉는 시적사유를 넘어 다양한 영역의 사유와 정보를 공유하게 해 준다. 대표적인 예가 송창식의 노래 〈왜 불러〉를 차용해 라임 형식에 맞춰 몇 가닥의 네이션을 적절하게 잘 버무려 놓고 있다는 것이다. 단적으로 말하면 송창식의 노래를 통해 드러나는 복잡 미묘한 네이션을 라임에 맞추고 있다 하겠다.

네이션은 해석의 방향이나 처지에 따라 다양하게 나타나고 있다. 주지하다시피 네이션은 특정 지역에 사는 동일한 사람들을 지칭할 때 민족이라는 뜻으로 사용되고 있다. 그러나 네이션은 개별적인 문화의 주체 대상으로 종교나 철학 등을 내포하여 문화적 집단을 초월하는 의미로 사용되기도 한다. 문정희의 시 〈페로비아의 사내〉에서 나타나는 네이션의 의미는 후자에 가깝다고 볼 수 있다.

라임은 시에서 행의 처음과 행의 끝, 또는 중간에 비슷한 음이나 같은 음을 반복해서 문장을 나열하는 수사형식을 말한다. 일반적으로 음운, 또는 압운이라 하여 시에서 나타나는 운율을 운용하거나 유지해주는 기능을 갖고 있다. 이미 서구에서는 라임 자체가 시라고 여겨 사랑이나 인생을 섞어서 노래로도 불러왔다. 한국현대시에서는 김소월의 〈진달래꽃〉이나 기형도의 〈빈집〉 등에서 라임이 나타나고 있음을 쉽사리 짐작할 수 있다. 지난 《포엠포엠》 여름호에 게재된 문정희의 또 다른 시 〈왕의 역할을 잘하는 배우〉에서도 라임이 여실히 나타나고 있다.

<페로비아의 사내>는 이런 라임을 적재적소에 배치하여 아득한 네이션을 "전갈에게 물린 듯" 잘 지적해내고 있다. 시의 출발은 송창식의 <왜 불러>라는 노래에서 비롯된다. 멕시코 페로비아 시장에서 듣게 되는 송창식의 노래 <왜 불러>. 이국의 시장에서 뜻하지 않게 "투창처럼 귀에 꽂히는 한국 노래", 그것은 단순히 동족이라는 지류를 파고드는 울림이 아니라 송창식의 "왜 불러"가 불러일으키는 "왜 왜 왜"라는 라임을 거쳐 본질적인 네이션을 자극하는 바로미터 같은 작용을 하고 있다. 마치 돌아서서 가는 화자를 네이션을 갖춘 사람처럼 불러 세워 놓고 "고꾸라진 노루처럼" 물건을 팔고 있는 한국 사내의 처지와 유사하게 "왜 왜 왜"라는 라임에 갇혀 필연성을 호소하고 있는 듯하다. 오랜 여정에 잊어버린 "모국어"를 페로비아 시장에서 물건을 팔고 있는 한국 사내로부터 되찾은 화자도 "왜 왜 왜"로 화답하며 자문하고 있다. 그러나 "장편 대하소설"같은 사내의 사연을 묻거나 굳이 알려고 하지도 않고 다만 "왜 불러 왜 불러"로 넌지시 부르며 목에 걸린 "쇳덩이 같은 뜬구름 한 덩이"를 "아직도" 삼키고 있다.

그런데 화자와 사내 사이로 넘나드는 네이션의 형식이 특이하게 나타나고 있음을 엿볼 수 있다. 처음 "왜 불러"를 통해 파동이 된 네이션의 발화자가 "한국 사내"라면 "전갈에게 물린 듯" 그것을 받아들이는 화자는 수신자가 되는 것이다. 그러나 "어느 페이지를 넘겨도 폭우와 막다른 길"에 맞닥뜨리는 네이션의 파문이 화자에서 다시 "한국 사내"로 역행하고 있음을 알 수 있다. 여기에서 문정희가 "페로비아의 사내"를 통해 복잡 미묘한 네이션을 잘 정리

하고 있다는 것을 감지할 수 있다. 거기에는 "기승전결 없이" "왜"라는 라임을 타고 화자와 사내가 양립하고 있는 네이션을 "얼어붙은 입술 위로 떨어지는 물방울"로 잘 마무리하고 있다. 즉 처음의 네이션을 야기했던 사내와 화자, 두 기제 사이에서 교차하지만 결국은 하나의 네이션으로 집결되고 있다. 다시 말해서 발신자와 수신자, 수신자와 발신자 사이에는 어떤 코드나 메시지가 있는데, 그 중개역할을 해주는 라임을 타고 보다 더 승화된 네이션의 의미로 등가를 이루고 있다는 사실이다.

문정희의 시 〈페로비아의 사내〉는 송창식의 노래 〈왜 불러〉를 통해 떠돌이 물건을 팔고 있는 한국 사내가 불러일으킨 미묘한 네이션의 근원지와 이동방향을, 라임에 맞춰 목 안에서만 맴도는 쓸쓸한 네이션의 서정에서 또 하나의 네이션을 적출해내는 방식으로 쓰인 작품이라 하겠다.

남상진의 「사막의 내력」

아내의 뒤꿈치는 일기장이다

그것도 금이 쩍쩍 간 일기장

밤마다 낡은 펜대에 사포를 감아 긁어내는 발

살아온 이력이 빼곡하다

부슬부슬 떨어지는 고단한 생의 문장

분주히 걸어온 발바닥에 스며들지 못한 상처도

그녀를 눅진하게 녹이지는 못했는지

그녀의 발자국은 늘 건조하다

무릎걸음으로 그 발자국을 따라가면

발해만을 지나

몽골제국의 대평원을 지나

고비시막 이디쯤에서 별빛이 된다

부드럽지 못한 기억

한 입 모래알로 서걱거리는 땅

걸어온 시간이 사구처럼 솟구쳐 올라

시야를 가리는 그곳에서

아내는 발바닥을 깎아 일기를 쓴다

돌아갈 여력도 없이

자신을 소진해 버리는 사람

새벽이 되어서야 당도하는 짧은 휴식의 땅

포근한 솜털의 밤이 느리게 찾아와

억 만년 사막의 시간을 별빛으로 속삭이면

그녀가 떨어 낸 뒤꿈치의 내력이

모래 바다로 출렁인다

– 남상진의 시집《현관문은 블랙홀이다》에서

■ 사막과 아내의 교집합에서 읽는 생의 문장

생텍쥐페리의 『어린 왕자』에 사막은 우물이 있기 때문에 아름답다는 구절이 나온다. 나는 이것을 응용해 시 창작을 처음 대하는 학생들에게 이미지나 상상력 테스트 일환으로 사막은 무엇이 있어 아름다울까라는 질문을 꼭 하곤 한다. 나는 예시로 '나무, 우물, 오아시스' 등을 보여주지만 학생들의 답은 각양각색이다. 문맥상 답은 우물이지만 나무나 오아시시도 나름대로 사막에 꼭 필요한 요소들이여서 시 창작 초기에 나타나는 대상접근 방법에서 보면 틀린 답은 아닌 것 같다. 사막은 카라반에게 감로수 같은 우물도 있고, 뜨거운 햇볕을 가려주는 시원한 나무그늘도 있고, 거칠고 건조한 사막 한 가운데서 유토피아 같은 오아시스도 있어 많은 '생의 문장'을 '억 만의 시간'으로 감추고 있는 곳이기도 하다.

남상진의 〈사막의 내력〉은 사막의 근원적인 '건조'함과 '서걱거림'에서 아내의 갈라터진 발을 통해 '자신을 소진'해 버리고 사구의 시간을 거슬러 걸어온 사람으로 아내를 병치시켜내고 있다. 즉 아내를 바라보는 '고단한 생의 문장'이라는 이타심에서 아내의 이력과 '사막의 내력'을 등가화시키고 있다. 남상진의 시는 '금이 쩍쩍 간 아내의 일기장' 같은 뒤꿈치를 보면서 아내의 '발자국은 늘 건조'하고 '눅진하게 녹이지 못'한 죄책감이 사구처럼 솟구쳐 올라 있다. 그 미안한 발자국을 추적하여 보면 몇 개의 지명이 나타나는데, 발해만에서 몽골제국의 대평원, 다시 고비사막으로 확장되어가는 화자의 기억은 '한 입 모래알로 서걱거리고' 부드럽지 못해서 더욱더 괴로워하고 있다. 아내는 이미 화자를 발해만에서 고비사막까지 이해하고 배려하면서 동반하여 쫓아와 '돌아갈 여력도 없이/ 자신을 소진해 버리는 사람'이 되었는데, 화자는 '짧은 휴식'으로만 되돌아 온 '억 만년 사막의 시간'에서 뒤늦게 아내가 '털어낸 뒤꿈치의 내력'을 살피며 그 속에 '모래 바다'가 있었음을 감지한다.

남상진은 사막과 아내라는 교집합에서 부드럽지 못하고 서걱거리는 기억을 추출해내서 늘 건조하기만 아내의 발자국을 통해 '고단한 생의 문장'이 가득한 눅진 아내의 시간이자 금이 쩍쩍 간 일기장을 '무릎걸음'으로 기도하듯이 들춰서 읽어내고 있다. 남상진에게 '사막의 내력'은 '아내의 이력'이기도 하다. 사막이라는 여과기를 통해 보이는 아내의 이력은 아내의 지위와 가치를 인식해냄으로써 궁극적으로 아내가 지니는 의미를 잘 용해시켜내고 있다.

〈사막의 내력〉은 아내에게 바치는 진부한 노래가 아닌 아내의 이력 기저에 깔려있는 아내에 대한 화자의 안타까운 회한이 '억 만 년 별빛'으로 지고지순하게 속삭이고 있다.

위선환의 「설청雪晴」

큰곰자리 아래에 어둠을 파고 죽은 별을 묻었다 어둔
하늘에서 눈이 내린다

돌 위에 이마를 얹을 것, 찧으며 울 것, 여자의 젖을 먹고
자란 자子, 말한다

대륙의, 저기는 폭풍설이 설레는 변두리에서 여기는 눈발
에 뒤덮인 내륙까지

죽은 자 묻히는 이데올로기이므로, 묻힌 자 살이 식고 혀가
둔한 문법이므로,

뼈까지 추운 자 떨리고, 떨고, 바닥에 엎드리어 말을 더듬
는다 혓바닥이 언다

높은 자, 일어서서 가리키므로

낮은 자, 눈 감고, 추운 제 무덤 안에 누워서 혼자
우는 제 울음소리를 듣는다

                              *

지평 너머 가장 끝부터 서쪽이 언 때에, 서쪽을 응시
하는 눈동자에 금이 가는,

                              *

바라보는 자, 해가 지나도 기다리는 자, 흙 덮인 대지에
발목이 묻힌 자는 안다

높은 키는 말랐고 이마가 빛날 것이다 옆구리에 난 구멍
에 손이 들어갈 것이다

사람으로서 그가 반드시 다시 온다 발 벗고 어둔 땅을
걸으며 기침을 하는 사람

강에 들어 이마를 씻은 사람, 돌멩이를 집어 든 자 때린
자의 죄를 묻겠다, 말한

오직 한 사람, 서력년西曆年의 하늘 아래로 혼자 떠난

사람의 늦은 회귀를 비추는

햇살이

휘는, 이하以下는

눈이다

*

죄를 배태한 자와 죄로 태어난 자가 몸을 합친, 죄를
모르는 자와 죄 짓는 자가

한 몸인, 겨우 산 자와 그만 죽는 자와 아직은 숨을
쉬는 각자의 사이, 사이에서

하루가 개고, 남자를 치음 사랑한 여자의 아랫배에서
처음 돋은 아기뼈의 돌기가

굵은 크기로 자라는 것,

그러므로,

물 나간 바다의 먼 서쪽부터 지금은 눈 그친 서해안까지,

서해가 붉은 놀이다

기원전에 화석이 된 어미고래의 동체에다 이빨을 부딪치며

새끼고래가 운다

■ 원죄를 되짚으며 개기를 바라는 눈

위선환은 인간의 보편적인 상황을 절제된 시어로 잘 선택하여 시를 조탁해내고 있다. 이를테면 "고통, 죽음, 죄, 본색, 행려, 화석, 장례, 잔명" 등 기저의 요인들을 가지고 인간의 타락과 죄의 유형을 간접적으로 잘 지적해낸다는 사실이다. 「설청雪晴」에서 위선환이 드러내고자 하는 시적 진실도 인간의 보편적인 원죄를 파악하고 있다는 점에서 사람을 소중히 다루어 온 그의 시세계와 맥락을 같이 하고 있음을 알 수 있다. 원죄는 원래 성서에서 인간이 나면서부터 맞닥트리게 되는 죄의 상태나 기원을 가리키는 말에서 근거를 두고 있지만 위선환의 「설청雪晴」에서는 그런 원죄를 되짚거나 깨치는 것으로 드러나고 있다. 그리하여 시가 보다 더 긴밀하고 사유의 폭을 넓게 갖게 해준다.

「설청雪晴」은 눈이 환하게 개는 바람을, 원죄의 상황이 여러 층위로 나타나는 대상이나 사람들을 "죽은 별"에 묻어도 "사람으로서 그가 반드시 다시 온다"는 반어적인 형식으로 쓴 작품이다. 이러한 데에는 "여자의 젖을 먹고 자란 자子"에서부터 "폭풍설이 설레는 변두리에서 눈발에 뒤덮인 내륙까지" 그 범위를 훨씬 초월할 뿐만 아니라 실질적인 대상이 되는 "죽은 자, 높은 자, 낮은 자, 바라보는 자, 돌멩이를 집어 든 자"들 "이하"로 내리는 눈으로 표현해냄으로써 "사람됨의 늦은 회귀"를 잘 획득해내는 몇 가지 중요한 길항의 요소들이 내재한다. 그러나 "햇살이/ 휘는, 이하는/ 눈이다" 이후의 시의 전개는 원죄와 원죄가 경계를 무너트리며 합일의 경지로 나아가고 있음을 시사하고 있다. "죄를 배태한 자와 죄로 태어난 자 놈을 합친"다는 구절이나 "한 몸인, 겨우 산 자와 그만 죽은 자와 아직은 숨을 쉬며 각자의 사이, 사이에서"의 구절은 이미 "설청雪晴"이라는 의미에 잇닿아 있다고 보아야 한다.

원죄에서 사람으로 회귀하는 과정은 "남자를 처음 사랑한 여자의 아랫배에 처음 돋은 아기뼈의 돌기가/ 굵은 크기로 자라는 것"에서 "물 나간 바다의 먼 서쪽부터 지금은 눈 그친 서해안까지" 그 영역을 넓히는 장대함과 함께 역동적으로 잘 드러내고 있다. 서력년에서 기원전을 거슬러 올라가는 "새끼 고래"는 잠재적인 원죄의 대상자가 될 것을 알고 운다. 그러나 사실은 우는 고래를 통해 서력년에서 바라는 "설청"은 멈추지 않고 계속 내리고 있지만 원죄가 없는 기원전의 "설청"까지 내다보는 심정을 비유적으로 나타내고 있다. 이것은 "여자의 젖을 먹고 자란 자"와 "어미고래의 동체

에다 이빨을 부딪치며 우는 새끼고래"를 서로 길항시켜 "설청"이
라는 이미지를 더 부각해내고 있다는 사실에서 알 수 있다. 원죄가
범람하는 서력년 시대에 눈이 환하고 밝게 개이기를 바라지만 "묻
힌 자 살이 식고 혀가 둔한 문법"이나 "추운 제 무덤 안에 누워서
혼자 우는 제 울음소리를" "눈동자에 금이" 가도록 들어도 눈은 계
속 내린다. 기원전부터 서력년 시대까지의 원죄가 없어지지 않거
나 "죄를 묻겠다고 말한 오직 한 사람이 서력년 하늘 아래로 회귀
하는 햇살이" 비추지 않는 한, 눈은 계속 내릴 것이다.

「설청雪晴」은 위선환이 인간이 지닌 보편적인 원죄 의식을 되짚
으며 긴밀한 시의식으로 끌어낸 작품이자, 폭넓은 사유의 세계를
절제된 시어를 가지고 미학적으로 잘 획득해낸 작품이라 할 수 있
겠다.

고독과 존재의 언어

2026년 2월 24일 1판 1쇄 인쇄
2026년 2월 28일 1판 1쇄 발행

지은이_권혁재
펴낸이_정영석
펴낸곳_마인드북스
등록_2009년 3월 5일 (제2016-000064호)
주소_서울특별시 동작구 상도로 296-2, 2층 101-J1호
전화_02)6414-5995   팩스_02)6280-9390
페이스북_facebook.com/mindbooksn

* 책값은 뒤표지에 있습니다.
ISBN 978-89-97508-64-8 03810

* 파본은 구입하신 서점에서 교환해 드립니다.